安身立命

2

衣落成火 著

羊城晚报出版社
·广州·

图书在版编目（CIP）数据

安身立命．2 / 衣落成火著．—广州：羊城晚报出版社，2018.4
ISBN 978-7-5543-0567-6

Ⅰ．①安…　Ⅱ．①衣…　Ⅲ．①长篇小说—中国—当代
Ⅳ．①I247.5

中国版本图书馆 CIP 数据核字（2018）第 067137 号

安身立命 2

Anshen Liming　2

策划编辑　朱复融
责任编辑　朱复融
责任技编　张广生
企　　划　贰　玖
装帧设计　小　荞
责任校对　杨映瑜
出版发行　羊城晚报出版社
（广州市天河区黄埔大道中 309 号羊城创意产业园 3-13B　邮编：510665）
发行部电话：（020）87133824
出 版 人　吴　江
经　　销　广东新华发行集团股份有限公司
印　　刷　深圳市精彩印联合印务有限公司
规　　格　787 毫米 ×1092 毫米　1/16　印张 18.5　字数 350 千
版　　次　2018 年 4 月第 1 版　2018 年 4 月第 1 次印刷
书　　号　ISBN 978-7-5543-0567-6
定　　价　49.00 元

前情提要

一梦醒来，王谦不再是“枉死”之人，家门之变让其倍感苦痛，遂流亡四方。

此时他的身边只有素昧平生、不知何来的护卫倪苍，两人就此隐姓埋名，相携流亡……

靠着王谦梦中所记起的农事技法，两人隐居蛰伏在不知名的村落里打猎、耕种，过着同以前的锦衣玉食完全不同的生活。王谦在得知太子被废贬于南华府的消息后，毅然选择了携倪苍投奔效忠废太子，欲意有一番作为。不料原本以为的安稳局面并未出现，朝廷的腐朽，让整个局势反倒愈发飘摇。

战事四起，山河破碎，究竟如何才能救百姓于水火？

目录

第二十二回

烽烟初起

晚秋。

大约是近冬之故，天地间一片凉意，竟显出几分肃杀来。

今上下令各府城前往西北讨伐叛军，南华府虽说是离得远了些，但指令一下，他们也不能违抗，要抓紧点兵点将，前往西北。

这一日，府外有兵士集结，形成了浩浩荡荡的队伍。

为首之人为指挥使，率数名副将，皆是身披甲胄、骑高头大马，神色颇为严肃。

众多兵士也都穿着战甲，身形矫健，颇有气势。

大军约有两万人，中间拱卫着一列车驾，其中便坐着南华府之主——平王赵元昭。

他如今与军随行，不为其他，只是想去西北之地瞧一瞧，那处究竟混乱成何等模样——若是可行，他亦想与叛军首领接触一二，劝说一番。

赵元昭虽是仁德，却并非不知变通。

此行也并非是他愚蠢，而是他明知可能性不大，却还是因百姓之故，去做这难为之事。

从前南华府的诸多卫所也与西北诸府一般糜烂无用、不堪一击，但自打赵元昭收服南华府上下之后，就大力整改，尽力操练，如今早已不是当初的模样——哪怕称不上百战强兵，却至少能有一战之力。

这回赵元昭要亲自前去西北，一众幕僚也曾阻拦劝说。但赵元昭心性如此，若不亲自前去，日后心里定不能安稳，一来二去，众幕僚终也是无可奈何。

赵元昭带上了几名幕僚随行，心腹白义英被他留了下来，暂为代管南华府上下事务。与此同时，赵元昭也留下了一些兵将守卫此地，以防万一。

除此以外，涌入南华府的难民还要继续安抚照管，以及其他杂事，都要有可靠之人处理。

王谦与倪苍亦不曾跟去。

倒不是王谦不愿去，而是赵元昭看出王谦虽是长于工农之事，在其他事务上也颇有眼光和见解，加之倪苍乃难得的高手，便让他们留下来辅助白义英，也替他将平王府看好。

在吩咐了诸多事项之后，大军开拔，前往西北。

待平王赵元昭走后，王谦便尽心尽力，时常与白义英接触，用心辅助于他。

白义英原本就与王谦理念相近，且颇有交情，两人联手之下，倒是没让南华府出什么乱子。平王在时，那些难民如何照管已有了章程，如今他们只照旧而为，便也能让一切顺顺当当。

与此同时，平王留下来的一些死卫也时时刻刻留意西北情况，每每将消息传递回来，不论白义英再如何忙碌，每晚都要将那些消息看完。王谦也是常常与白义英在书房中忙碌到整夜，短短数日里，两人都消瘦不少。

倪苍见了，心中颇为担忧，自此每日便去备下药膳夜宵为王谦补身，也顺带给白义英一份，更是每几日请府中大夫前来诊脉，为两人调理身体。

幸而是倪苍对王谦心细，王白二人才得以保住元气，不曾因过于忙碌而疲病交加。

赵元昭去了西北不久之后，死卫就将消息传来，言大军前往西北途中遇上了不少自西北方逃难而来的难民，这些难民极大地阻碍了大军前行，致使行军途中极为艰难。而且在即将抵达西北时，遇上了同样出自西北，却被当地造反之人驱逐出来的其他匪徒，平王率军与其大战一场。

南华府有两万兵将，而那些匪徒却只有千余人，原本可以轻易碾压，孰料那些匪徒穷凶极恶，眼见不敌便退回一处县城，将县中百姓大肆捉拿，押到前方做人质。

匪徒以百姓威胁，赵元昭不忍百姓遭难，一时间竟无可奈何，两万人马生生被堵在路上，不得不放这些匪徒离去不说，连粮草都被威胁取走不少，着实……

赵元昭此举在那些匪徒看来或许愚蠢，可于那些百姓而言，却是换来了他们的性命。不过这县城也早已被劫掠过多次，百姓们虽暂无性命之忧，却仍旧饥贫交加，赵元昭见他们实在艰难，也只好再留下一些粮食，让城中百姓好歹能够维持一段时日。

王谦等人看到死卫传来的消息，面面相觑，面带苦笑。

平王殿下的弱点太过明显，此去西北，恐怕也是……

叹一口气后，王谦与白义英依旧只能好生将南华府照管好了，而赵元昭那边的情形，他们再如何担忧烦乱，亦是无用。

而后，一道道消息传递回来。

平王殿下一路行走，解救不少难民……

平王殿下的粮草日益减少，不得已暂停行军……

平王殿下终于抵达西北，却在西北之外遇上附近府城兵将，愤怒于那些兵将如盗匪一般劫掠周遭县城中的粮食充作军用粮草，还未与西北叛军接触，便已先与那些府城兵将胶着，妄图阻止对方……

平王殿下之举被弹劾，今上下旨训斥……

平王殿下暂被阻止行军……

朝廷派遣一名将领前去西北，将两万兵士军权自平王殿下手中夺走……

平王殿下回归途中，遭遇刺杀，而后失踪。

最后一道消息传回时，白义英正在翻看当月账务，王谦在一边替他书写错漏之处，同时记下一些要点。死卫突然出现，急慌慌禀报此事，便叫白义英禁不住脱口失声——“什么！”说话间，竟是将茶杯打翻，落在地上碎成片儿。

王谦也是极为震惊。

被刺杀也就罢了，总归是少不了朝堂之上有人作祟，但平王殿下身边多有护持之人，为何还会因此失踪？

白义英急忙问道：“可有人查到蛛丝马迹？或有什么推测？如今消息可曾走漏？”

那名死卫立即回答：“我们众多兄弟护送殿下回来，那日正是入住客栈，没料到当晚足有数十人前来刺杀，我等拼死抵挡。期间为免殿下受伤，我等请殿下先行离去，在安全之处会合，但好不容易那些刺客退去之后，我等再去寻殿下，却是寻之不见——殿下竟失踪了！”说完忙又补充道，“消息不敢传出，我等当即就叫人封锁此事，只是那些刺客中有人走脱，不好说他们是否知晓。事后我等出去又查了一个日夜，皆无所得。恰那夜大雨，诸多痕迹皆已消失，那些刺客也是经验老到之人，业已抹除他们的行踪，故而……也不能得知他们的来历。”

王谦听闻，眉头紧皱。

此事非同小可，而且对方居然如此厉害，连殿下手中死卫都不能发现他们的来历？着实叫人惊诧。然而，殿下若是落在他们的手里，恐怕……

死卫继续说道：“不过我等认为，殿下失踪或许并非落在那些人手里。”

白义英心里一紧："哦？为何有这般推测？"

死卫道："那些刺客是为要殿下性命而来，倘若他们得手，必不会留活口，我等也能看见殿下的遗体，然而如今殿下失踪，想来是有什么其他的缘故。"

白义英也觉得死卫所言有理，便看向王谦——这些时日来他时常与王谦探讨南华府上下事务，如今也是惯了地要与他商讨。

王谦略思索，道："没有消息，如今怕是最好的消息了。"

白义英点点头："殿下留下了令牌，可让我等调动死卫，如今殿下失踪之事尚须秘而不宣。既然推测殿下不曾落在敌人之手，就先让一名精于易容的死卫扮作殿下模样，大张旗鼓地回到府中来，掩人耳目。除此以外，还要再派人手暗中去打听殿下的踪迹……切要小心，以免被行刺之人得知，对殿下不利。"

王谦道："假扮殿下之事，事先也要让当知之人知道。"

白义英应道："我晓得。"

这当知之人，除却死卫以外，就是平王妃了。

毕竟此事事关重大，假王爷回归，也有许多事情须得王妃配合。

随即，白义英便果断道："此事，你我当亲自告知王妃。"

王谦微微点头。

事不宜迟，白义英立时就拿了令牌出来，召了留在王府内的死卫，挑选出合适之人，去与尚在寻找平王殿下踪迹的那些死卫会合，假扮殿下回归南华府。而他自己则叫了个婢子过来去内宅通报，请王妃出来一趟——这内宅毕竟是平王内眷居处，他们这些男子，纵然有要事禀报，也是不便进入其中的。

好在一些关于王府内务之事，平日里两人也间或要同王妃说起，如今请人过来，也算不得突兀。

平王妃并无怀疑，就带着一众婢子、仆妇出来了，进到平王的书房里——赵元昭对王妃也算信任，平日里倒也不介意她来此处。

进入书房后，白义英和王谦起身行礼。

平王妃面带柔和的笑容："两位不必多礼，近来辛苦了。"

王谦从前与平王妃是有一段交情的，但平王妃嫁给了平王，他自也要避嫌。

于是，还是由白义英同平王妃说起此事。

平王妃听白义英说完，美眸大睁，面上禁不住露出了担忧之色，语声也急促起来：“什么？王爷他——”

但她还是很快冷静下来。

女子为母则强，她早早为平王诞下了世子，如今平王遇上了麻烦，她自不能慌乱。

见平王妃这么快便能冷静，白义英与王谦也松了一口气。

不愧是殿下的贤内助，若是王妃慌乱了，他们也不太好处理。

平王妃缓缓呼吸，平静一番后，说道：“两位可是已然有了计策？还请说来，妾定会好生配合，不让两位为难。”

当下里，白义英就将他与王谦所做的决定也同王妃说了一遍。

平王妃面色凝重，但很快露出一丝坚决之色：“两位说的是，王府不能乱，南华府也不能乱。既如此，便请人回来将此事隐瞒下去。不过，私底下还望两位加派人手，务必尽快找到王爷……虽说如今尚且可以瞒上一些时日，可若是过得久了，恐怕也会被发现破绽。到那时，必然是人心惶惶，王爷好容易撑起的这一片南华府，也就……”

这位平王妃言下之意，王谦与白义英都立时明了。

白义英正色道：“王妃放心，我二人明白。”

第二十三回

骤逢变故

根据死卫传来的消息，白王二人也已得知，当初赵元昭遇到刺杀时，其实已接近南华府，只是当时天色太晚，本欲小住一夜，不料横生意外。如此一来，赵元昭若并非是被人掳走，又并未被杀死，多半也还在那一片地界。

而今想要私下里将人找回，只是单单叫死卫在那里搜寻，也有所不便，更不能大张旗鼓……白义英思索再三，想出了一个法子。

院中。

王谦听白义英说明来意，惊讶之极："白兄，你说什么？"

白义英道："南华府边缘处有一个小县城，周围还有好些村庄，因地处偏僻，与邻府相靠处隔着数座大山，道路也不甚通畅。若是殿下流落到那处，一时半会儿之间，找不到也是寻常。因此，最好是有人能常驻那处盯着……一来若是殿下出了意外，总是须得有个身份，而若要落户，就少不了要去县衙；二来子逊兄若是在那处做县令，可待过些时日寻个由头重新整理一次户籍，询问登记人口，也可以不着痕迹地查探一番。"

——原来，白义英之意是要调派王谦前往那处做县令，好方便行事。

因王谦乃赵元昭的幕僚，尽管并无功名在身，可他毕竟是赵元昭的幕僚，甚至也能称得上是心腹，去做一段时日县令，弄些功绩在手，也不会有人觉得奇怪的。

王谦听得此言，有些犹豫。

他虽帮着白义英处理南华府事务，但对于如何治理一县之事却并无半点经验，贸然过去，一旦有做得不妥当处，岂不是害了那一县之民？

白义英也知王谦与平王一般，都十分在意百姓疾苦，就劝道："那处早年倒是还好，但先前那一位县令年岁大了，早该告老还乡、颐养天年，只是一时寻不到能替代之人，后来又有诸多杂事耽误，才一直在任上撑着。如今遇上此事，若是请那老县令来处理，也太过为难于他，不如就让你去待上一段时日。去时你若是有什么不懂之处，老县令定是不吝指点。以你的聪慧敏锐，理应能将县中事务管理妥当……也不要你数年不动，只要找到殿下，你也能功成身退了。我会叫个能做实事的与你同去，到时你也让他历练一番，待你离去后，便由他来接替于你。"说到此处，他再一叹，"再者，此事终究是有些危险之处，一旦殿下之事被人怀疑，少不得就有人窥探，也要去那县。你有倪兄这名高手相助，比旁人更为合适。"

话已至此，王谦便也不好拒绝了："那我且去试一试，一切以寻找殿下踪迹为要。"

白义英欣慰一笑。

两人说定后，王谦就问白义英要了县志等物，有意多了解些县中之事。没两日，白义英带了一名三十余岁的男子过来，其面相忠厚，举止颇为干练，想来正是白义英所言要与他同去县城之人。

王谦仔细看了这男子一眼，微微点头。

此人神情端正，说不得原本便是要去地方做父母官的，而今和他一起先练练手也好。

白义英果然说道："这位乃是张庆年，早先投奔殿下而来，很能实干。他前些年都在我手下历练，如今算是碰上机会了。"

王谦便笑了笑："那此番也要有劳张大人了。"

白义英摆摆手："这一次恐怕危险，若有所需，你尽管提出。只是去到之后，子逊兄你定要多多留意，万万不可漏了殿下的消息。"

王谦神情也是一正："白兄放心，我必竭尽全力。"

作别白义英与那张庆年后，王谦回到院中。

王谦叹了口气："阿苍，这一次，又要辛苦你了。"

倪苍看了看他："无妨，你在何处，我便在何处。"

他想来，这能生死相随的挚友，便是如此吧？

马车上，一名相貌俊逸、有些书生气的青年靠在车厢上，腿上搭着毯子，正在酣睡。

在他左边坐着个身形精悍的高大青年，此刻正稳稳端着一壶茶，脊背挺直，坐如铜钟。右边则是个憨面男子，正在翻看一本厚厚的书册，时不时也会抬头看一眼俊逸青年，而后便在对面高大青年的目光中收回视线，继续看书。

这三人正是前往那县城的王谦、倪苍以及张庆年三人了。

在外面驾车的是一名死卫，精通诸多事务，一些寻常细枝末节之事皆难不倒他，有他驾车，车内人也是省却了许多麻烦。

——因着有倪苍在，虽说此行很是重要，却也只需一名死卫跟随，以便于消息来往。白义英之所以请王谦出手，一来是王谦亦为平王心腹，且并无多少权欲，为人淡泊名利却心怀天下；二来就是因着倪苍的身手高明，他同去，就不必再派更多死卫，就能抽出更多人手，去别处寻人了。

王谦自也猜到一些白义英的想法，故而他也只好放弃继续在平王府隐居的念头，出来做事了。

而且，他自身也颇为担忧平王，希冀能尽快将他找到的。

日夜兼程下，总算是到了那县城。

靠山，县名便是靠山县，从前平王尚未接手南华府时，当地之人可谓精穷——不过也不足为奇，南华府如这般精穷的县城极多，直至后来平王做了许多事，方才让这府内境况好上许多。

这靠山县，也是如此。

不过，相较一些相距府城较近的县城，靠山县也仍旧是穷的，只是比从前好过了不少，灾年时被饿死的百姓也少了很多罢了。

但尽管如此，靠山县的百姓对平王还是很忠心的，尤其是一直在此地担任县令的那位老者更是。

县城外，道路还算平整，瞧得出是修过的。

然而这时修路也颇艰难，虽有太平土那修路的神物，但毕竟不能处处兼顾，这靠山县就是只来得及粗浅地修一修……

王谦感受到颠簸，掀开车窗朝外看了一眼。

道路大多还是土路，只有少部分临近官道的已修过，故而县中人要出来，还是不甚便利的。道路左右皆有田地，看得出并不肥沃，那冒出来的翠绿叶片他再眼熟不过，正是出自他曾亲手改良的土豆种。

霎时间，王谦微微放心了些。

此县土地虽是不好，却种了许多土豆，殿下吏治清明，百姓想来是能活命的。

倪苍不知王谦在看什么，凑到他身边。

王谦笑着指了指那些土豆。

倪苍想起当初他们二人改良良种时的景象，眼里不由也闪过一丝笑意。

张庆年不知二人想法，却同样瞧着了那土豆，口中说道："如今百姓能活命，多亏有土豆等耐饥耐旱之物。如今我南华府纵然在灾年之中也少有饿死者，其中功劳，殿下贤明居首，心念百姓而将此物改良的王大人您，也不比殿下逊色几分。"

王谦听得，微微一怔。

旋即他便说道："我那点微末功劳，哪里能与殿下相提并论？若是遇上个旁人，纵然我将此物献上，也必不能得到重视，更莫说在整个府内推行了。殿下之德，方叫人万般敬仰。"说到此处，他叹了一叹，"此行可不能有所懈怠才是。"

张庆年面色微凝，也叹一叹道："大人说得是。"

说话间，马车摇摇晃晃，已到了县城前。

这里只有矮矮的几截土墙，并无多少防御之能，在县城前巡逻的士兵面貌倒还精神。此地这样偏僻，他们还能如此，足见整个南华府确是在平王的掌控之中了，不论是什么地方，都少有那等混吃等死的惫懒之辈。

县城前的凉亭里，有个老者坐在石凳上，端着茶在慢慢喝。

见到有马车过来，他急忙跟旁边一名小童说了几句，那小童就立刻飞奔出来，拦在了马车前。

驾车的死卫将缰绳拉住，喝问道："你这小童，拦车作甚？仔细被撞着了。"

凉亭里的老者也未想到小童是径直去拦了车，骇了一跳，连忙也走出来。

小童脆生生的嗓音方才响起："车里是与我爷爷交接的新来的大人么？我们俩在此处等许久了！"

车内的王谦一愣。

……与他爷爷交接？

他目光落在已走出凉亭的老者身上。

莫非这一位，便是那位老县令？

第二十四回

靠山县令

那老者步子虽不算快，却也慢慢走到了车驾前。

王谦也不欲让老人家久等，便将车门打开，走了下来。

老者拱手问道：“不知哪一位是新来的王大人？”

王谦朝老者行礼：“不才便是。敢问老人家可是本县县令余老大人？”

老者急忙说道：“正是老夫，不敢当一句‘老大人’。”

这人的确便是靠山县的老县令，而今两鬓斑白，头发也是花白，已然是年过花甲了。

当初这位县令便是此县出身，好容易考了出去，后又主动请命在此处做县令，一做就是数十年。

——诚然这县令一职三年一换，可他在此地出生成长，哪里舍得？而靠山县当初着实太穷，毫无油水可言，也难出政绩，这才让老县令周旋一番后，能长久待在此处。

老县令也是不放心此地的百姓，如今许多县民堪称是他瞧着长大，好在年近花甲时能见到平王来这南华府，下达了许多行之有效的政令，这才让靠山县好过许多。眼下老县令身子骨实在有些撑不住，听闻要有后生来此处代他县令之职，他虽是信任平王的识人眼光，却也仍旧禁不住拖着这副老骨头，过来亲自迎接，急着想看上一看。

在场几人也非愚笨之人，在见了老县令后，也都明白一些。不过他们虽是来寻平王踪迹，却也的确是有承担之人，自也任由老县令打量了。

老县令一边与几人说话，一边暗中打量，渐渐也将一颗提起的心给放了下来，更是恨不能立时将此县上下事务仔细教导，好让这新县令尽快熟悉，也多对县民们上心几分。

几人很快来到县衙。

县衙不大，与富县不可比，但也还算威武，看得出是近几年翻新过的。

守在此处的衙役也都还健硕，观其面貌，精气也足，显然都并非是那等偷奸耍滑之辈。

此处贫穷，却还能有这般规矩，足见这位老县令心血消耗之多了。

大略看过后，王谦已心中有数。

老县令将人请进后面宅邸，到书房之内。

平日里他在前衙审案办公，若是还有事务处理，就都在此处。

王谦等人跟随进来，就能察觉此处的正房已然都空出来了，这书房内的一些书籍笔墨亦是如此，只留下空荡荡的桌椅与一些家用之物。

显然，在得知有新县令要来时，老县令已然将东西收拾起来，只等王谦过来，就将这官邸让出。

王谦见状，不由说道："余大人不必如此。"

老县令却很是固执，摇头道："老夫如今要将官印交予你，自也不该住在此处了。王大人也不必为老夫担忧，老夫虽不才，但在附近也有一间房舍，与孙儿入住也够了。"

王谦听得，也就不再劝说。

他自是知道规矩的，老县令懂得规矩，亦愿听从这规矩，自是一件好事。不过他之后也还要叫人去瞧瞧这位老县令是否当真有居住之处，若是还过得去就罢了，若不成，这衙后也不缺一处厢房给老县令住。

之后众人一同用过饭，老县令告辞，而王谦则与倪苍入住衙后官邸内。

张庆年也住进一间厢房，与王谦先行告别。

入了房中，倪苍带着几大包的行李，开始利落地收拾起来。

王谦立时过去帮忙，两人互相配合，动作颇快。

一边忙碌，王谦的心情竟比之前轻松一些，面上也带了些微微的笑意。

倪苍恰要将箱子送入衣柜，回身见到王谦浅笑，不由开口："子逊？"

王谦与倪苍相处多年，虽说倪苍神情不多，但在他眼里却是十分清晰，此刻便猜出倪苍念头，便笑了笑："我方才想起你我从前在外漂泊时。"

倪苍略一思索，也回想起来，在投奔平王以前，两人虽许多时候都不算富足，但齐心协力之下，却也都不曾遭受那饥寒交迫之苦。

对视一眼后，两人都笑了笑。

随即他们继续收拾，很快处理妥当了，便如往常一般，仍旧是同处一室，各占一张床榻入眠。

于两人而言，如今这般正是最安心不过。

自次日开始，王谦就与老县令开始交接。

因着彼此都是认真且和善之人，在王谦安顿下来之后，老县令很快就将一些名册、账簿、户籍、文书等物全数拿了出来，一一同王谦说明，另有官印与一些私印，但凡是有关系的，也无一漏下，尽数叫王谦知道。

王谦对于老县令这般仔细也很感念，自是尽力去学，那张庆年原本便知晓自己日后要接替王谦，因此同样在一旁认真学了，相较王谦而言还更细致些。

老县令不知这张庆年是何身份，但他见王谦并未阻止，也就只作未见，细心教导。

没两日，老县令将该说的都说了，其余的细处就只有等到王谦处理事务时遇上了难处，才能再一一解决，如今乍一想，却是轻易想不起来。

县衙内外，也都运转起来，整个靠山县里里外外之事，也都慢慢被王谦接手、处理。

而这时候，王谦慢慢熟悉了靠山县的事务，也开始着手寻找平王之事。

他首先便寻了个借口，请各里长过来，将那靠山县城中村内的人口再重新核对一遍，叫那些村长将该报的报上，不可轻忽。

果然，待那些里长回去将事情一说，陆陆续续就有村长上门，将人口缺失、增长尽数报了，也与张庆年或是县丞、主簿等人与衙役一起，往各村去查。

与此同时，王谦也在等待消息。

大约过了数日，各村的户籍皆重新核对过，有些村子里减了人，有些则多了人，生丧嫁娶，皆有变化。

不过王谦所关注者，便是那“多出来”的人。

当然，各村人口增减皆是常事，可那远方投亲的、突然出现的陌生人便很少见……王谦在将户籍尽皆与从前的查对过一遍后，也就圈出了几个村子。

旋即，王谦将张庆年寻了过来。

张庆年这些时日暂且担任主簿一职，左右每一县内的主簿并非只能有一人，他被王谦亲自带来，亲自安排，其余主簿对他也都很是配合。

如今他正在忙碌，听闻王谦传唤，便赶过来。

张庆年行礼道："大人。"

王谦说道："这几日你到我这里来，整理一些文书，若是有人问你，只说我叫你帮忙就是。"

张庆年倏然自王谦的言语中听出了什么："大人之意是——"

王谦微微点头："我要往几个村子里去探一探，将户籍变动较大的几人，都亲自查上一遍。"

张庆年听王谦这般一说，便已明了："大人放心，属下明白了。"

王谦便应道："莫要让旁人察觉。"

张庆年自是正色答允："属下定会做到，大人此去也千万小心。"

王谦又答应下来。

张庆年因从前跟随白义英身边，也知道王谦身边始终相伴的这名高大青年是一名高手，如今这位王大人想来是要用些其他手段过去，他也就不多问了。

在再度行礼之后，张庆年也去收拾一番，也对同一处办公的主簿们想好借口，要尽全力，做得滴水不漏。

而王谦则与倪苍回到了后面的宅邸。

倪苍问："可要易容？"

王谦颔首："阿苍，此番要仰仗你了。"

倪苍道："不会出岔子。"

王谦听他这样一说，便放心下来。

倪苍很快给两人做了简单易容，并不突出，倪苍只略略将眉眼画得粗些，再将气势收一收，就显得普普通通，如同最寻常的山中汉子；而王谦肤色偏白，则为他涂抹些药物，叫他显得通身发黄，就登时仿佛更年长了好几岁，再无半点书卷气可言。

两人这般做过后，彼此瞧了瞧，看不出什么破绽。

随后，倪苍带着王谦来到后方的围墙，将他一带，旋即便悄无声息地离开了县衙。

两人如今要去的，便正是一处最近的村子了。

因着此间贫困，那些村子相距县城也并不远，没多久两人就来到了一个村子外。两人都无意打扰村民，故而仍旧是倪苍出手，悄然带着王谦潜入村中。

若是在军营那等重兵把守之地，纵然倪苍身手不凡，在白日里带着一人潜入，也必然有被发现之危，但如今却是不同，只不过一处寻常的小村庄，他轻易就带着王谦在里头走遍了。

两人依照户籍上所书，查了此间多出的人，那人是来投亲的，其面貌确是与其远亲略有相似之处，并非平王，也不见什么其他端倪。

在看过一遍后，倪苍带着王谦离开这村子，赶往下一处。

如此去了两三处，所见皆无痕迹，与平王全无半点干系。

王谦有些失望。

倪苍带他落在一棵大树上，劝道："还有两处不曾去过，子逊，你且莫要担忧。"

王谦轻叹："也是，慢慢来罢。"

第二十五回

张家痴子

当日时间不早，两人回去后将一些事务吩咐一番，在次日去了另外两处。

那第一处也同样毫无发现，而到了第二处……

王谦与倪苍还未打探，就先听到了一些传言。

“张老头年岁这么大了，还养着那个傻子，不怕将来没人送终？”

“就是，听说他这般做法，叫鲁伢子恼得很，都不愿管他了。”

“我有日从他家门口过，还听见鲁伢子嚷嚷着，有那傻子没他，有他没那傻子呢。”

“要我说，鲁伢子也就是个养娃儿，以前瞧着还好，娶了媳妇后早就把张老头给忘脑后了，现下不还是怕张老头养傻子养出感情，把家底都给了傻子？”

“呸，娶了媳妇忘了爹，要我说，鲁伢子还比不上那傻子！”

这些村里妇人口中琐碎的言语，却叫王谦听得心里一动。

——傻子？

不自觉地，王谦生出个大不敬的念头，虽说很快就压了下去，可到底还是时不时冒出来，叫他心中颇有些不安。

倪苍看清王谦的神色，便道：“我们去瞧瞧。”

王谦有些心烦意乱地点点头，两人极快地几个闪动后，就依照那些妇人的话，来到了张老头的家门外。

张老头家也不是什么富贵人家，总共也就三间木屋，外头围了一圈栅栏，挡住了他人的闲言碎语。

在门口，那干瘦的老头儿坐在板凳上剥蒜，脸上皱巴巴的，眼睛里面却带着些笑，瞧得出心情不错。

过了一会儿，屋里传来结结巴巴的声音：“我、我饿！”

干瘦老头儿听了，急忙跳起来，钻进屋子里：“幺儿哎你等一等，爹就给你烙饼去！”

王谦的喉头微动。

虽说只听见了几个字而已，可他之前时常与那声音主人谈论政务、提出诸多工事上的建议，哪里会听不出来？那个说不清话的“傻子”，不是他们久寻不到的赵元昭又是谁？

下意识地，王谦倒吸一口凉气。

这下可糟了，听起来平王殿下似是遭逢大难，已然迷了心智……

很快，那张老头去一旁的灶房里忙活，没多久端着刚烙好的热腾腾的粗面饼走出来，把饼放在外面桌上，自个儿则进去屋里，牵了个身形颀长、穿着粗布衣衫的年轻人出来。

这个年轻人相貌英俊，可神情却有些呆板，木愣愣的，眼珠都不太会转的模样，现下乖乖被张老头牵出来，又乖乖坐在桌子前，被张老头一口一块饼地喂食。

王谦心中一滞。

不错……这果然就是平王殿下。

他、他怎会变成如今这样？

一时间，王谦也不敢贸然打扰。

若是神志清醒的平王殿下，他自是会立刻过去与其相认，也好听从殿下的指示，可如今殿下这般模样，定然是不能下指示了，那他们就要从长计议，需仔细想个法子来应对。

倪苍带着王谦迅速离开。

王谦轻叹。

倪苍一边飞速地往县城掠去，一边同他说道："回去先与张庆年商议一番，同时也去给白义英送信，让他知道。"

王谦此刻也冷静下来，开口道："回去后，叫死卫过来守着殿下，让张庆年在县衙里处理事务，你我迅速赶回平王府，将此事告知白兄。"

原本他们应当尽快将殿下带回平王府的，但殿下如今这样，不可叫更多人知晓，哪怕是王妃，也要隐瞒一二。故而……也只能先这般了。

待到了县衙，王谦神情已恢复自如。

他先将死卫召来，私下里秘密与他说了一些话。

死卫瞳孔收缩，行礼之后迅速离去。

王谦思忖片刻，又把张庆年叫来，吩咐他这些时日先将县衙照管好，又言道他们两个要去得更远寻找云云，竟是连如今已找到平王之事都不曾提起。

张庆年知道王谦此来最为要紧的便是寻找平王，在此前提下才是本县的父母官，而日后真正要在此县历练的实为他自己，故而并未怀疑，只是请王谦速去速回便罢。

王谦交代完一切后，便跟着倪苍，在入夜之后离开靠山县。

他此来是为平王殿下，可真的找到了，却也不知到底是幸还是不幸了。

在倪苍以最快的脚程赶路之下，没几日，两人已顺利回到府城。

但因平王之事事关重大，他们来的时候隐秘，在入夜时分潜入王府也极隐秘。

倪苍纵身几次跃动，兔起鹘落般来到了书房前。

书房里仍有灯，如无意外，必然就是在这些时日以来时常日夜忙碌处理事务的白义英了。

王谦戳开窗纸，朝里面瞧了瞧，见果真是白义英，且周遭无旁人，才由着倪苍带着他，从另一侧推开房门，悄无声息地进入书房里。

白义英陡然察觉有人，登时抬起眼来，低呼道："什么人？"

与此同时，屋外隐蔽之处，有两名死卫立时现身，同样纵身闯入屋中。

但倪苍早有所料，当即出手如电，将两名死卫的穴道点住，叫他们不由得僵住了身子。

此刻，白义英看清入内的两人，心下微松，也不再如先前那般紧绷了。

他压低声线："你们怎么突然回来了？"说到此处，他倏然反应过来，面上露出一丝喜色，"莫非——"

然而当他看清王谦面上正露出一丝苦笑时，心里陡然一个"咯噔"，原本的喜色也消失了。

王谦神情凝重："找到殿下了。"

白义英定了定神，知道他还有后话。

王谦低声道："殿下他，出了点意外。"

接下来，王谦极快地将先前所发觉之事尽数告知给白义英，而白义英在听他言说时，面上神色也是接连数变，最终手指捏紧，长长叹了口气。

王谦问："如今殿下这般模样，究竟是将他带回，还是留在那处？"

白义英在房中接连走了数遭，久久不能决定。

终于他说道："先叫我想一想，殿下此事……且莫要告知任何人。"

王谦点了点头："自然。"

因王谦与倪苍回来乃是隐秘，两人之后也并不现身人前，而是只在这书房里待着。

平日里，书房中除却白义英以及他所应允之人外，就连王妃也除非白义英着人邀请，否则因男女大防之故，不会贸然来此。故而，王谦两人躲在这里，倒是不怕被外人发现。

白义英对此事也极为难。

一旦将平王殿下带来王府，必然瞒不过王妃，而且人多眼杂，万一有些差错，将消息泄露个一丝半点的，就难免有聪敏之人由那一丝半点推测出来，到那时，殿下的名声自然就要蒙上一层阴霾，哪怕他们日后想法子召回殿下神智，也是污点，来日里若是想要……必然会被人诟病。

——不论如何，此事一定不能让那些不可信之人得知！

在思索整整一夜后，天明时分，白义英终是下了决定。

王谦看过来。

白义英深吸一口气："先莫要将殿下接回来了。"他目光直视王谦，"子逊兄，原本请你过去便是为寻殿下，如今殿下寻到了，左右你也不好立时归来，不如就如先前你我所商议那般，仍留你在靠山县做县令，就近看顾殿下。待寻到可信的大夫，便派去为殿下诊治。"

王谦眉头微皱："莫非，要将殿下还留在那位张老头处？"

白义英点了点头："只能先委屈殿下了，不过我将再派几个死卫过去，在那处守护殿下，子逊兄，也有劳你想法子接近殿下，也好让大夫能顺利给殿下诊治。"

王谦轻叹，但也知道如今只能这般了。

他便神情一肃："我知了，定全力以赴。"

白义英仍是紧绷心弦，却也只能倚仗王谦与倪苍两人。

既已决定，王谦和倪苍便也不在此处久留，他们每多留一些时候，便会多几分被发现的危险。因此在第二个白日里与白义英复又商议了一些具体细节之后，入夜时分，倪苍就带着王谦离开了平王府，同时，有四名死卫跟他们一起离开。

这些死卫，都要去守护平王。

王谦与倪苍带着死卫们回到了靠山县，仍旧是趁着入夜时，两人再次潜入那个平王所在的村子。

那村子是个杂姓村，叫芦苇村，附近有河，还有成片的芦苇荡，故而得名。

为免傻子被人嘲笑，每晚张老头都是夜深人静才会带着平王赵元昭到河边洗澡，如今一行人过来时，他正拉着赵元昭慢悠悠地走回来。

几名死卫远远就看清了赵元昭的模样，登时都是眉头一皱，心里一紧。

这可是他们的平王殿下，怎么、怎么居然会这般……

此刻，死卫们也越发明白为何要隐瞒消息了，若是让外人得知平王变成了这般模样，那可真是要掀起轩然大波，而且他们整个南华府都将落入被动之中！

难，真难。

在互相对视一眼后，这些死卫们便都下定决心，誓死守住平王殿下！

王谦将平王交托给死卫们照顾，低声道："待大夫到了，在下再将其送来。"

死卫们都点点头。

王谦略一迟疑，继续说道："殿下如今神志不清，诸位在照管殿下时，也可尝试出现，慢慢与其沟通，也让殿下渐渐习惯……"

言下之意，几名死卫也都明白。

无论是要真正守护平王，还是之后请大夫过来，都得让他熟悉生人方可，否则，也会引起一些麻烦。

交代完，王谦被倪苍带回县衙。

连日里奔波这许多时候，王谦在沐浴后狠狠地大睡一场，整个身子也有些虚弱。

倪苍自又是忙前忙后，为他煎药，照顾于他，一点点让他调养过来……前日里王谦心头都压着许多心事，到如今，也总算是能稍稍安心下来。

第二十六回

稚童心智

没过几日，王谦正在衙中处理事务，就听得有故人前来拜访。

王谦微微讶异，但很快便想起来——许是白义英那处有什么消息？

当下里，王谦就着人将来客请到会客之处，自己也带着倪苍很快赶去。

两人匆匆数步到了会客厅，但见一人背着个箱笼，正坐下喝茶。

此人瞧着相貌清隽，须发皆白，身形瘦削，但他手指、腿脚都颇有力，瞧着并不老迈，且有一种较为温和从容的气度。

王谦略一顿，便认出此人。

他正是平王府中医术最为高明的大夫，姓沈。

其并非那只在府中坐等之人，每年都会抽空出去云游一段时日，亲自采药——当初若非是他见平王仁德，又有那防疫之事，他必不会应了平王府的邀请，成为王府中的医者。

王谦得见，果然是故人。

当初沈大夫不知怎的知道防疫之法乃是王谦提出，对他颇有好感，也曾与王谦谈论一些医术之事，同他颇有交情。

王谦见到沈大夫，神色一松。

先前他也不知会是哪个大夫过来，而今发觉沈大夫能赶来，就着实安心一些。

大夫已拱手道："子逊小友，老夫来叨扰了。"

王谦急忙回礼："沈大夫客气，晚辈正是求之不得。"

两人寒暄数句。

沈大夫打量了阔别已久的王谦、倪苍二人，面色微正："子逊小友，不知病人在何处？"

他说话有些隐晦，也是为防隔墙有耳之故。

尽管倪苍耳聪目明，早知周遭并无他人，可沈大夫这般仔细，自也叫人更加放心。

王谦压低嗓音："还请沈大夫先在宅邸小住，病人之事，晚辈还要再去一探，方能试着想出个行之有效的法子来。"

沈大夫也知此事重大，主动提起也不过是为了言明自己随时可以配合而已，听王谦这般说，便道："老夫随时等候子逊小友吩咐。"

王谦先道一声"不敢"，而后说道："晚辈尽快安排。"

之后，这位沈大夫就悄然入住了衙后的宅邸之内，被请入一间清雅的厢房内。

知晓有这名大夫前来者不多，纵然是偶尔遇上人，因着沈大夫形容气度之故，也都只将他当作新任县太爷的故友，并不会贸然打探什么，而王谦为将此事坐实，平日里也抽些时间出来与沈大夫品茗下棋，佯装悠闲。

但私下里，则由倪苍则找了机会，带着王谦去那芦苇村。

芦苇村里有芦苇荡，芦苇荡中有很多芦苇，能编织出各种用具，也有一些野鸟会在此处做窝。

每逢野鸟产卵之际，就有不少孩童过去摸鸟蛋，虽说芦苇荡极大，孩童们没有小船，只能摸些靠着外边的，但也足够那些孩童欣喜了。

如今野鸟未生产，就少有孩童来此，而是往往在家中帮着父母做些小事杂事。

只有一人除外。

这人自然便是神志不清的平王赵元昭了。

芦苇村的芦苇不错，编织的一些寻常之物卖不上价，但张老头却有一门祖传的手艺，能编织出极好用的草席。虽说这些草席只在夏日里能卖出去，可毕竟不能待到夏日再来编织，故而张老头在将赵元昭照顾得妥妥当当之时，也重操旧业，为明年两人的嚼用而努力。

赵元昭待不住，原本是要在村子里瞎玩的，可惜总有孩童想欺负他，他就在死卫的引领下，渐渐去了芦苇荡的旁边，并在死卫的带领下，进入芦苇荡深处。

厚厚的芦苇挡住了外面的视线，哪怕芦苇荡深处有好几人，外面也不曾发觉他们的踪迹。

赵元昭脑子不清楚，对外人却也并非全无防备，可大约是因着死卫乃是他身边最值得信任的暗中势力，在死卫头一次出现在他身前时，他也不曾露出防备之意。

死卫们见状，自也略放心些。

——若是平王殿下潜意识里都糊涂了，他们也就当真不知该如何是好了。

王谦和倪苍进入村子后，在倪苍敏锐的观察下，很快也来到芦苇荡，见到了那水泊与芦苇中央晃荡着的一只小舟。

倪苍揽住王谦，足尖一点，就极快地也蹿入其中，落在那艘小舟上。

小舟上几名死卫护着个粗布衣衫身形颀长的青年，那青年左右两手各捏着一块糕点，正腮帮鼓鼓地吃着，那模样颇有些憨态可掬之感。

这样的赵元昭，王谦从不曾见过。

王谦吸一口气，走过去，坐在赵元昭的身旁："小哥，你怎么称呼？"

赵元昭扭过脸，嘴角都是糕点渣子："我、我叫宝儿。"

王谦愣了愣——宝儿？为何殿下如此自称？

一名死卫低声说道："王大人有所不知，殿下当初年幼时……先皇后便是这般称呼于他。"

王谦倏地明白。

之后那名死卫又说几句，将如今赵元昭的情形说了出来。

原来他们用糕点等物与赵元昭混熟之后，从他口中也套出不少话，得知如今的赵元昭自觉大约是在八九岁的年纪，其母先皇后正是郁郁寡欢、缠绵病榻之际，因有心无力，待他也不及从前细致，但先皇后始终很是疼爱赵元昭，远比如今那荒唐无比的当今圣上要强上数倍。

大约也是因先皇后已逝之故，如今自然也不会出现，所以赵元昭潜意识中虽是变得"年幼"了，却以为自己正处于有母亲疼惜，却时常见不着母亲的情景之内。

王谦登时了然。

原来是这般……

那么张老头约莫是被平王当作了年幼时照顾他的老人，而这些死卫甚至他自己，则被其看成了那时陪伴在他身边的侍卫宫人之类？

倒也并不奇怪，而且能让赵元昭下意识接受，对于之后请人来给他诊病一事，也有好处。

于是王谦在陪伴了赵元昭一阵子后，方才离去。

此后接连三日，皆是如此。

待第四日时，王谦对赵元昭说道："宝儿小哥，这几日我见你有些疲乏，去请个大夫来为你瞧一瞧可好？"

赵元昭拧起眉，眼神里澄澈而带着担忧："我病了么？"

王谦心里一紧："总要瞧一瞧，以防万一。"

赵元昭眉头拧得更紧了："我要与母后一般，吃那些苦药了么？"

王谦半蹲下来，与赵元昭视线相平："吃不吃苦药，也要瞧过方能知道。"

赵元昭悻悻然："那好吧，我听你的，让大夫瞧一瞧。"

王谦露出一个笑容："多谢殿下恩准。"

赵元昭叹口气："不客气，我知道你是关心我。"

也是因着这些时日相处，王谦方才知道赵元昭先前那木愣愣好似"傻子"的模样，只是因着那张老头出现后，口口声声自称是"爹"，周遭之地又太过陌生之故。因此年幼的赵元昭一时间无所适从，不知如何离开，也就只好在这芦苇村里，受张老头照顾了。不过张老头的一片善心赵元昭倒也知道，虽不至于真将对方当作亲爹，却也在内心之中，或是愿意叫一声"爷爷"？

王谦的心情也松缓了许多。

如今的赵元昭记忆在八九岁间，所知所感却好似多凭本能，心智仿佛一片空白一样，很是奇妙。但不论如何，这总算也应当有恢复的希望。

而且……

如今的平王殿下纯挚可爱，很是罕见，也叫人越发心软起来。

之后，王谦被倪苍带回，去寻了那位沈大夫。

沈大夫近来也在县城附近转一转，因着靠山县后有数座大山，他腿脚康健，也在其中寻了一些草药回来，炮制好了以便随时取用。

王谦回来后，沈大夫正在晾晒几种药材，神情间带着些严肃。

听见脚步声，他回过头："子逊小友，今日回来得早。"

王谦面带一丝温和笑容："沈大夫，怕是明日就要劳烦你了。"

沈大夫一怔，旋即面色凝重："已决定了？"

王谦微微点头："此事拖不得，如今也该是时候了，沈大夫，还请多多用心。"

沈大夫道："这是自然，老夫必会竭尽全力。"

两人说定，待第二日时，沈大夫就跟着王谦、倪苍二人来到了芦苇村。

不过，为能确保诊断无误，几人仍旧是白日里过去，倪苍带不上两人，就先让王谦在村外等候，把沈大夫送进去后，再出来接王谦过去。

王谦随倪苍又去芦苇荡，在那同样的小舟上，瞧见沈大夫正捏住赵元昭手腕，在给他诊脉。

沈大夫的眉头紧锁，让王谦瞧见了，心里也是一个"咯噔"，生出深深的担忧。

不自觉地，王谦急忙问道："沈大夫，怎么了？"

沈大夫阖目捻须，半晌后，才微微松口气："有些麻烦，但总算不至于束手无策。"

听得沈大夫这般说，王谦等人也都松了口气。

能治就好。

即便他们先前因平王只是心智空白、记忆倒退之事认定他并非当真变傻，应有希望恢复，如今听沈大夫确定下来，才总算安心。

沈大夫也知众人心焦，也不卖关子，直接说道："自今日起，殿下每日都需服药，除此以外，还要用老夫家传白鹿十三针刺其头上穴位，化去其颅中瘀血，方能让殿下恢复如初。"说到此，他轻叹一声，"救治之时，也有艰难之处，你等皆要相助方可。"

王谦等人听得，自是正色应诺。

第二十七回

诉明来意

有了治疗的法子，众人便不再如先前那般心焦。

自此在倪苍相助下，沈大夫日日都来，仔仔细细地为赵元昭医治。

赵元昭虽“年幼”，却似乎知道众人是为他着想，很是配合。哪怕那日日扎针于他而言十分不适，他却也不曾拒绝，即便是偶尔不愿，被哄一哄夸一夸，也就照做。

王谦等人见状，对此事也带上几分感慨。

他们原本做足了要慢慢来的准备，但不承想，平王赵元昭终究是与常人不同，给他治疗起来，也比寻常人要容易许多。

眼看着一切将要转好，赵元昭颅中瘀血在慢慢减少，他的记忆也自八九岁逐步恢复到了十余岁，那原本一片空白的心智，似乎也有了一些转好的征兆……然而却有人寻了过来。

“幺儿——”这嗓音熟悉得很，正是那张老头。

更叫人诧异的是，随着那声音响起，芦苇荡中的水波荡漾，似乎是有什么重物入了水……

倪苍道：“撑船来了。”

几名死卫也是一惊。

他们倒是可以分别想法子用轻身功夫离开，可沈大夫正在给赵元昭医治，银针都已扎进他头上的穴位中了，根本停不得，若是被那张老头发觉……这……

几名死卫拿不定主意，都不由得看向了王谦。

王谦心里一紧。

张老头对平王殿下有恩，他们绝不能做出恩将仇报之事，如今张老头过来也是因担忧平王之故，他们要如何才好？

再说那张老头，他年纪虽老，力气却仍很大，撑船不多时就转进了芦苇荡中。

他心里很是焦急，幺儿脑子有毛病，平日里却还听话，他原以为幺儿每日只是在村中转一转，哪想到他居然不知怎么地来了芦苇荡？莫看总有孩童能在此处捡着野鸟蛋，可在此处被淹死的更多。幺儿不懂事，若过来了，不小心掉进去该如何是好？

也是张老头今儿个难得寻到好东西，想要找幺儿回去一起吃了，在村子里一打听，才知道最近幺儿都在芦苇荡里，而他走过来一瞧，居然没见着幺儿身影，自然是慌张得很，唯恐幺儿是掉进水里，自然就找了一艘旧船过来，要进来寻找。

随着一层层芦苇被拨开，张老头是东张西望，在划过好一阵子后，就见到了一叶小舟的一角。

他一愣，急忙撑船过去，心里还想着，若是幺儿运道不差，许是也误打误撞用了旁人的船？村里的村民没人有好船，可破船还是有几家人有，说不得就有人恰好将船拴在此处，引得幺儿好奇……

这样想着，张老头心里还是很着急，连忙将船划过去，然而待他接近之后，他却诧异地发觉，他认下的幺儿竟被好几人围在中间，头上还扎了密密麻麻的长针，叫他骇了一跳，恨不能立刻跳过去："你们是什么人，要对我幺儿做——"

话还未说完，声音也还未能扬起来，就有一名死卫极快地纵身而来，伸出手指那么一点，直接点住了张老头的喉咙，然后张老头声音戛然而止，竟是什么也说不出来了。

张老头憋得脸通红，又是畏惧又是担心，嘴唇张张合合，满头都是汗水。

这些人、这些人莫不是妖怪？这样古怪，还有这种妖法，他们、他们要对他的幺儿做什么？！

王谦见张老头这副模样，心中有些不忍。

他略顿了顿，朝倪苍示意。

倪苍就将王谦径直一带，与他一起落在了张老头的船上。

王谦慢条斯理地安抚："老丈莫急，我等并非歹人。"

许是王谦相貌生得俊秀，气息温和，且彬彬有礼之故，张老头本来慌里慌张害怕极了，却在王谦的安抚声中，慢慢地平静了一些。

张老头的脸色也渐渐恢复，只是口中还是呃呃啊啊，似乎想要开口说话。

王谦便慢慢说道："不瞒老丈，你救下的这一位年轻男子，乃是与我等有莫大关联之人，如今好容易将他找到，却发觉他头上有伤，落得这般……因此，我等请了大夫过来，为的便是为他医治，也叫他恢复如初。那几位神情严肃了些，却都是在守其安危，而如今大夫给他扎针，也是为用针灸之法，来打散其颅中瘀血，叫他早日痊愈。"

若是他人，哪怕是白义英，也不会对张老头这般认真解释，倒并非是瞧不起张老头，而是他们明白即便说了，张老头也不能明白。但王谦却不同，他愿意一一说来。说过之后张老头或许不懂，可只要听了，也能因王谦的态度能更放心一些。

张老头果然神色更好了些，脸上的焦虑也淡了不少，只是在看向舟上正被医治的青年时，眼里禁不住带上了几分不舍之意。

他虽是个乡村老头儿，但人活得年纪大了，总比村里的年轻汉子更明白，能有这般本事之人却说与他认下的幺儿有莫大关联，可见幺儿本来的身份，也定然不低……这样的人物，他能救下已是极大的偶然，想要留住对方给自己养老送终，怕是不能。

想到此处，张老头面色黯淡。

其实，他内心深处又哪里不知？

莫看幺儿在被他捡回来时，外衣财物都被人剥走了，但哪怕是那里衣也是绵软丝滑，根本不是常物，又哪里是寻常人能有的？只是他不敢深想，也不愿深想罢了。

而今，他亦不能再自欺欺人。

张老头心里转过什么想法，在场之人皆不知晓。

不过这张老头既然过来了，又因相救的恩情而不能对其如何，那就只能请他在此处等一等，待之后再商议要如何行事了。

张老头虽知道已然留不长赵元昭，可心里对赵元昭的担忧却是半点不减，如今能不走便不走，他也想守在此处，瞧瞧那大夫将人治得如何了。

渐渐地，日头偏移，快要落山了。

沈大夫好不容易将这一次的针施完，亦是极为疲惫，面色微微有些发白。

这时他休息了片刻后，才在观察过赵元昭的情形后，一一将他头上的那些长针拔出。

赵元昭睁开眼，发出一声长长的吐气声。

他瞧见了张老头，就跟他规规矩矩行了个礼："张老爹。"

张老头愣了下："幺儿，你、你好了？"

赵元昭摇摇头："我记得十几岁之事了。"

如今赵元昭的记忆恢复到十余岁，但心智不曾恢复，便也只是知道该如何，而并未真正能将记忆化为己用，行为间是模仿居多，还是有些古怪的。因此，他瞧着是比寻常的傻子机灵，却仍非常人。

张老头也瞧出赵元昭还未全好，可终究是比先前好了许多，一时间他心里五味杂陈，不知该说什么，也只能讲道："好、好。好了便好。"

王谦等人看他对赵元昭这般关切，心里也是唏嘘。

谁能想到平王殿下会突然出事，而出事之后，竟与一名乡野间的老头儿生出如此缘分呢？但不论如何，张老头的情谊也是一片真挚。

张老头在问候过赵元昭之后，便微搓着手掌，不知该说什么好。

这时候，王谦心念一转，对他和善说道："老丈，这一位身份特殊，如今身患……若是就这般将其带回，恐怕对他有所不利。因此，我等恐怕还要让他再叨扰老丈一阵子，不知老丈意下如何？"

张老头听得，先是一喜，而后便是担忧："他怎么了？有人对他不好？"

王谦更和善："倒也并非如此，只是如今他正在医治的紧要关头，能不挪动还是不挪动为妙。"

张老头就答应了："这没甚要紧，让他留着，留着。"

王谦又露出一丝迟疑："不过……"

张老头扭过脸："还有什么？"

王谦苦笑道："不过，不知老丈是否介意……多出两人。"

张老头一愣。

王谦叹口气："在下与这位友人想要以老丈远房亲戚的身份留在此处，也便于照顾这位。老丈放心，若是你肯收留，我等必然会给老丈你报酬的。"

张老头虽说没多大见识，可年岁在这里，也还精明，他捡到那人救了他是心甘情愿，旁人也要过来，他是不太高兴的，可若是肯付钱，就另当别论。

如今这老头儿也瞧出来，这些人并非那等视贱民如蝼蚁的"大人"，都挺客气，他对着他们的时候，胆子当然也就大了些。

于是，张老头爽快说道："那成，我收拾一间房出来给你俩住，只是老头儿我这里房间少，也只能腾出一间来。"

王谦便道："留在此处已是打扰老丈，哪里还能再多提要求？一间房就足够了。"

张老头这么试探一回，见王谦果然和气，心里也不再那般紧张，只想着回去以后就好好收拾收拾，让人住得舒坦些就是了。至于什么远房亲戚的借口……老头儿不介意，谁还没来过几个远房亲戚？左右只住一段时日，待他们走了，又是风平浪静的。

只是想到王谦他们一走，幺儿也要走，张老头的心里十分难受。

可惜啊，身份不同，也不能做他的真儿子……

第二十八回

从长计议

死卫们依照吩咐还留在此处，而沈大夫则先跟着王谦与倪苍回去县衙，等到明日再来继续医治。

关于也住在张老头那就近照顾赵元昭的决定，王谦很快写了书信让死卫送回王府，问白义英意见。白义英的回信也很快就到，其中让王谦便宜行事，也就是由他方便。

王谦见得，自是定下心神。

沈大夫原本也想要以行脚大夫的身份去那芦苇村暂时落脚，也便于照顾赵元昭，可大夫比起寻常的远房亲戚来，受到的关注可是大多了，加之若是他去了，总是要给村民医治，若是人来得多了，人多眼杂的，沈大夫又从哪里寻到机会去给赵元昭医治？而且更不能正大光明地治，总是不妥的。

再者，一处小村庄，先多了“傻子”，又多了村民从未见过的远房亲戚，还要新来一个大夫，恰好能治“傻子”……这也太过显眼了些。

仅仅“傻子”和远房亲戚，倒是每个村子都有，不足为奇。

很快收拾妥当，王谦换了粗布衣衫，再将自己弄出个风尘仆仆的面相，就与倪苍一起新买一头毛驴，赶着骑着，往芦苇村而去。

到村口，两人果不其然被村民注意上，都看过来。

王谦面带笑容，用较为疲惫的语气询问：“这位老丈，不知这里可是芦苇村？村里可有个名叫张大发的老汉？”

倪苍沉默不语，背上挂着弓箭，打扮得如同很少与人来往的猎户。

被他询问之人也是个年岁不小的老汉，正扛着锄头，听王谦这样说，就笑了：“来找张老头啊？你们是什么人？你瞧着像个读书人罢？这个后生是猎户？”

王谦笑容还是很温和：“小生确是读过几年书，如今家里人都不在了，也没什么田地，少有出息，想到还未出五服的一位长辈在此，故而过来投亲的。”又道，“这位是小生至交好友，一路来多亏他护持，他也是个没有家累的，想要找个地方安顿一些时日。”

老汉听王谦说得合情合理，也就点点头，伸手往一边指了指：“两个后生，你们往那边走，瞧见一棵大杏树了，最近的那家就是张老头的。张老头心肠好，早年认了个干儿子，一直当亲生的对待，可惜那小子有了媳妇儿忘了爹，是个白眼狼！你们日后要是碰上鲁伢子，千万莫理他，心黑着呢！前些时日张老头又捡了个傻子回来照顾，你们这正儿八经的亲戚过来，他肯定也能照顾你们……”

这老汉挺健谈，王谦耐心听他说完，才跟倪苍一起朝他行礼告辞，往他所指的方向而去。

等两人身影走没了，旁边还有村人调笑：“赵五爷，你今儿个怎么恁多好话说给张老头？”

老汉锄头一甩哼哼一声：“张老头是倔，可我老五也记得他是个热心人，不说他以前借过钱给我，就说村里但凡有谁遇上难处，他要有余力，哪次不帮？那条白眼狼最会哄人，傻子又不懂事儿，要过几天白眼狼过来认个错，张老头不被骗才出鬼了。现在可好了，来了个血脉相连的，白眼狼再怎么会哄，还能跟那后生比？嘿！”

村人们听了，也都笑道：“是这个理儿！赵五爷高义啊！”

老汉用锄头往地里一砸：“得了得了，干活干活！”

再说另一头，王谦与倪苍二人已顺利到了张老头的房子前。

此处他们早已摸熟了，如今，只欠张老头配合。

王谦就在那栅栏前微微扬声：“叔爷！二叔爷！”

里面很快就走出个老头儿，定眼把王谦瞧了好一会儿，才绽了一脸笑：“是老大那边的？长得跟老大可真像！你们怎么过来了，老大呢？”

一边说着，张老头一边将栅栏打开，把人请进去。

王谦则是一面低声跟他说话，一面随着他走进屋去。

倪苍紧跟而上。

王谦的声音不大，初时外头还能听到些什么，但慢慢走到屋里，声音也越发小了，渐渐就消失于无……

到了屋中后，几人都不再言语。

张老头将旁边一间屋子的门推开，说道：“两位大人，这里便是你们的住处了。”

另一旁，赵元昭坐在小板凳上，正帮着张老头剥蒜，被王谦恰好瞧见。

张老头顺着王谦目光看去，一张老脸上带着些尴尬，他原想解释说是幺儿非要帮忙，但还未开口，却发觉王谦只朝他笑了笑，并未多说什么。

如此一来，张老头也就不多讲话。

王谦看了看那屋子，的确不大，床也远不及王府中的松软，可是于他而言却不算什么——从前与倪苍一同在外时，连破庙都住过，这屋子好歹结实干净。

见王谦不曾露出异样，张老头更放心几分。

接下来，王谦就在芦苇村住下了，至于那县里的事务，他直接交给了张庆年，并留了一名死卫在县衙之中。他更是对张庆年吩咐明白，若是有什么大事，就让这名死卫前来通报。

张庆年口风紧，也不多问，只管配合王谦而已。

没多久，整个芦苇村便都知道，在张老头家有了两个远房亲戚来投靠，一个人高马大的，一个文质彬彬，瞧着不像是一路人，可都是有大本事的。听说啊，那个文质彬彬的读过书，就是老教那傻子读书，瞧着有点迂了。而那人高马大的就厉害了，是个猎户，来了以后每日都上山，每次回来都能带上几只兔子、山鸡之类的猎物，吃的大肉都足够了，吃不了的还每两日去县里卖一回换钱。

所有村子里的人都说，这张老头可是享福了，这血脉相连的，就是和那抱来养的不同！

这样的消息自也传入了那个娶媳妇忘爹的“鲁伢子”耳中，还带着媳妇过来闹了一回，想讨野物回去吃，讨钱回去花。可倪苍往门口这么一站，手一拎，就把俩人都给甩开了，之后还敢来，便来一次揍一顿，算是让他们再不敢过来打抽丰。

张鲁和他媳妇两个从此也成了村子里的笑柄，灰头土脸的，每次见着张老头都绕道走。

张老头一边为张鲁的事儿伤心，一边也觉得痛快，转头对赵元昭更爱惜，慢慢也对张鲁死了心了。

而王谦，则的确是在教赵元昭读书。

赵元昭如今记忆在，但许多事却反应不过来，那沈大夫提出，若是能让他多多读书思索，便有可能让反应与记忆匹配，慢慢恢复心智。

王谦自来喜爱读书，若是让他教导什么治国之道恐怕为难，可倘使只是单单教导读书，却能一试。

因此，在每日赵元昭被沈大夫医治之后，王谦就拿起一册启蒙之书，在屋中给赵元昭讲解，让他慢慢把字义与记忆相对，读诵起来。

赵元昭对此很是听从，大约真是因逐渐好转之故，他进益也是极快，慢慢地心智从一片空白到如蒙童一般，再逐步朝着少年人转变。

又一些时日过去，赵元昭不再是懵懂少年，而是表现得如当初那个少年太子一般。

见他恢复颇快，死卫们也很是安慰，他们之中大多是在太子十多岁时便跟随在他身侧，如今的赵元昭，当真是让他们再熟悉不过。

“大学之道，在明明德，在亲民，在止于至善……”赵元昭捧书而读，再不同于先前那般懵懂模样。

待读完了，又与王谦互相探讨一番后，赵元昭忽而问道：“子逊，听闻你是在我被贬南华府后，前来相助于我？”

王谦闻言，微微一笑：“能与殿下相逢，也是偶然，不过殿下仁德之名，子逊早有耳闻，心怀敬仰……”

赵元昭饶有兴致：“我如今还不记得那些，你能说与我听一听么？”

王谦将书搁下，点了点头：“倒是无甚不可说之处。”

之后，他就将他与倪苍如何与赵元昭等人相遇之事一一说给他听。

赵元昭听得入神，不过在王谦说到太平土等事时，便有些赧然——他到底脸皮薄，且所提出那些利民之策皆是他自记忆碎片中得来，非他本身学识，自是无法自我吹捧。

见王谦这般姿态，赵元昭略一沉吟，问那些死卫：“你们哪个知道？说来听听。”

王谦顿时闭口。

能不叫他继续说，也是再好不过。

就有一名死卫自房梁上落下地来，开始给赵元昭讲述王谦所提出的那些可行之法，以及正因他那些法子，才让南华府极快发展起来，不再那般贫困云云……

王谦听得面红耳赤，不由说道：“阿苍要回来了，我去接他。”

语毕，他立时起身，就往屋外走去。

赵元昭见他这般羞窘，也不拦他，目送他离开后，再继续用心听死卫讲述起来。

王谦到了屋外，方觉得面上之热散了些。

他心里也是无奈，只越发期盼平王殿下能早日恢复了。

然而，事与愿违。

虽说在沈大夫医治下，赵元昭的确是日益好转，但不知为何，在他的记忆恢复到二十出头时，便难以记起更多了。但经由沈大夫几度诊脉后，也知道了缘由。

在那小船上，沈大夫叹一口气。

王谦急忙问道："沈大夫，如何了？可是有什么不妥？"

沈大夫也赶紧摆摆手："莫慌张，并非如此。"他捻了捻须，说道，"殿下颅中确实还有一丝瘀血，迟迟不能彻底恢复，想来便是这个缘故。不过倒也无须担忧，这丝瘀血并无大碍，自然会慢慢化去，待全然化去的那日，便是殿下彻底恢复记忆之时了。"

王谦松口气，又问："沈大夫可知道所需多久？"

沈大夫略思索，摇了摇头："短则一月，多则……便说不定了。"

王谦有些失望，却也知道人颅中之病最是莫测，沈大夫能医治到如此地步，已是本事极大了，之后，他们便只有慢慢等待平王自行消散瘀血，恢复如初。

这一等，当真就等了半年之久。

第二十九回

恐有生变

从最初教导赵元昭读书，到之后赵元昭逐步恢复，就成了两人互相探讨书中精义。

王谦与赵元昭之间，原本王谦是赵元昭心腹，也被他看重，但彼此之间当真说不上如何亲密，也谈不上友情深厚，但经由这段时日的相处日益不同。此中王谦对赵元昭越发了解些，同时也因着堪称是陪同赵元昭一起“长大”，让他对赵元昭除了敬仰之外，也多出几分亲厚。

这一日，王谦照旧与赵元昭一同读书后方回屋，然而回去之后，却不见倪苍踪影。

王谦心里一惊，以为出了什么事，急忙出声：“阿苍？阿苍？”

话音刚落，他便觉出一道轻风打来，自他身侧划过，他心下一松，立时朝着风来之处看去，就见到在窗外那一棵大树上，最为粗壮的树杈中，侧坐着身形高大的青年。

王谦缓缓吁了口气。

无事……甚好。

王谦就走到窗边，问道：“阿苍，这样晚了，你怎的还不回屋？”

倪苍并无言语，身形一纵，已自那打开的窗子而入，悄声落地。

不知怎的，王谦只觉得今晚的倪苍，似乎有些心事。他心里有些担忧，不禁问道：“阿苍，你怎么了？”

倪苍微微摇头。

然而以王谦对倪苍的了解，只觉得他在掩饰罢了。

但无论王谦如何询问，倪苍都一语不发，王谦无奈，也只好不再追问。

只是之后几日过去，倪苍始终如此，叫王谦的心神都有些忧虑起来。

赵元昭日日与王谦一同读书，自也发觉了王谦的不对劲处，当即也询问出口。

王谦微微苦笑一声——他这如何能说得出口？莫非要对赵元昭言到，他是因着操心好友倪苍，以至于心生忧虑么？

赵元昭询问无果，便以为此有难言之隐，并不寻根究底，但王谦心绪仍未有半分好转。

如此过了两日，王谦原本便比寻常男子用饭用得少些，心绪不宁时就更是如此，虽如今只这点时间，可他却依旧仿佛瘦了一圈般，叫人瞧着心中发涩。

王谦正辗转难眠，察觉到倪苍的身形，看了过去，勉强笑道：“阿苍，你怎的还未睡？”

倪苍默然立在床边。

王谦叹道：“你我相依为命这些年，你有什么心事，不能与我言说？”

倪苍剑眉微蹙。

王谦静静与其对视。

良久，倪苍方才说道：“我不通诗文，亦不知家国大事，只有一把蛮力，不堪为人言说是你王子逊的好友。”

王谦听得一怔，万不曾想到，好友近日来这般郁郁，竟是为此！然而……这天底下，有多少人比好友更有本事，又有多少人与他一般，待自己如此赤诚？所谓不堪为友，万无须如此说，都要叫他无地自容了！

思忖之后，王谦方来回忆为何倪苍会有如此想法，这般一想，便想起先前那段时日里，他日日与平王殿下一同读史、评书、赏诗、论事，然倪苍身出深山，自然少谙此事，两人自是不会高谈阔论这些问题。倪苍所忧虑者，无外乎是身为好友却无法共谈，说起来自己都觉得荒唐罢了。

尽管倪苍不能与他一同读书，探讨书中精义，但若是无倪苍在身边，且不说他早已死了许多次，只说如今，他也难免有些心中不安，但眼前平王逐渐恢复，好友倪苍又武艺超绝，早已不似当年漂泊流亡之时。王谦自是能定下心来，同倪苍一起辅佐赵元昭，为百姓谋个太平日子。

如此倪苍，便是王谦至交好友，除他以外，再无第二人在王谦心中这般要紧了。

即便是平王赵元昭，于王谦而言，也先是能爱护百姓的平王，再是友人赵元昭。

王谦立时开口，正是斩钉截铁：“于我而言，阿苍为知己挚友，其余之人，尽皆不如。”

倪苍也非矫情之人，先前见王谦同赵元昭、白义英侃侃而谈，自己半点听不明白，眼见几人如此抱负，身为挚友的自己却一窍不通，未免万分不自在起来。如今听王谦开解，便也觉得自己囿于往来无白丁的想法过甚，左右当年他受其恩惠，便想着一直护他安危，如今始终能保好友平安，便也足够。

王谦见倪苍周身再无那等压抑之感，心下微松。

如此甚好。

他也无需因担忧不能与王谦共商政事而自觉不配为友了。

当晚，王谦胃口好了许多，用饭也用得比寻常多了不少。

赵元昭见状，面上带笑。

就这般，几人在此地渐渐待了半年光景。

赵元昭的记忆始终差上一丝，但是逐步也如同寻常人般，心智完善许多。

毕竟是天潢贵胄，恢复后气度尤为不凡，从前痴傻时，张老头还敢亲热地唤他一声“幺儿”，但如今见到他，却是有些战战兢兢之感。

好在赵元昭已听说张老头是他的救命恩人，待他很是客气，又因记得之前痴傻时张老头对他照料，虽不曾就认了个老爹，却也愿意亲亲热热地叫他一声老爷子，让张老头又是紧张又是欢喜。他想着，就是这般的贵公子，在恢复后也愿意敬重于他，当下里就将对那养子鲁伢子最后一点情谊抛去——那实在是人品低劣，再不必留恋的。

正在众人在村中慢慢等待时，忽然有一日，村外来了几个人。

村子里的村民也想上前去问，但这几人的气度与村人十分不同，叫人不敢接近，便眼睁睁看他们走进村来，一拐脚，去了张老头那边。

就有人纳闷了——这怎么总有人来寻张老头儿？那老小子莫非又有远房亲戚来投？不过这回的几个瞧着可厉害，莫不是来找麻烦的罢？

许多猜测，都在村民们心中摇摆，不过他们到底还是没胆量去窥探贵人，也只能暗暗猜测了。

而张老头此刻正在屋子前掐豆角，见到几个生人过来，愣了一愣。

他马上立起身来，因着这段时日与赵元昭等人相处，倒是不曾被生人们身上的气势所慑：“几位是过来找人的？”

第一反应，张老头便觉着几个生人与屋中之人有关。

张老头这话音刚落，还未等来人说什么，屋中就有个文质彬彬的年轻人走了出来，他抬眼往外一看，也愣了愣：“白兄？你怎么来了？”

来人正是白义英，照理说，他如今当在南华府城坐镇，却不知怎的到了这芦苇村来。

在白义英身旁还有几人，有的面熟有的面生，但都落后白义英一步，可见乃是跟随他而来，而且能一同来见赵元昭，也应当算是他的心腹。

白义英脸上露出一丝无奈之色：“子逊兄，出了些岔子。”

王谦心中一紧，旋即，他便说道：“白兄，还是进来说话罢。”

之后张老头打开栅栏，将来人尽数请了进去。

张老头不曾入得屋中，而是仍坐在门口掐豆角，一切如同往常一般，半点不引人注意。

另几人到了屋中后，便在白义英的带领之下，齐齐给那瞧着神志清醒的贵胄青年深深行礼：“属下等人，见过殿下！”

那贵胄青年连忙将他们扶起，口中说道：“快快请起！这段时日本王受困于顽疾，连累诸位替本王周旋，着实辛苦了。”

眼见如今赵元昭好转许多，白义英心里也放下一块大石，只是他不知为何平王好转之后，却仍不将其带回王府？

见白义英疑问，众人也无隐瞒之意，王谦就叹一口气，将赵元昭如今实则还不曾完全恢复记忆之事，都一一说给白义英知道。

白义英听完，这才了然。

但无论如何，平王殿下能恢复心智，就是万千之喜。

而后，白义英说起了自己的来意。

他也是叹了一声，说道：“原本殿下在此处多静养一段时日，也是对其身子有利，然而据探子回报，朝廷派遣了一名钦差，要来探病。”

也是因着平王殿下久久不曾回归，王府里那假扮平王的死卫能扮演一时，却不能扮演一世，为使外界好奇之人不多来打扰，在一些时日后，便假称殿下有恙在身，不便见客，也阻拦了外面许多视线。

然而若是寻常之人前来探访，这等借口倒是的确能挡上一挡，可若是朝廷派来的钦差想要见一见赵元昭，便难了……死卫再如何扮演，终究并非是真正的皇家之人，气度之上必有欠缺，一日两日蒙混过关，多看个几次，就难免要露馅了。

因此，在那钦差到来之前，白义英须得将平王殿下请回去方可，而他亲自前来，正是想要亲眼瞧一瞧如今的平王殿下情形如何……若是病势仍旧严重，就要与王谦一同商议个可行之法来。

幸甚，来此之后，白义英发觉平王殿下虽未痊愈，但若是多加指点，应付一番那钦差，想来是并无什么问题的了。

第三十回

惨痛回忆

赵元昭得知白义英来意之后，肃容说道：“既如此，本王便随你等回去，不过那钦差恐怕是有备而来，义英，你还要将他的消息多多打探，事先告知于我方可。”

白义英早已跟随赵元昭，对如今的他也颇为熟悉，自然是恭声说道：“殿下放心，属下已差人前去打探了，必不会误事。”

之后众人便决意离开。

王谦和倪苍倒是没什么，但是张老头知晓之后，却是十分不舍。

说来也是奇怪，张老头一个乡野中人，面冷心热，在亲缘上却始终寡淡，唯一得了一份真挚情谊的，居然是出自于他眼中的贵人……哪怕之前贵人们都在张老头家中时，让他行事难以如往常一半，但贵人即将离去，他却是只有别情了。

然而，身份有别，张老头的嘴唇连动数次，却始终不曾开口挽留。

赵元昭如今行事正常许多，可谓心细如发，对待张老头他也有一份情谊，自不会察觉不到张老头眼圈微红，以及他不曾说出口的言语。

随即，赵元昭便说道：“若是老爷子不嫌弃，随我回去如何？”

张老头双眼瞪大，似是从未想过赵元昭居然会有如此提议。

但很快，他的神色黯淡下来：“小老儿哪里有这个资格……”

赵元昭温和说道：“老爷子照料我这些时日，实为我救命恩人，我原本便应当奉养老爷子你。如今若是老爷子不嫌弃，就随我等一同上路罢。”

张老头连连推却数次，终是拗不过赵元昭，心里暖烘烘地应了下来。

赵元昭对张老头的邀请，其余众人却不觉奇怪。

平王素来仁厚，对百姓都极宽和，爱民如子，从不将其视为蝼蚁贱民。如今张老头的确对他有恩情，他要奉养张老头，也定是随心而为。

众人如此敬重平王，岂不正是因他如此心性么？

既如此，自也没有任何一人阻止他带走张老头，更不会有人觉得平王此举有失身份。

收拾一番后，众人便同白义英一起离开芦苇村。

而芦苇村里也因此有了传言……

听闻，是张老头家的富贵亲戚过来了，将张老头带了回去，要让他温饱，给他荣华富贵……也有传言说，那傻子原来并非寻常的傻子，傻子的家人找过来，重金酬谢了张老头，张老头就带着重金，搬到府城里去了……如此种种，传言无数，但无论如何，也再无人能找到张老头的踪迹，而从前因贪恋几间屋子一点家财的鲁伢子夫妻，如何后悔暂且不提，却是被许多村民嘲笑，说他们眼皮子浅，竟为那点子东西，白白错失了张老头这个大财主……

然而这一切，却都与远去的张老头无关了。

自然，更与平王等人无关。

一行人也不曾前去靠山县，白义英只安排了一名死卫带上王谦手中官印与那张庆年交接，而自此以后，靠山县的县令就不再是王谦，而是张庆年了。

到了平王府后，张老头瞧见那偌大的王府，当真是吃了一惊。

——平王府自是远不及其他王府豪奢，甚至显得简陋，但在乡村老头儿的眼里便是非同寻常了。

也是他之前总是回避，而赵元昭面对他时又平易近人，因此每当赵元昭自称本王时，他都不曾留意，自也没能想到，赵元昭居然就是他们南华府最为位高权重的平王殿下！

之后，这张老头就有些情怯，不太敢住在王府里去。

没奈何，加之钦差要来，也唯恐张老头因此受害，于是白义英征得赵元昭应允后，就安排张老头住在城中一间大宅里养老，若是日后钦差走了，再每逢有暇时，将其接到王府小住。

张老头听得，这才轻松一些，不再与先前那般不自在了。

安顿好张老头，王谦等人就一同回到王府之内。

平王妃得知赵元昭归来，自是急忙出来迎接，而赵元昭面对这位王妃，则是有些尴尬。

见赵元昭陌生态度，平王妃有些不解。

白义英这才同平王妃解释道：“殿下记忆尚未完全恢复。”

随即，平王妃才知缘由。

赵元昭面带歉意：“对不住，这段时日辛苦你了。”

平王妃原本有些心伤，但见赵元昭虽不记得，却也体贴，心中方微微一松。

不过，如今也不是慢诉别情之时，很快了解各自情况后，众人就一同来到书房。

白义英忙着将如今南华府诸事一一与赵元昭交接，把如今赵元昭所不记得之事、之关系、之隐秘，也都一一与他说明。

因白义英从刚来南华府时就一直为赵元昭做最为紧要之事，故而绝大多数事他几乎都知道，赵元昭得他告知，对南华府上下诸事，也渐渐了然于心。

白义英又为赵元昭讲解别后天下大事。

半年之内，发生的事不多，却也不少。

王谦于靠山县陪伴赵元昭时，其他府城也在朝廷令旨之下，不得不分别前往西北平叛。然而并非所有人都如赵元昭一般爱民如子，会一路救助难民；也非所有人如赵元昭一般，会将府城里一半精锐兵力带上，真心平叛；自然也更不会有人与赵元昭一般，为顾全大局，就交出手里的兵权，反而连累他自己在回归途中，被人刺杀，险些身亡。

其余府城对朝廷令旨虽是听从了，但大多阳奉阴违，并不积极，且一路行军过去，但凡缺了粮食，都要自当地百姓手中征得，甚至欺男霸女之事也不曾少做。到后来，他们所过之处与被盗匪清洗过一般，叫无数百姓越发贫苦。哪怕是一些富裕的府城，遭受凌虐一通，亦变得捉襟见肘起来，若是原本就不甚富裕的，更是让许多百姓都没了活路……

因此，这些府城兵士所谓平叛，反倒是给举国上下各地百姓带来更大的灾难。

及至到了西北，这些只会欺凌百姓的兵士又哪里能真正平叛？西北之地民风彪悍，聚集起来的叛军更是由悍匪壮汉等组成，在与这些废物一般的兵士短兵相接后，西北之地大胜，那些兵士有不少都被西北叛军杀死，还有一些侥幸逃得一命的，最终也在无尽的恐惧中吓破了胆，正是屁滚尿流，连滚带爬地逃窜了。

那原本就没什么规矩的队伍，自也就此散开，被叛军嘲讽无能。

而且，这还并非是最为可怕之事。

西北造反后，朝廷几度下令平叛皆无所得，且各府城的兵将沿路所为也让百姓对朝廷失去信心，甚至不少家破人亡的，对朝廷怀抱仇恨，不惜落草为寇，以图活命、复仇。

与此同时，西北接连的胜出也让各地有些见识之人生出了野心，他们也开始在各地拉帮结派、聚集人手，一时间，又有不少山头的匪徒揭竿而起，种种宣言，要推翻如今这腐朽的朝廷！

举国各处群起响应，竟有十多股“义军”出现，纷纷招兵买马，要分割天下。

赵元昭听得，自是极为失望。

他虽早知如今朝上乌烟瘴气，却没料到国中上下居然已然疲弱至此，而帝都之内还歌舞升平，奢靡成风，好似全不知大赵已是千疮百孔、大厦将倾一般。

甚至，到了如今这地步，竟还依旧无作为，听白义英之言，如今朝廷根本不将各地叛军看在眼里，觉得都是乌合之众，不值一提……还沉浸在大赵最为繁盛的风光迷梦之中！

但赵元昭不同，他却知晓现实。

如今的大赵，早已不如当初的大赵了。

白义英见到赵元昭的神情，有些踌躇，又有些沉痛。

赵元昭见到白义英的神情，不由心里一紧。

他看过去，肃容问道：“义英，你可是有事不曾对我说？”

白义英深吸一口气：“殿下许是不记得了……在你遇袭以前，刚将军权交给朝廷派来的刘将军，但……”说到此处，他语气里深藏不忍，闭了闭眼，“但我南华府那两万兵士，却因其指挥不力……全军……覆没。”

赵元昭听得，登时面色一阵发白。

什……么？

全军覆没？

兵权被夺之事，赵元昭早有所知，虽有些不愿，但毕竟是为平叛，他便也遵从朝廷之令，原以为自己对于兵事上恐怕不如那身经百战的将军，想来在那将军麾下，这些兵士能存活更多，却不曾想，这一举反倒是害了他们的性命，居然导致如此结果！

一时间，赵元昭亦无法接受此事。

他深深呼吸，挥了挥手：“你等先回去罢，叫本王静一静。”

王谦也不曾想到半年来如此多事，亦对那两万兵士深为痛惜！

因着此事，也显示出赵元昭的弱处。

身为一名天潢贵胄，肯放下权力为兵民着想是他仁厚，然而这仁厚之余，便又有些优柔寡断，失了应有的一份果决。

若非赵元昭对自己着实不够自信，若非他思虑太多，那两万兵士也不会落到如今这个地步。

恐怕赵元昭也想到了，因此他极为后悔，心绪难以平静。

白义英与王谦对视一眼，悄然退了出去。

如今，也只能让这位平王殿下在书房中冷静冷静，整理好心绪了。

王谦就与倪苍一起退回了那小院里。

但退回去归退回去，他们对平王如今的状况亦很担忧，白义英比之两人更甚，这几日总守在书房外，时不时总要听一听里面的动静，深恐平王殿下伤心伤身。

又几日后，书房门终于开了。

第三十一回

钦差探病

几人走到门口，齐齐朝里面看去。

赵元昭正往书桌后走，桌上有一盏茶，但是早没了热气，想来凉了许久。

他脊背挺直，一步一步皆很坚定，待回过头坐在了座上，众人便看清了他此时的面貌。

脸色苍白，一双眼眸却极明亮，眉眼之间，更多出了许多坚决。

但是，他的眼圈淡黑，眼里也遍布血丝，显然多日不曾好生休息过，甚至根本不曾睡过，但他的精神却还不错，似乎在心里有了什么极坚定的主意。

赵元昭道："我无事了，今后你等也不必忧虑。"

白义英和王谦都仔细看他，见其的确与从前大不相同，也都松了一口气。

王谦总算能放下心来，与倪苍回去。

只是两人却还不得歇息，如今钦差即将到来，府内上下都要忙碌，王谦也时常被叫去相助，倪苍自然是要伴在王谦身边……在难得闲暇之时，两人也与从前一般，一个抚琴一个舞剑，偷片刻惬意时光。

忙碌之中，那钦差的消息陆续传来，终于有一日，有人通报，钦差已然接近南华府，即将来到此地。

"殿下，那什么钦差当真太过奢侈，一路过来，竟……"白义英思及死卫送回的消息，着实气恼。

另有幕僚说道："不错，虽说是钦差，也不知有什么实职，只听说是奉了王命，手中还带着空白圣旨。今上、今上缘何要给那样一个浮躁之人如此恩宠？"

又一幕僚则是冷笑一声："恐怕，这恩宠所给的并非是钦差，而是与那钦差深有瓜葛之人！"

霎时间，众人心中皆有一言闪过：妖妃！

不错，据打探，这名钦差正是张贵妃一力推荐而来，甚至钦差探病——或者说试探之事，亦是由那张贵妃提议，而今上百依百顺……

众人都极不解，为何那妖妃能让今上如此？

今上素来喜新厌旧，妖妃再是如何美人，亦不该盛宠至今才是。

然而自打那妖妃进宫以后，不几日宠冠后宫，之后便是逐渐影响朝政，让原本就有些荒唐的今上变得越发不堪。朝中本多能臣，而能臣也并非是那等不知变通之人，眼见妖妃对今上的影响越发大了，后来甚至精心挑选过其他姿容绝色的女子进入后宫，想要规劝今上，使其至少能勤勉朝政。没料想，不论是送去什么样的女子，尽皆不是妖妃对手，哪怕是受宠一段时日，也压不下妖妃的风头，而若是再多一段日子，今上就腻了那些女子，从此有些直接被打入冷宫，有些虽还时不时能得些雨露，却是妖妃让她生她便生，妖妃让她死她便死了。

久而久之，那些能臣知晓此计万不能成功，便不再送女子入宫，而这些能臣也在之后的几年里陆陆续续被今上弃用，最终在朝堂上没了立足之地。

何其……让人难以置信。

思及妖妃，房中所有人都是一阵气闷。

今上荒唐，众多朝臣本就并不抱多少希望，只想着待日后太子殿下登基，将今上养在宫里供着就是，左右不过是多耗费些银钱，只要太子殿下将国家大事处理好，总能慢慢提升国力……没料想，今上受了妖妃怂恿，直接将太子殿下废了，还贬到那样贫瘠之地，路途遥远，回帝都也艰难，那朝堂果然渐渐落入奸佞小人之手，整个大赵也在如今彻底地乱了起来！

赵元昭这些时日记忆还未恢复，却也听足了关于今上和张贵妃的荒唐事，他对张贵妃原没什么印象，然而现下印象倒是深刻了，但也不曾想到，一名女子居然能将朝堂搅和到如今这地步。

不过，他倒也并未将一切错处尽皆推到张贵妃身上，只因若是他那父皇能拎得清，又怎会因为一个张贵妃而如此？归根到底，还是……

想到此处，赵元昭叹一口气，终究不再想下去。

子不言父过，为今之计，还是先想法子打发走那钦差，而后便是……平叛了。

深吸一口气后，赵元昭将一些事务安排下去，又与众多幕僚商议了一番日后如何在南华府征兵、练兵、积蓄钱粮等事，才吩咐他们离开。

而他自己则是靠在椅背上，揉了揉眉心。

或许他自己也不曾发觉，如今的他比起从前的他来，行事间要果断了许多。

又一些时日，那钦差总算在一众仪仗的护持下，来到了南华府府城。

这一路上钦差极为奢靡，所过之处但凡是遇上了官员，总是免不了一通搜刮，叫那些官员狠狠贿赂一番，方肯离开。待钦差走后，那些官员的损失自也有法子弥补，至于引来治下百姓如何难熬，则也不被这些禄蠹之辈放在心上。

死卫们不断将消息禀报回来，赵元昭等人瞧见，都是气恼之极，然而当真等这钦差来了，他们却也只能忍气招待，无法立时将其擒拿。

南华府……到底还是底子薄了些，一旦引起朝堂的忌惮或打压，便一切休提。

平王到底是王爷之尊，并不必亲去迎接钦差，因此就由白义英率领如今南华府众多官员前往迎接，并将其请入了平王府内。

钦差前来，本应住在别院里，但南华府还不算十分富足，原有的别院还在修葺，且这钦差着实有些不妥当，便只好先让他住进王府，也好就近监视了。

赵元昭已然准备妥当，在有人过来通报说钦差已至时，才主动出去，与人相见。

相见之处乃是王府前院，他也正好与钦差打了个照面。

那钦差的相貌瞧着还是颇为英俊的，并不如同赵元昭等人所想那般是个脑满肠肥之辈，他身形瘦长，面上带笑，在见到赵元昭后，就满脸堆笑地行了个礼："下官见过平王殿下。"

赵元昭微微拂手："不必多礼。"

钦差原本也未多礼，他只是虚虚装模作样一回，也就自己直起身板。

显然，他是瞧不起赵元昭的。

赵元昭眼神暗沉一瞬，但也并未多言。

倒是白义英等人，心中都油然生出一阵不痛快来。

王谦和倪苍站在靠后些的位子，并不引人注意。

在这钦差进门之后，他们二人也仔细观察此人，发觉他相貌虽还算不错，但眼神却太过活泛了些，眉眼间也带着些奸猾之感，还有那隐隐的倨傲，都显出他本身的浮躁与自负，令人毫无好感。

钦差下访，向来代表今上，而如今却是这样一人……他怎能配得上做一名钦差？

赵元昭短暂地与这钦差会晤后，他便激烈地咳嗽数声，满脸苍白地要到后面去“养病了”。

一旁白义英则满脸担忧地说道：“殿下如今抱恙在身，大人，你看……”

钦差摆摆手：“殿下身子骨不好，就快去歇息罢，本官此来带了几名御医，都是娘娘忧心殿下之病，特让本官带来给殿下瞧病的。”

听钦差如此一说，在场之人皆觉得如鲠在喉。

一个后宫妃子，直接越过今上来担忧殿下之病，还特地送来御医，是个什么作为？当真不像话！

王谦微微皱眉。

这个钦差，还有那张贵妃，对平王殿下都太过不尊重了……区区一个钦差都敢如此，足见那张贵妃在朝中如何势大了，才让他这般有恃无恐。

似乎是，看准了平王殿下对他无可奈何。

事实也的确如此。

那钦差这般说了几句后，就朝后面示意。

果然就有几名胡子花白的老御医被人推了出来，形容都有些憔悴，其中有两人眼里带着不悦之色，但也有一人年轻些，瞧着与钦差也颇亲近。

看来，这人要多多留意了。

而另外两个老御医……

王谦留意到赵元昭的神情。

赵元昭在看到两名老御医时，眼里有一丝怒色划过。

王谦略有不解，但此时并非询问之时，他便只暗暗先将此事记下。

而后，那钦差就大摇大摆地带着这三个御医，催促着赵元昭去他“养病”的房间里了。

看这架势，是非要立刻给他诊治一番不可。

虽说钦差这般急切之事叫人心生不快，但却不好阻拦，故而一行人也只得应了，带着他一直往赵元昭的“养病”之处而去。

一路走去，钦差也往左右瞧瞧，看了看这平王府中的景致。

王谦一直暗暗打量于他，便也察觉到，此人的眼中每每落在那些景致上，便会带上一丝鄙夷，似乎是十分瞧不上平王府……转念一想，倒也在意料之中。

当今何其奢侈，张贵妃更是受尽宠爱，坐拥天下珍宝，宫中景致自是美轮美奂，哪里是这平王府可比？钦差见惯那些，对平王府自是嫌弃。

王谦心中不由一叹。

如今，朝堂上下不以贪污奢靡为耻，反以为荣……这大赵，果然是……

他不愿深想下去。

如今，恐怕整个大赵上下站在朝堂一边之人已然少有清醒的了，唯一所能指望的，说不得也只有平王殿下了。

但愿，一切顺利罢。

不多时，已到内间。

赵元昭在屏风后更衣，旋即一脸憔悴地卧在床上，好似先前出去寒暄那一阵，已然将他的精气神尽皆耗尽，如今着实是支撑不住了。

而钦差见状，目光闪动，直嚷道："你们几位，还不快去给殿下看诊？"

第三十二回

三堂会诊

王谦拉了拉倪苍。

倪苍随他一起，朝后方退了退。

果然，钦差几声呵斥下，平王府之人都不得不往周围散去，让出位子来，让那几位御医过来，走到赵元昭的床边。

其中那名稍微年轻些的立时头一个凑过去，先开口道："殿下，失礼了，老夫来为你诊脉。"

此人年约四十许，也有一些老态，此刻正一副迫不及待的模样，全无御医所应有的沉稳。

另外两名老御医见他如此作态，都是皱眉，但他们到底养气功夫深，除却这皱眉以外，便再未显露出一丝异样之色。

王谦自也察觉了。

这两位老御医，与先前那人有所不合，且不说旁的，只看他们如今的做派，王谦就已然先对老御医生出几分好感，而对那另一人有些微词的。

那人诊脉之后，脸上的神色有些僵硬。

半晌他方说道："殿下的身子……果真是有些虚弱，须得静养。"

钦差听他如此说，面露不悦之色。

于他看来，这平王赵元昭应是有什么不对劲之处，但这个李御医未免也太没用了些，居然诊不出来？当下里，他就吩咐另外两名老御医也去了。

两位老御医一个望闻问，一个切脉，彼此都仔细诊断。

大约过了有片刻工夫，他们才对视一眼，眼神中也带着几分坚定之色。

旋即，其中一名刘老御医就说道："老夫与李御医意见相同。"

还有那房老御医也是摇头："老夫也无异议，殿下身子虚弱，不仅需要静养，还需不少珍贵药材补身，方能保住元气，否则时间长久，恐怕……"

那钦差听三名御医都这样说，眼里的狐疑才稍稍散去些许，然而他却又问道："殿下，不知你身患之疾是因何而来？居然到了如今这地步么？"

赵元昭张口刚要说话，却又连连咳嗽数声，似乎十分辛苦。

一旁白义英才连忙说道："好叫钦差大人知道，我们殿下是那次领兵平叛归来路上受了惊吓，又一路颠簸，有些没了神气，后来慢慢调养，却是心绪不宁，又因南华府大小事务不断，始终无法静养，久而久之，自是难以好转……如今我等也只能尽量给殿下补身子，叫他少操心府中事务，多多宁神安心，也好早早恢复……”

白义英一番话说得很是凄楚，其余几名幕僚在场，亦是纷纷补充，直将赵元昭的疾病说得很是凄惨，且病去如抽丝，始终不见好转。

王谦在其中也附和几句，还将一些所知的类似病况说出来，不说绘声绘色，却也增添了不少真实之感，叫人一听便好似当真如此一般。

听了许多，钦差并未听得十分明白，但御医们没找出不妥之处，他也不好说什么，只皮笑肉不笑地安慰了赵元昭几句，便拂袖而去，要在这平王府里多住上一段时日。美其名曰，是代替今上照顾赵元昭，也好给今上写折子，告知赵元昭如今的病况。

王谦等人自也只能随他如此了，但不论如何，这第一关算是过了。

等钦差走了之后，余下来之人也都微微叹息。

好在众人都是心思细密之人，早早想到这钦差或许要带御医过来，且死卫也带来了类似的消息，便请那医术极高明的沈大夫弄了些药物，让赵元昭服用之后就好似当真在生一场大病一样，也好将带来的御医隐瞒。

众人还未如何庆幸，赵元昭已然先沉声说道：“此番还是太惊险了些，没料想，钦差竟是将刘老御医与房老御医带了过来……先前，两位老御医恐怕已然发觉了我的病况有异了。”

此言一出，众人皆是一惊。

——什么？！已然发现有异？那为何……

赵元昭便也叹息一声：“刘老御医与房老御医乃是宫中医术最高明的几人之一，尤其房老御医，更是深受先帝信任，先帝龙体，大多是由他来诊脉，而刘老御医比房老御医稍逊，但也是历经两朝，房老御医因故不得诊脉时，便是由这一位老御医接手，同样也受先帝信任。先帝驾崩后，两名老御医被先帝指给今上，而今上的龙体，也多是由两人看顾……”

听到此处，众人已然知道为何赵元昭会是这般情态了。

今上龙体何其重要，然而这两名老御医竟然被一名后宫妃子派遣出来，长途跋涉给一名皇子诊脉……虽说皇子龙孙也都极为要紧，可又哪里比得上真龙天子？更何况，这还并非是天子之命，甚至连皇后亦不是，仅仅……是一名宠妃，就能将关乎天子安危的御医随意调派出来！

宫中被张贵妃把持之深，更出乎众人意料。

而今上对张贵妃的信任之情，也着实叫人……意外。

众人面面相觑，心中五味杂陈。

这样为两朝天子诊脉的御医，医术自然极为高明，能诊断出如今的平王其实并无疾病在身，便也是理所当然之事了。而他们如今，似乎是为平王殿下隐瞒了。

由此可见，两位老御医对有些事也很是不满。

王谦略一顿，问道："殿下，前来此处的那位李御医，可是有什么不妥？"

赵元昭如今将王谦看得亦师亦友，与他说话时，面色也更温和些："本王还在朝中时，便知道李御医其人最好钻营，才能在众多御医中位于前列，也受到不少贵人的看重，但事实上，其医术在众多御医之中却不算出挑。房老御医与刘老御医最是耿直，对医术高明的后辈大加培养，对这类汲汲营营的小人，自然就疏离许多，每逢他意欲出头，便会被两名老御医压制。李御医不反省自身不足，反而对两名老御医多有不满，长久下来，他与两人不合之事就众所周知了。"

众人听着，也都蹙起眉来。

赵元昭续道："太医院中，众多御医自然都想受到看重，如李御医一般之人也不在少数，见李御医备受宫中贵人信重，就唯他马首是瞻。另一些御医便是静心钻研医术之人了，他们则都敬重两位老御医，也一心一意要提高医术。"

王谦仍有不解："既然李御医医术有限，为何张贵妃还要将他派来？"

赵元昭说道："李御医的医术只是称不上顶尖，但也算不错了，若本王装病，他纵然看不出所以然，照理说却也能分辨一二。与其说他是来为本王诊治，不如说他是来监视两名老御医的。"

此言一出，众人便都恍然。

只不过张贵妃定然不曾想到，沈大夫的医术也极为高深，怕是比之两名老御医也不差什么，老御医能瞧出来，李御医却一点也瞧不出来，而老御医再一隐瞒，这李御医也没法子了。

不过弄清楚前后，众人的背上还是沁出了一层冷汗。

还好那两名老御医乃是正直之人……而且，他们对平王殿下似乎颇有好感的。

王谦暗暗想着：对殿下有好感着实再自然不过。两名老御医也算是两朝元老了，他们护住两代帝王龙体，当初恐怕早已将殿下看作了第三代帝王……加上今上越发不成样子，殿下本人却龙章凤姿、宅心仁厚，两名老御医应是仍然希望殿下复立太子，可以将朝堂拨乱反正，将大赵重新立起来。

这些念头，不仅王谦有，怕是这屋中许多幕僚心中都有。

他们也是与有荣焉——哪怕殿下离开得再久，哪怕殿下被人诬陷，可在更多明眼人的心中，殿下仍旧不可取代，应为明君！

倒是现下朝堂上这一位当今圣上，已然叫许多臣子失望了……尤其如今天下纷乱四起，越发显得他昏聩无能，叫人难以忠心。

钦差虽自几位御医口中得知平王赵元昭并非装病，而是当真抱恙，但他既然奉了张贵妃之令前来，又怎能看过之后便灰溜溜回去？于他内心深处，自也还是存一份怀疑。

故而自第二日起，这钦差每日都要去探望赵元昭一回，也每日都让诸位御医去为他诊脉。

好在赵元昭这抱恙的假象乃是服用一种汤药而来，虽说在府中不便行事，却有一名高手倪苍可以每日以轻功去往府外，将那汤药取来，送给赵元昭服用。

而那沈大夫为免住在府中容易叫御医嗅见药味，早在钦差到来之前就已住在府外赵元昭所安排的居所之中，相距平王府并不近，不论几位御医有多高明的医术，都无法在其煎药时闻见味道，进而引发什么怀疑之意。

赵元昭一口将药服下，又用水清了清口，吃几块蜜饯去掉药味，方如往常一般躺在床上。

不多时，那钦差便带着几位御医走过来，如往日一般为赵元昭诊脉。

自然，也是如以往一般的诊断结果。

那钦差的脸色越来越难看，然而平王再如何不受宠也是一位亲王，他再如何仗着张贵妃的势，却也并非张贵妃本人，心中瞧不上平王，却不能授人以柄。

最终他一拂袖，便又带人离开。

出门后，钦差凶狠地看了李御医一眼。

李御医额头上沁出一丝冷汗。

然而这李御医心里却是十分怨恨这钦差，只想着此人又算个什么东西？不过是依仗着后宫的小娘皮，却都要爬到他的头上来了！日后若是有机会，他定要将这厮踩下去，也叫他知道知道做狗的滋味！

钦差自不知晓李御医心中的想法，他也想着李御医太过无用，竟是找不到平王装病的把柄，又觉得房老御医与刘老御医两个老不死的浪得虚名，根本没几分本事……

第三十三回

寻芳内庭

因着诸位死卫要近身保护赵元昭，白日里时，王谦便与倪苍一起在王府内外暗中巡视，尤其多多留意那钦差，以免他私底下有什么算计，弄出什么乱子来。

这一日，倪苍带着王谦坐在钦差所居院外一株大树上，便见这钦差摇摇晃晃自屋里走出，居然是有些微醺的模样。他大摇大摆往外走，没多久，就到了府中的花园里。

花园离后院颇近，也分内外，那内园几乎就在后院之内了，乃是府中女眷平日里休憩之地。若是这钦差只入了外园倒还好，但看他这副模样，若是一个不慎……那恐怕就不妥当了。

王谦看向倪苍，低声说道："阿苍，我们跟上去。"

他自己并无倪苍这般本事，想要自己去通知怕是来不及，而若是让倪苍去通报，他自己跟上钦差，行事也不方便。为免出什么岔子，他还是与倪苍一起跟上去，若是无事自然是好，遇上府内巡逻卫队时，由他们前去通报即可，而若是有事，他也可让倪苍出手相助。

倪苍便将王谦一揽，只见得一股微风拂过，两人就已然穿过重重树影，来到了花园之内。

钦差在那外园走了几步，停在了荷塘边，露出一副很是不忿的神情："什么平王府！还抵不上老爷我的府邸，要什么没什么，连歌姬也不见一个，哪里来的趣味？"

原来，他竟是在府中待久了，嫌弃这里无有享乐之法了，便在房中多喝了几杯，又到此处来一纾郁闷之气。

王谦听他此言，眉头一皱。

果真帝都已奢靡成风，如今一个刚刚被提拔的张贵妃门下，居然就瞧不上堂堂王爷的府邸……他此刻也不敢放任钦差一人，只与倪苍紧紧跟上。

好在这钦差似乎也只是太闷了些，歪在荷塘前，又从袖子里摸出个酒瓶往嘴里倒酒，一时间酒香四溢的，眼神也越发混沌起来。

等了片刻，倏然间，内园里传来了一些细碎的动静，而那动静竟是渐渐接近……刹那间，王谦心里一紧。也不知是何人过来了，但愿莫要与钦差撞上才好。

王谦朝倪苍示意。

倪苍就带着王谦迅速闪身，极快地自几棵大树之间穿梭，其足尖轻点，很快靠近声音的来处。

而此刻王谦低头一看，便瞧见来人身份。

那正是带着几名婢子款款往外园走来的平王妃傅莺莺，每一名婢子手里都有几只莲蓬，还有婢子手持长杆，原来是采摘莲蓬而来。

因平王府较为简朴，内外园虽都有荷塘，但都不大，她们若是兴致来了要做个点心汤羹，那内园的不够，自就到外园来取了。

若是往常，这也不怕什么，毕竟能来府中者皆是平王心腹，哪怕是不慎遇上了平王妃，因他们早先也时常打照面，平王妃身边又有婢子，只要退开即可。

但如今则有不同，那钦差本是外人，且又喝得醉醺醺，一旦碰上，岂不就冲撞了么？

王谦眉头越发皱紧，有意要去与平王妃说一声。

只是他心里也有些踌躇，毕竟当初他与平王妃有过一段交集，哪怕平王殿下心胸开阔，并不在意，而平王妃也早已将前事放下，但终究他与其他幕僚相比，要更小心些方可。

如今倪苍带着他在树上，他这要是跳下去……

但这样的念头也只在刹那，王谦轻轻拍了拍倪苍的小臂。

倪苍与他极为默契，见状就将他带着先后退一段，再自树上跳了下去。

这一下去，便落在平王妃身前三丈开外，但饶是如此，仍是将平王妃等人骇了一跳，那几个婢子迅速闪身挡在了平王妃的面前，满脸警惕看过来。

王谦立时开口：“见过王妃。”

看清王谦面貌，又听见他的嗓音，几名婢子才稍稍松口气，也放松了戒备。

平王妃诧异问道：“王大人？”

王谦先道一声：“是属下。”而后他就快声将钦差一事说出来，“还请王妃先回内园，以免……”

平王妃知道他一片好意，顿时面色一肃，应道：“我等这便回去。”

然而几人话才刚说完，另一边就有急促的脚步声传来，随之而来的还有一阵熏然酒香，远远的似乎还能听见什么“美人”“娘子”之类的琐碎声音。

平王妃粉面含煞，见那醉鬼竟然已往这边来了，气恼得很，说道：“立刻走！”

婢子们顿时将她簇拥起来，一路往内园而去。

王谦则与倪苍一起快速上树，而倪苍顺势在地上捡起一颗石子，在王谦的注视中迅速弹出，直接打在了那钦差的膝弯处。

钦差一个踉跄跌倒在地，手掌膝盖均磨破，流淌血水，呼疼不止。

王谦见他再不能生出什么乱子来，才面色微凝，和倪苍一起离去。

这时候，他们便应将此事告知平王殿下了。

赵元昭因着没有南华府记忆，即便听白义英讲解，也明白大概，处理公务时仍不免不及从前熟悉，最近也当真是忙碌得很。

王谦与倪苍进来时，他刚处理完一叠公文，正在揉捏鼻梁，面色疲惫。

见到两人，赵元昭笑一笑："你们怎么来了？"旋即他想起什么，"可是那钦差有什么不妥？"

王谦的面色有些沉重，他暗暗吁口气，还是将先前所遇见的那事细细说出，并道："那钦差行事太过轻浮，留在府中，恐怕多有不便。"

赵元昭听完，也有怒气。

尽管他不记得自己何时迎娶王妃，亦不记得与王妃之间的情谊，但最近彼此相处也还和睦，那年幼世子冰雪聪明，也很是得他喜爱，而今却是听说，在他自己的王府里，他的王妃险些被一个外男冲撞，甚至这外男太过不堪，恐怕日后王妃还要对他避让……哪怕赵元昭再如何仁厚，也难免生出一股郁气，对那钦差也越发不喜。

只是……

这钦差到底不曾真正冲撞王妃，赵元昭想要发怒，也师出无名。

而如今的境况，南华府正在休养生息、积蓄资本，不可贸然与钦差撕破脸皮。

赵元昭闭了闭眼，说道："子逊，本王知道了，你与倪苍先去忙罢。"

王谦行礼之后，便告辞离开。

他不曾见到，在他离开后，赵元昭睁开的眼里带着一丝暗沉之感，与往日里的赵元昭，当真是大不相同的……

倪苍十分敏锐，他察觉到了赵元昭气息略有改变，然而，除却王谦以外，旁人心思如何变化，他却不放在心上。更何况，赵元昭对他们并无恶意。

后几日，钦差很是愤怒。

他因着府中无趣，喝了些酒，去了趟小荷塘，然而他分明是瞧见有美人翩跹于林荫间，刚想要去见一见，孰料他刚过去，便不知怎么的摔了一跤，更是带着满手满身的血迹在那破地方睡了半日，才被随从找见给背了回去。

吹了半日的秋风，又许久才沐浴，这一趟下来，钦差可不是就得了风寒么？这喷嚏一个接一个，还得在房中喝苦药汤，也着实难受得很了。

这日子，过得越发苦闷，钦差闲来无事，躺在榻上也不免几度想起那缘悭一面的美人来……他那时到底是做梦不是？瞧见的那一片衣角，淡淡人影，定然是个非凡的美人儿啊！

心里着实痒痒，钦差就叫了随从进来，吩咐道："你去帮我找一找，这王府里面有哪些美人儿！"

那随从听得一愣。

平王府里可没什么歌姬舞女，这里面的美人儿，除了内眷还有何人？这、这堂堂王爷之尊的内眷……哪里是能轻易去打听的？

钦差见这随从还在发愣，顿时怒了："让你去找美人儿，你听见不曾？"

随从很是为难，将自己的猜测说了一遍，满脸的迟疑："大人，您看这……"

钦差听得，面色一沉。

——平王府的内眷？

一时间，他就想起了醉意上头时看到的那一片衣角，尽管不见真容，也让他着实觉得心痒痒，就好似还没醒酒似的。

他就想着，也未必就是内眷罢？就算是内眷，若只是个妾室，想来也不算什么。平王那个窝囊废，用一个妾室来跟他套交情，想来也定然是愿意的。而且，他要真肯把那个妾室给他，等他回去了，也不是不能在娘娘面前给他说说好话……

想来想去，钦差还真觉得就是这么回事儿了。

当下里，他就跟随从说道："你私底下去暗示一下，让平王给我把人送过来，偷偷儿的，这事儿不好声张。"

随从还待劝说什么，却被钦差一摆手给阻拦了："行了，别在这给我说废话，不就是个妾吗？怎么就那么金贵了？！"

眼见钦差已然不耐烦，随从终是不敢再多说什么，只能恭恭敬敬地告退，至于这……关于王府内眷之事，他也只能一咬牙，去找府中时常与他们接洽的白义英了。

第三十四回

押入大牢

白义英与那随从见过后，脸色几乎是霎时变得铁青，若非是他还有几分冷静，几乎就要直接将那厮扔出去，用棍棒打死！然而白义英到底还是控制住自身，咬紧牙关，皮笑肉不笑地送这随从出去，口中含糊着，却是什么也不曾答应。

这随从可和那个色迷心窍的钦差不同，此刻他也是十分尴尬，好不容易大约得了回答，便痛快离开此地，以免白义英恼羞成怒。

他这决定也算明智，在他走后不久，白义英便一个用力打翻了桌子，愤怒地骂道："竖子！小人！太过可恨！"

白义英的胸口剧烈起伏，许久之后，他才松开不知何时捏成了拳的手指，快速去了赵元昭"养病"的居所里。

赵元昭静静躺在榻上，面前还有一叠公文正在处理，见白义英来了，就先吩咐死卫将文件带走，自己则是关切地问道："义英，你这是怎么了？可是在公务上有什么为难之处？"

白义英满脸愤慨，但是如今赵元昭这样一问，他反而不知该如何开口了。

莫非要让他说，有人在惦记……

正此刻，门外又走进来两个人，正是王谦与倪苍他们。

且说王谦因着那钦差醉酒险些误事，但凡是他和倪苍出去巡查时，总会多盯着钦差些。先前他们见那随从满脸无奈地从钦差的居处离开，就有些狐疑，因此王谦就让倪苍跟上。随即他们便见到随从去寻了白义英，而没多久随从离开以后，白义英房中却传来一些强烈的声响……就在王谦想要进去看一看时，就发觉白义英从房里出来，通身不快地去见平王殿下了……

王谦着实放心不下。

只因他觉着白义英为人疏朗大方，为平王办事时也素来冷静，而今居然露出这般姿态，定是有极为棘手之事发生，如此一来，他也不能视而不见。

因此，在白义英刚来见到平王以后，王谦就与他前后脚地进来了。

果然白义英的怒意还未消散，而除却怒意外，也有似乎刚反应过来的尴尬……这可就有些奇怪了。

白义英迟疑不语，赵元昭则有些担忧。

王谦见状，顿了顿问道："白兄，先前我见钦差身边之人去了你那处，可是那钦差说了什么，为难了你？"

白义英神情已然恢复正常。

他自然不是已不尴尬了，而是再如何尴尬，此事也不能不禀报殿下。

深吸一口气后，白义英慢慢将此事说了出来，他措辞很是委婉，然而……在他话音落下后，饶是王谦性情平和，都禁不住勃然生怒。

赵元昭更是瞳孔收缩，向来温和的眼神变得深沉，而他的嘴角更是溢出了一丝血迹，似是嘴唇被咬破而致。

白义英和王谦都见到了赵元昭唇边的那一丝血迹，心里都是一紧，连忙过去劝道："殿下……殿下，还请息怒！"

赵元昭闭上眼，只觉得有些头晕目眩，往后一靠，半晌难以平静。

王谦见如此，连忙拉一把倪苍，低声问："阿苍，殿下太过动气可不成，你可有法子？"

倪苍微微点头，大步走过去，迅速点中赵元昭身上几处穴位。

肉眼可见的，赵元昭的脸色恢复了一些，那原本难以遏制的盛怒也平息了些许。

见他如此，白义英等人才稍稍放心。

王谦也缓缓吐出口气。

先前当真是有些惊险，若是殿下因此出什么事，可就是他们的过错了。

赵元昭仍是闭着眼，慢慢地呼吸。

过了好一会儿后，他睁开眼来，眼里的神光已然与从前都不相同："这段时日，当真是辛苦你们了。"

几人听得一怔，刚要说谦辞几句，倏然，他们似乎从这句话中听出了什么，不由都往赵元昭之处看去。

这一看，他们便觉出了不同。

白义英不禁问道："殿下，你可是已然恢复了……"

赵元昭微一点头，虽仍旧有不悦，却也心平气和了许多，自嘲道："原不知何时才是契机，孰料先前气血上涌，竟然想起来了。"

一时间，众人也是无言。

若是以往，几人定是要齐声恭喜的，可现下又哪里是恭喜的时候？

赵元昭摆摆手：“坐吧。”

王谦就拉着倪苍坐下来，白义英也是如此。

赵元昭道：“那厮太过不堪，那些闲言碎语万不可传入王妃耳中，一旦有人出言诋毁王妃的清誉，就将其捉拿了关起来。此外，派死卫日夜监视那厮，若是他们当真妄图做出什么事来，就也顾不上那张贵妃了。”

王谦等人皆应下。

此事着实是那钦差做得太过火了，若是他一定要肆意妄为，平王府众人定是忍无可忍。

随后赵元昭从死卫里挑了两人，日夜轮换监视那钦差，而随从回去向那钦差复命后，钦差先是等了几日，见白义英果真再未给他答复，便知道这是平王拒绝此事，叫他勃然大怒，在房中好一阵怒骂。

藏身暗处的死卫听得他口口声声诋毁平王，眼中不由闪过一丝杀意。

那钦差果然不肯死心，已然是色令智昏，若说先前还是因着觉得一名妾室不算什么而跟平王打个商量，但如今平王不肯，他便觉得被平王驳了脸面，是非要把那名女子弄到手不可了。

当下里他就说道：“我不论你们用什么法子，给我查出那女子究竟是什么身份，把她给我弄到我手里来。”说到此处，他露出一个冷笑，“我便不信，若是我沾了那女子的身，平王还会因此将我怎么样不成！”

在钦差心里，平王赵元昭再懦弱不过，若非如此，他堂堂太子之尊，又怎会沦落到如此地步？且他以为平王毫无血性，也没本事，不然他也不会龟缩在这南华府了。

再说了，他还有娘娘在身后呢……

可这钦差却也不曾想过，张贵妃是张贵妃，他是他，平王再如何顾全大局，却也不会任意受他的欺凌——平王，毕竟曾经是当朝的太子殿下。

钦差的意图很快就被死卫报给了赵元昭。

若说赵元昭先前还会多有思虑，但自打他被刺失忆，经历种种如今恢复之后，就与从前再不相同。因此，他当即便道：“抓了，投入大牢，严加看管！”略一顿又说，“他身边那些随从，一干下属，尽数如此处置。”

——既然连钦差都抓了，也不差那几个钦差的狗腿子。

白义英等人闻言，皆应道：“是，殿下！”

而后诸多府兵齐齐出动，尽数往钦差住处，将整个院子包围起来。

那钦差在院中正想着待将那女子弄来要如何蹂躏，要怎样去下平王的面子，就见到他的心腹随从自外而入，满脸惶急，魂不守舍。

他面色一冷，就要呵斥。

没料想，还未等他如何，那心腹随从已惊慌失措地说道：“大人！不好了！大人！不好了！平王府的府兵……已将我等包围，似乎、似乎是来擒拿大人！”

钦差哪里能想到会发生这等事？顿时猛然站起，一拍桌案，既着急，又愤怒：“他赵元昭好大的胆子！难不成，他不担心宫中的娘娘——”

这时候，随从终于忍不住说道：“平王再如何也是一位王爷，南华府可是王爷的封地，而娘娘再如何高明，也是山高路远啊大人！”

听到此处，那钦差一哽，才终于感觉到了一丝惧怕：“莫非……莫非那赵……那平王殿下当真要、要对本钦差做什么不成？”

随从面上露出一丝愤懑，再不言语。

如今，一切晚矣，平王殿下他既然让府兵围了此处，想必就已是下定决心了。他只恨自己跟错了人，恐怕之后的日子，也定不会好过了。

那府兵们围了院子之后，白义英一声令下，就由数十人手一涌入门，将院子里所有负隅顽抗之人尽数捉拿，那个钦差怕极了之下，居然还敢出言威胁，但那所有的威胁都不被人听进耳中，在白义英挥手之后，府兵们直将钦差五花大绑，一路押送到王府内的大牢之中！

钦差带来的其他人手见状，也都非常慌张，然而平王府乃是赵元昭的地盘，都是来不及反抗几下，就纷纷被人捉拿住了。

之后，白义英将后续之事尽数处理一番，才回到房中禀报。

没了钦差监视，赵元昭自也不必再去装病，但就在此刻，另一人却冒出头来。

此人，正是与钦差沆瀣一气的钻营小人，太医院的李御医。

他并不与钦差住在一处，只见府中哄乱，便叫一人去通知钦差，自己则大步来到赵元昭之处，满脸愤怒，似乎要兴师问罪。

李御医并不知晓这哄乱乃是因着捉拿钦差而起，直至他入得此处，见赵元昭精气神与往日里他所见大不相同，心里这才也慌张起来。

似乎……有什么地方不对劲？

一时间，他忍不住定在原地，那本要脱口而出的问责话语，也被他生生噎在喉头，没能发出。

第三十五回

弃暗投明

赵元昭看着李御医，语气淡淡："李御医怎么来了？"

李御医素来是个心思灵敏的，既然察觉到了不对，自不会再如先前那般打算了。

因此，他便露出一个笑容，说道："今日该诊脉了，我来给殿下诊脉。"

见李御医如此精乖，在场众人也都无言以对。

王谦对如此之人并无好感，然而偏偏正是这等人，方才能在多种情形下，都做出对他自己最有利的决定来。

只是，他自己却是做不到这般的。

倪苍好似察觉到王谦心绪变动，伸手在他手腕上轻轻拍过。

王谦觉出倪苍安抚之意，心里一暖，也不再多想了。

那边，李御医给赵元昭诊脉之后，眼神一变，不由得观察起赵元昭的神色来。待他发觉赵元昭似乎很镇定后，又假意合眼，以眼角余光朝周遭众人看去，见他们也仿佛都是有恃无恐一般……刹那间，他心里就一个"咯噔"。

恐怕，事情超出他的预料了！

李御医睁开眼，故作平静道："殿下身子尚未大好，还需静养。"

赵元昭不动声色："哦？李御医看好了？"

李御医果断道："看好了，待我去与两位老御医商议一番药方，请殿下多多歇息，少陪了。"

语毕，他就转身离去。

眼见李御医离开，白义英不禁说道："真是个见风使舵的小人！"

王谦轻叹。

但所有人都知晓，能这样敏锐地看准风向，那李御医也着实在此道上浸淫甚深啊。

李御医离开后，却是擦了把汗。

先前他诊脉时，意外发觉赵元昭如今的身子竟然健旺得很，根本不似久病多日，霎时他就猜到，先前那些时日，赵元昭皆是在装病！

而装病之人突然不装了，大约便只有一种可能……那便是原本他看作威胁之物，如今已然威胁不到他，或者虽仍是在威胁着，但他已然做出决定了。

因此，李御医哪里还敢轻举妄动？

他毫不犹豫地去了钦差的院子前，推门而入。

里面，空无一人。

这一刻，李御医再想起先前府中的哄乱，顿时连脊背上都出了厚厚一层冷汗。

当真是……好险哪！

因钦差之事，赵元昭出了一时之气，但后续却还有许多事情要做，至少要暂时隐瞒住朝廷一方，也好多留些时间做准备，应对之后可能会有的狂风骤雨。

刘老御医与房老御医二人似乎不曾发觉钦差被平王捉拿一样，只管在房中一同研习医术，就连每日的看诊，那钦差被抓后无人前去催促，他们也就按兵不动，装聋作哑。

对于两位老御医的态度，平王府上下很快知晓，白义英在赵元昭吩咐下，还是用之前的待遇给他们，两位老御医就更安逸了，就仿佛他们打从一开始就是平王府里的人一样。

——也是两名老御医仍旧将平王视为太子，故而他们只当如今是被今上派遣到下一位君王的身边，那么，便一心一意照顾太子就是。

他们的确是老迈，但，半点也不迂腐。

至于李御医？

那次他回去后没多久，果然便去打探，得知了如今的情形——那与他同来的钦差居然被平王赵元昭直接投入了大狱，而其中的缘由却不曾说明。这叫他在忌惮之余，心里也禁不住生出了些许猜测。但无论如何，钦差倒下了，他这随同而来的御医便更没什么可以倚仗的了，为今之计，只有向平王投诚，或许还能有一条生路。

想定后，李御医便去寻了赵元昭。

赵元昭如今既然不必再装病，平日处事就仍在书房，李御医来投诚时，就正见到有数名貌似幕僚之人，围在赵元昭身边忙碌。

处理文书的处理文书，提议的提议，还有些正讲到后续处理之事，其中就免不了要提一提他的名字云云。

李御医唯恐自己来迟了便要遭罪，进来就满脸笑容地赔礼，开口就是："恭喜殿下擒住那不敬皇室、贪婪跋扈之辈，妖妃佞臣，果然是人人得以诛之啊……"

此言一出，叫书房里众人都是怔了一怔。

王谦也在倪苍陪同下为平王做事，此刻很快反应过来，顿时心里一阵恶心。

他所见之人也是不少，心胸广阔之人有之，阴狠毒辣者有之，甚至自私自利之人亦有之，但如此人这般阿谀谄媚、不要面皮的，却是平生仅见。

闷了一口气，王谦别过脸，不去瞧他。

赵元昭等人同样反应过来，也对此人毫无好感，但在先前他们的计策之内，就有利用此人拖延时间的法子，只是他们还想着或许要再多使一些手段才能叫这小人打消疑虑，做出最合适的选择，却没料到对方根本无须他们如何，就主动送上门来了，还如此、如此的……

李御医见众人不言语，只以为是自己的诚意还不够，当即吓破了胆子般的，将那钦差在帝都里以及前往此处途中的斑斑劣迹倒豆子一样都倒出来，直听得众人心中怒火上涌，几乎觉着只是将那钦差抓来，也未免太便宜了他！

王谦回过头，他听得手指都微微发颤。

什么强抢民女，抵死不从便杀人全家，什么玩弄过后就赏给下人……还有什么金银不够百姓来凑，所过之处十室九空……死卫们虽用心去查了，但是更远之处的却是来不及，并且一些大多查出来的只能是表现于外的，若是藏掖起来，他们也不能面面俱到……没承想，这钦差不仅奢侈，还做出了许多人神共愤之事，着实叫人“惊叹”。

赵元昭等人同样愤怒无比，看向这名李御医时，眼里也带着憎恶。

此人分明知道那钦差不干好事，竟不仅不阻拦，还对钦差多加奉承，当真是蛇鼠一窝！何况钦差做了那些事，既然能让随从们“分一杯羹”，安知这李御医便是干干净净？想来也是污水带着泥，都不是什么好东西。

忍了又忍，众人才不曾立时也将这李御医捉拿。

要蒙蔽那妖妃，此人也是必不可少……

赵元昭声音里透着股冷意：“你既然肯弃暗投明，便去歇息罢，待来日还有些事要你去做，到那时，你可莫要推诿才好。”

李御医马上说道：“殿下放心，殿下只管吩咐！属下定然给办得妥妥当当！”

赵元昭几个再忍受不住，挥手让他退下了。

李御医出了门后，抹了抹汗。

不过是从头再来罢了，他怕个甚？只要能留下来，凭借他的手段，便一定能有出头之日！

等李御医走了，王谦才道："殿下，此等小人或可用之，但不得不防。"

赵元昭微微点头："子逊且放心，本王必然不会看轻了他，他若有什么旁的心思，也定然不会得逞。"

王谦也只是秉承臣下之心提醒一句，听赵元昭这样说，自然再不多言。

白义英等人也因李御医投诚之事做出许多计划，大抵便是让李御医代那钦差写折子，传回帝都，暂时稳住张贵妃。

山高路远，只要时不时有折子、密信送回去，想必也能多拖一些时日。

于是，这件事便由几名心思灵活的幕僚带着李御医去办，而白义英则被安排前去主管征兵一事。南华府如今积累了不少钱粮，但兵力还是少了些，须得尽快多弄些人手来，也好应对随时可能发生的战事。

南华府百姓虽偏安一隅，但外面诸多地方都有人举旗造反，多日过去，自也有不少消息传了过来，搞得人心惶惶。好在平王及时派人安抚，又于征兵时宣扬要由这些兵士保卫南华府上下等事，慢慢地让众多百姓安稳下来。

与此同时，半年前因平王一时失误交给他人的两万兵士阵亡之事，后续的抚恤金也陆续发下，因平王心里着实愧疚，抚恤金比之从前来也多出很多，让那些家中有子嗣阵亡的百姓家里，伤痛之余，也有安慰。

也是因平王的名声极好，这一回征兵虽说是较为突然，但前来应征者却也不少，皆有一腔热血，很是踊跃。

没过多久，已然征得兵力十万，接下来，就是让一应有经验的将领将他们操练起来了。

赵元昭不惜钱粮，让他们吃饱穿暖，努力训练。

王谦看着外面阴沉沉的天色，只觉得……山雨欲来。

窗外，雨很大。

近来朝堂那边安抚到位，一时间似乎并无其他旨意下达，而征来的兵士们也在苦苦训练，哪怕是这样大的雨，也不曾停下。

王谦如今也管理一些杂务，在雨点落下之前，就已差人前去熬煮一些驱寒的汤药了，而今雨下了起来，他就让人将这些汤药送到军营里，给众多将士喝下。

倪苍静静立在王谦身后，看他满面凝重，不由问道："子逊，你在忧心何事？"

王谦道："前日里听闻，朝廷与西南反军交战一回，大败而归。"

倪苍道："此事常有听闻。"

王谦露出一丝苦笑，点了点头——可不是常有听闻么？其他府城支援也好，朝廷自己遇上那反军也罢，都是大败，少有胜出，如此无用……着实叫人难堪啊。

第三十六回

军备之需

大约是朝廷诸多表现实在不济之故，原本有些府城中虽有人造反，却也是征兵为先，并不曾真正要与朝廷对上，但是最早兴起的西南那拨反军连番得胜，并占据了好几座城池，就让其他反军更削弱了对朝廷的忌惮，也开始在各地正式与卫戍兵士交战，有些败北，但也有些胜出，便给了其余各地反军更多信心。

如若说先前那些所谓的揭竿而起只是试探，大多按兵不动，那么如今就是烽烟四起，整个大赵仿佛在一夜之间，就变得天下大乱！

对于这情景，王谦也不曾想到。

他作为平王心腹，每每与他们共同商讨大事，而今却是一日日越发察觉到，平王与诸位幕僚等人，对如今的变化也是焦头烂额。

赵元昭有心出兵，但是他那十万兵士尚未操练好，贸然出兵只会步先前那两万兵士的后尘，根本不能有真正的作用，那么为今之计，他们也只能按兵不动了。

王谦少有言语，暗地里却在极力思索能有助于战事的法子，那记忆中的种种影像，也被他回忆了无数次，研究了无数次。

战事一起，苦者也是百姓，但若非是如今的朝廷太过无能，今上太过昏庸，让百姓日子过不下去，也不至于反军一举旗便有那许多人竞相响应，让反军们养成气候……

平王身边的死卫们，早早就派遣出去，为了得到更多可信的战报，赵元昭身边居然不留下一个死卫，只让府兵们保护。

王谦看不过去，带着倪苍住在了赵元昭附近，有倪苍这高手在，纵然有什么危险，总也有应对之力……至少，那些刺客是别想对赵元昭如何了。

果然，在王谦和倪苍住过来没几日，赵元昭便遭遇了刺客。

倪苍反应灵敏，在刺客出现的刹那就已纵身而去，挡在了赵元昭的居所之前，杀刺客于门外。后来有府兵前来查看，发觉这刺客不仅是武艺高强，还带有许多诸如毒针、火药之类的危险之物，足见对赵元昭的杀心之炽！

赵元昭见到这刺客，倒也还算平静。

他让人将刺客尸体带下去查验，也不耽搁，随即继续看战报、与幕僚研究练兵养民之法了。

所有人都知道，哪怕如今尚且还算安稳，但是天下大乱了，南华府也必然无法独善其身。

那么，就绝不能再有丝毫拖延，要尽快备好足够兵力，积累足够钱粮……

王谦吩咐一些分配给自己的壮汉仆役，叫他们去山中寻几样野藤过来，又叫另一些人去采买棉花，堆积在院落之内。

而后，他就与倪苍两个处理起野藤和棉花来。

两人将野藤置入水中先浸泡起来，多日不出水，而棉花则由王谦先行打湿，又让力气更大的倪苍不断反复拍打，直至形成极薄的棉片为止。

除却去赵元昭那里议事之外，他们只要回到院中，就在忙碌此事，极为辛苦。

倪苍虽不知王谦为何如此，但等野藤浸泡完成，且棉片也堆积不少之后，隐约间似乎就能猜到一些什么了。

他一边在王谦的指点下帮他搓藤，一边开口："要做盔甲？"

王谦点了点头："做藤甲、棉甲。"一面说着，他就一面将这两种盔甲的做法说了出来，"藤甲要用桐油，棉甲须得多次压实，但不论哪种，相较皮革与铜铁所制盔甲都要轻便一些。除此以外，藤甲所用为山中野藤，漫山遍野都是，耗的多是人力，棉甲虽要用不少棉花，可比起铜铁、皮革来也要便宜许多。"

倪苍对此不甚了解，但铜铁之物难以冶炼，皮革也不多见，若是用来制甲，其耗费无须计算便知必然不少。而若是换作了山中野藤所制的藤甲，棉花所制的棉甲，定然是能省下不少银钱的。

他心里对王谦颇有些尊敬，思及如今战事大起，的确四处都有苦楚，于是就仔细帮着王谦炮制，王谦吩咐什么，他便来做什么。

两人又忙碌了好几日，才勉强做成了一件藤甲、一件棉甲，只是两人手艺一般，故而做出来不太好看，只勉强有个样子罢了。

王谦用手掂量掂量，棉甲不足十斤重，藤甲比棉甲是重些，但比起其他盔甲动辄数十斤来，就要轻便太多。

他略想了想，说道："阿苍，且来试一试能防住刀枪否？"

王谦自问自己的力气不够，还是让倪苍来试，更能瞧出功效来。

倪苍自无异议，就取了一把匕首出来，道："子逊，你先将棉甲撑起来。"

王谦就将那棉甲抓住，挡在自己面前。

倪苍毫不犹豫用力一划——并不曾用上内力，但也定然比寻常的兵士气力大些。

这一划之下，那棉甲上只出现了一道浅浅的划痕，根本不能将其穿透，可见其防御之能力是颇为强大了。

而后王谦再拿藤甲出来，也摆在面前，亦由倪苍用匕首划之。藤甲被斩断少许，但总体也仍是不能被彻底破坏。

两件试过后，王谦还算满意，而后说道："棉甲可防寻常火器，若是去到北方寒冷之地，也可对寒冷抵御一二，其中还可缝入一些铁片，护住心腹之处。藤甲能防刀剑流矢，入水不沉，若是有须得过河之处，好处颇多。只是藤甲怕火，用时也要多多谨慎才是……"

倪苍听王谦说，随之点头："子逊你能想到这些，已然极好了。"

王谦却叹一口气："还差得远，这两种盔甲，尚有完善余地……你我再多试一试，也好找到其他弱处，及时改进。"

两人这样说着，王谦果然就再将两种盔甲亮出来，还是由倪苍用不同的力道在上面比画，也好弄清还有哪些不到位处。

正比量着，突然间，有人将院门推开了，旋即就有一道声音传来："子逊兄、倪兄，你们这是在做什么？"

王谦回头一看，就见到来人。

他面相英朗、爽快利落，不是白义英又是谁？

白义英走过来，瞧着王谦与倪苍一个手里拿着怪模怪样的物什，一个用匕首比划，叫他颇为诧异。但转念想到王谦从前做出的诸多贡献，心里也禁不住有些好奇，也有些期盼。

见到白义英，王谦笑了笑："白兄来得正是时候，若是不来，过两日我也要过去请你。"

白义英更好奇："哦？"

王谦就先将手里之物摊开，送到白义英面前："白兄请看，可能猜出这是何物？"

先前离得远，白义英只觉着此物怪异，但如今仔细看来，却觉得似乎有些像是……他不由开口："甲胄？"

王谦微微点头："白兄可能猜出此为何物所制？"

白义英仔细瞧一瞧，又用手捻了捻，微微摇头："并非铜铁，也非皮革、硬布之类，白某瞧不出来。”

王谦就朝倪苍摊开手。

倪苍将那匕首递过来。

王谦接住匕首，在先前倪苍划出的口子处再多用了两把力气，彻底割破，就从里面带出些许絮状之物来。

白义英这才有些认出了，略带迟疑地问道：“莫非……是棉？”

王谦笑道：“正是棉。”

说罢，他将这一件棉甲拆开，露出里面的棉片，还有一些薄薄皮革、铁片之类。

白义英仔细去看。

王谦又把匕首递给白义英：“不如白兄也试一试，用这匕首能划破几何？”

白义英自是照做了。

他用了有七八分力，而他也是习武之人，力气不小，然而在划过时却发觉，棉甲上面的划痕不多，且即便划出来了，痕迹也很浅淡……他顿时怔住，旋即似乎想明白什么，便露出了喜悦之色，就立刻回头，想要找王谦询问清楚。

但王谦却轻轻摆手，从一旁将另一件甲胄状的物件取来，又给白义英看：“白兄，且不忙，你再瞧一瞧这件。”

白义英知道王谦非是无的放矢之辈，便将先前那激动心情按住，耐着性子来看这另外一件甲胄状之物。

王谦还是让他用匕首来划。

白义英依言照做，这般划过之后，发觉此物划动时颇有阻碍，很难将其弄破，竟不在先前那物之下，而后再细细观察，不禁又问：“这……是山藤所制？”

王谦一笑：“正是那山中野藤编织后，涂抹桐油而成。如今这物才不过炮制了一回，晾晒的时间也不够，否则还会坚韧许多。”

旋即，王谦就与白义英说起藤甲的用处，尤其在抵挡刀剑与弩箭上有奇效，再加上过河而不沉等种种好处，用处极大。

白义英越是听王谦说着，眼里越是发亮，手指都有些轻颤起来。

王谦道：“野藤遍山皆是，只要着人去挖，想要多少便有多少。只不过，若是真要让藤甲上战场，便要在制成甲胄后，先将其在水中浸泡两足日，再费至少两月晾干后，以桐油浸之，随即复又重来，如此五次，方算完成。”

白义英大略算一算，若是运道好，一载左右就可制成，若是运道不好，怕是要近乎两载，才能做成，实在是有些艰难。

但也正是因着艰难，他反而安心些：“这倒也不怕，如今兵未练好，并不会去征战。现下可先将棉甲做成，暂且适应着，藤甲也先做着，待个一二年后，大军得成，正可使用。”

王谦却还要提醒：“藤甲怕火，千万小心。”

白义英听得，点头应道：“白某省得。”

旋即，他便有些迫不及待地带着这两样甲胄，再并上匕首，去找赵元昭了。

王谦并未跟上去，他还要与倪苍在此处再多试一试，等待平王召见。

第三十七回

不祥预感

待白义英将此事报于赵元昭时，赵元昭果然忍耐不住，立即召见了王谦，才一见面，便拉着他的手，让他入座。

王谦有些赧然。

他只是想要尽量减少南华府上下负担才尽力而为，被这样热切对待，便有些不自在了。

好在赵元昭因那一段失忆时间与王谦相处，越发知道他的性情，只最初激动片刻，就开始询问关于两种甲胄的制作之法了。

早先王谦对白义英也说了一些，到底不够详尽，听赵元昭发问，他就将倪苍轻轻拉了一拉，说道："此甲乃是属下与阿苍共同完成，如今讲述时，也由阿苍补充一二。"

赵元昭对此自不计较，只道："你们尽管说来。"

旋即，王谦一五一十，从最初做出的最寻常款，到后面一点点改进，最终弄出效用与记忆里相差不多的两件甲胄之事，全都说了出来。

倪苍虽不善言辞，但因着从头到尾确是一直相助王谦，因此在所需之时，也能说出详情。

这一说便是半个时辰，才算是将该说的说完了。

最后，王谦说道："这两样甲胄应当尚有可以改进之处，殿下可告知麾下制甲的能人，请他们也来研究，想必能够做出更完善的棉甲与藤甲来。"

赵元昭听了，自是应道："这是自然。"

到此时，王谦与倪苍能做之事便都做了。

赵元昭还要赏赐王谦两人，却被王谦婉拒。

王谦道："此为属下分内之事，不敢当殿下赏赐。"

赵元昭无法，便只好让两人先行退去。

王谦就带着倪苍离开此处，回到他们的院落之内。

倪苍轻拍了拍王谦的肩："近日来你着实辛苦，回去后大睡一场罢。"

王谦朝倪苍笑一笑："阿苍也是辛苦，亦睡一场罢。"

两人的忙碌，总算不是白忙。

此刻他们互相关切过，不由相视一笑，而后各自沐浴去了。

王谦躺在榻上，几乎是沾枕即睡。

倪苍沐浴之后，立在榻前静静看了王谦许久……他微微伸出手，似乎想要触碰什么，但终究只是替王谦将些许额发拂开，便反身在屋中另一榻上入眠了。

他睡得慢，可听着王谦绵长的呼吸声，渐渐便也熟睡了……

王谦虽有记忆，倪苍动手的本事也强，但两人做出了两种甲胄之后，便也是极限了。倒是赵元昭，他手下如今也有不少手艺上的能人，在得了王谦与倪苍的一番解说后，他再让匠人们多多研究一番，还当真就将两种甲胄都有所改进，不仅那藤织得更紧密、棉片压得更紧实，用料也比先前少了许多，亦是更加坚固了。

做完成品后，赵元昭特意将王谦叫去瞧了瞧。

王谦仔细看过后，满面赞赏，便最终定下了甲胄的模样，至于更多便只有等到做成以后再来检验了。而那平王赵元昭，对两种甲胄倒都颇有信心。

此后，王谦与倪苍还是过寻常日子，赵元昭则召集人手上山砍藤，又让人拨出大片土地栽种棉花，也向南华府内诸多百姓收购棉花，甚至附近的那些府中，若是哪里不曾受到烽火侵袭，他也会派人前往采买。

不过，棉甲与藤甲皆是秘密手段，做时便要保守秘密。

譬如藤甲，如何编织可以不计较哪个人来相帮，可后续用桐油浸泡、用水浸透晾干等工序，则要由心腹的兵士们处理，不能假他人之手；再譬如棉甲，摘棉花买棉花弹棉花皆能交予外人，但是将棉花压成薄片，如何处理方才最为牢固等法子，则不能泄露。

饶是如此，因着甲胄的数目太大，所需的野藤和棉花都极多，便又给南华府上下的百姓弄出了不少活计可做，而又因平王府素来说话算话，故而但凡是平王府安排的工事，众多百姓都争相自荐，想要做那些活计。

有整个南华府里的百姓配合，平王府收拢的野藤越来越多，但不能就此全都堆放在平王府里。最后赵元昭便就近找了一座山谷，让重兵把守，每逢弄到了野藤或者棉花，就送到这山谷里去，由那些兵士轮番处理，争取早日做出大批量的两种甲胄来。

如此渐渐忙碌……

南华府所有人都忙得热火朝天，随之而来的，便是赵元昭用比预计里少上许多的财物，弄到了更多的物资，将南华府的各大仓库都慢慢堆满了。

但是还不够。

赵元昭遥遥看着帝都的方向，心里始终有不祥的预感。

那些反军，崛起得太快了……再这样下去，恐怕……

在自家院中的王谦，与赵元昭有一般的猜测。

莫看朝廷如今仍旧是大赵一股极庞大的势力，但实则内外皆已腐烂不堪，那代表大赵精锐的数道大军多次溃败在反军手中便是足证。但现下许多大赵官员仍旧沉浸在往日虚假的繁荣之内，根本不肯睁开眼瞧一瞧如今这世道究竟如何！

从前赵元昭用一些出海弄到的稀罕玩意儿自那些官员手里挖出了不少有价值之物，为自身做积累，可那些官员的嘴脸实在难看，叫人每每多看几眼，都会禁不住地犯恶心。而今又是一些时间过去，那些官员恐怕非但不曾改过，反而在妖妃、庸主的带领之下越发奢侈享乐，到而今真正遇上了乱国大事，自然是无能为力的，并且，甚至始终妄自尊大……

不过，王谦如今也没什么心思去想帝朝中人如何了，他现今想的都是要为平王多做些好东西出来，能帮上一分，就帮上一分。

唉，只可惜，他到底还是本事有限，能做到的始终不多……

赵元昭一边准备，一边派人前去打听战况。

那些起义之军利用许多口号换来了众多百姓参加支持，一路势如破竹直冲帝都，但到底还是时间短了些，准备有所不足，在连续攻破数个城池之后，就慢慢占据那些地界，让百姓休养生息，安顿下来，继续积累、发展。

西北起义军因是最早且最庞大的一支，各地不忿受难的百姓中，有许多人都投往那处，为他们增加了很多人马。而人马一多，耗费的钱粮也多，他们也每休养一段时日就往周遭府城攻打，抢夺各城池之内的粮草。

那些被抢夺的城池里的百姓们没了救济，还要继续被搜刮，一个愤怒也都往西北投军去，于是，西北军再次壮大……

约是西北军发展实在是快，还有其他各地的起义军担忧被他们做大，反而开始给西北军添乱起来，至于朝廷？那些起义军在几番与朝廷大军对峙后，便发觉朝廷大军皆是银样镴枪头，根本不值一提。无论是他们这些起义军里哪一支胜了，余下的人马都坚信朝廷不是他们的对手，而大赵也会落在最终的胜者手中！

一封封战报和各类消息传来，赵元昭看过后，坐在书房里久久不能言语。

王谦等人看着一脸忧思的平王殿下，也不知该如何宽慰。

不论如今朝堂上如何奸佞当道、今上如何昏庸、妖妃如何作祟，归根结底，赵元昭纵然不再是太子，也依旧是大赵的亲王，自然是对大赵忠心耿耿，也以大赵为荣的。

可如今大赵却变成了这般模样，除却愤怒外，赵元昭心里未尝没有惭愧。

身为太子，他无法规劝父皇，身为亲王，他所做不到之事也着实太多……算来算去，他竟似乎未能给大赵做出什么贡献，来挽救大赵的命运。

赵元昭的内心，如火燎一般。

王谦暗暗叹息。

他是很欣赏这位平王殿下的，他觉得若是平王殿下并非是出自本朝，而是其他任何一个朝代，甚至只是本朝的前几代，作为一名太子时，除却有些优柔寡断外，无论是治国还是品行，都是属于一流之列。

只可惜，他生不逢时，遇上这样一位今上，又碰上国乱的大事……手里无法掌权，他再怎样有心，也不可能力挽狂澜，唯一能做的，也不过是以南华府为根基，迅速发展，以图在日后能为大赵尽一份心力而已。

白义英等人也同样知道，但任何一人都无法安慰赵元昭。

因他们并非太子，也非与大赵息息相关的皇族之人，亦不曾担负起一国重任，他们无法体会赵元昭的心境。

王谦几人对视一眼，默默退了出去，将书房里的安静留给了赵元昭。

待出去后，众人面面相觑。

旋即他们朝彼此行了一礼，就各自忙碌去了。

王谦与倪苍回到院子里。

他一边走，一边说道：“若要攻城略地，火器乃是一种利器，我虽不会打造火器，但是对于如今配出的火药，或者可以改进一二……”说到此处，他又蹙起眉毛，“只是，若是做出更好的火药，却又担忧其出现在战场上后，带去无数人的性命……一旦被滥用，反而不妥了。”

可是，若是明明知道而不去尝试，来日与敌人在战场上交战，他们这一方失去的性命，冥冥之中想必也会向他问责——分明有更好的火药能消灭更多敌人，为何还要让他们拿性命去填？只为或许会有的滥用，便宁可让他们去死么？！

王谦捂住面容，一声长叹。

第三十八回

妖妃毒计

几度纠结后，王谦的异样被倪苍发觉。

于一日月色满园时，倪苍拎了两个酒瓶，去寻王谦。

王谦本坐在院中石凳上赏月，见倪苍过来，朝他微微一笑："阿苍，怎么带酒过来了？"

倪苍道："看你心中不痛快，陪你借酒消愁。"

王谦有些讶然。

他自问已然极力掩饰了，没料想倪苍居然还能发觉……但是一转念，他这些年来与倪苍四处辗转，若说这世上还有哪个最是了解他，也只有倪苍了，如今发觉他心中郁结，自也是理所当然。

王谦略一迟疑，将心事说了出来。

倪苍有点讶异——他没想到王谦胸中所知所识竟如此之多，不仅先前提出了藤甲，而今居然连火药也可改进……也不知随着时日推移，他还能从他身上发现多少了不得的本事？

不过，在他看来，王谦的郁结是因他太过仁善，兜揽来太多责任，然而他其实不必如此，这天下乃是赵元昭要赢得，那么许多责任，也该由赵元昭来担负。王谦身为幕僚，只消将有助力之事尽力做到便是尽责了，而若是赵元昭做出什么错误的决定来，他则规劝即可……

但倪苍想了想后，还是说道："你若觉得平王可信，可先私下里将火药改进一番，我寻个隐秘所在带你去试。日后是否交出，是否需要交出，可视到时的情形而定。"

王谦听得，怔了怔，笑着说道："也好。"

左右那火药的改进也是改进在配比上，添加之物并不多，只消他这里试验妥当了，待到战事起后，需要时再来配出，也来得及。

如此一来，王谦暂且放下了一段心事，朝着倪苍看去，眼里带着暖意："多谢阿苍宽慰，如今可还要喝酒？"

倪苍拈着小酒杯倒了两杯，将其中一杯递给王谦："小酌怡情。"

王谦接过来，浅浅一啜。

两人在月色下对酌，暂借些许时间松口气，忘却白日里的不快，待明日醒来，更有许多事等着他们去做……

许是朝廷对上反军后，战绩太让人失望，赵元昭在沉寂一日后便恢复如常，但除却仍旧用心于公事外，更加紧了藤甲、棉甲的制作，也大力鼓励南华府百姓种植红薯、土豆、棉花等物，甚至对外来的难民也主动接纳，为他们安排做工，并自里面征来壮汉为兵丁。

王谦一边听从赵元昭的吩咐做事，一边每日在屋中尝试火药改进，待有所改动时，便趁夜色让倪苍以功夫带他前往远处的荒山里，寻一个最偏僻的所在，试验火药的威力。

大约试过了五六次，所制出的火药已然与记忆中相似，但若要再进一步，短时间里，怕是再无可能。于是，他便暂且将此事放下，转而去回忆一些其他可用之物。

纱布、丸药、酒精……用多种常用疗伤之物做成药包，未必能每一位兵士都带上一包，但若是早早准备，每几人准备一份却是不难。

有这些物什在手，兵士在战场上受伤后，便可立即退下稍作治疗，也能助不少兵士保住性命，减少伤兵损失。

这些药包做起来不难，王谦在尝试做了两样后就交给白义英，又由他奉于赵元昭，而赵元昭得知后，考察一番确定可用，就将其交给沈大夫，请他联合一众医官做更多尝试，将药包里面的各类可用之物准备得更细致也更合理些。

王谦便甩手不去督促此事，虽说这件事大多是由医官们努力，而监管一事，就又落在了平王麾下最得王谦信任的白义英手中。

白义英有时来寻王谦喝酒，都忍不住说道："子逊兄啊子逊兄，你可真会替我找事儿。"

王谦则是一笑："能者多劳，只要能相助殿下，白兄便担待了罢。"

白义英摇头失笑，终究无可奈何："也是，我脑子不及你好，便多做做这些跑腿的活计罢。"

王谦举杯，朝他敬了一敬。

如今，双方合作多次，可算是至交了。

日后不论平王是否能成事，他们都要做一对携手共进的同僚。

遥远的皇城，乐成殿中。

一身薄纱的美艳女子斜倚在软榻上，她的身后有一名裸身的中年男子，此刻正搂着她一手探进她的衣里揉捏，一手拿着个烟枪，凑在唇边吞云吐雾。

殿外，一名内侍快步小跑进来，在厚厚的帷幔前就先跪了下来，朝着那女子焦急地连番示意。

美艳女子见状，美眸里划过一抹流光，而后她从胸口取出一粒乌黑的药丸，用红唇衔着，转身挨上了中年男子的唇上，又用香舌轻轻一抵。

中年男子半睡半醒地张口吃了这药丸，含含糊糊地说道："爱妃，又到了吃仙丹的时候？"

美艳女子露出一丝极妩媚的笑容："陛下先服用金丹，妾去沐浴净身，随后便来。"

中年男子吃吃地笑："好，好。爱妃今儿个用玫瑰香汤，香啊，香！哈哈哈！"

美艳女子娇媚地嗔道："知道了，陛下真是的！"

说话间，她转过了头，而在转头的刹那，她面上的娇媚顿时不见，只留下了厌恶之色。

很快，美艳女子与那内侍走到远处。

美艳女子回头瞧了瞧那床榻，见上面的中年男子在服用药丸后，如今已是双目紧闭，沉沉入睡……才放下心来，冷声问道："有什么事这样急？"

内侍低声说道："禀娘娘，是、是南华府那边……"

美艳女子的眼里闪过一丝异样："前太子怎么了？"

内侍说道："早先娘娘不是派刘钦差去了南华府看平王是否装病么？他去是去了，谁料到居然做出了什么事，得罪了平王，早在数月前就被关押到大牢里了。前些时日我们收到的奏报，全都是那个李御医弄过来的，李御医，已然反水了……"

美艳女子——张贵妃柳眉倒竖，杏眼含煞："什么？那姓李的好大的胆子！"

内侍勉强道："想来是因着平王出手太狠，李御医又是个见风转舵之辈，自然在忠心上……就差了那么一些了。"

张贵妃慢慢走了几步："待本宫再寻陛下要一张圣旨，去将那刘钦差放出来。平王此人最是听从君父之令，被圣旨申斥后，自会照办的。"

内侍有些不以为然，但张贵妃既然这样说了，又没问罪，他也乐得依言而为……

然而就在一些时日后，张贵妃却从下面之人的禀报中，得知前太子在接到圣旨后，并未立即上折子请罪，更不曾将那钦差释放出来，反而是仍旧如先前一般沉默……她在君王不曾留意时，将寝宫内所有的奢华摆设全都扫落在地上，砸成了粉碎。

“平王，平王！”张贵妃面目扭曲，一双美眸中竟满是血丝，“本宫定不会放过你！你给我等着——本宫，一定不会放过你！”

于是，张贵妃服侍君王时便更加魅惑动人，更是带领宫中一众美貌宫人、妃子轻歌艳舞，弄出极让男子迷醉的脂粉阵来，引得君王是流连忘返，对张贵妃越发宠爱，甚至言听计从。而张贵妃也在等待机会——她是极聪慧的女子，知道如今朝廷正在与反军作战，一时半刻抽不出人手，待叛乱被平定之后，她就可以找出一千一万个罪名来，让那前太子万劫不复！

远在南华府的赵元昭，并不知道张贵妃心里又在酝酿毒计，他看着手里的圣旨，一字一句瞧着上面的申斥之言，面上带着一丝无奈，几分苦笑。

书房里，众多幕僚也在。

王谦暗暗一叹。

如今的殿下，的确与往日不同了，若是在更早时，他想来因着对今上的敬重，会在犹豫之后依照圣旨上所言而为，同时，也会立刻写出请罪折子，送到帝都去。然而这一回，那圣旨到了之后，殿下虽时不时会看一看这圣旨，但上面所下的命令，他却半点没有照办的意思。

只不过，或许还是因着父子之情或是什么旁的原因，赵元昭虽是强硬起来抗旨不遵，但内心深处，恐怕也并不好过。

众多幕僚聚集在此，除却刚刚与赵元昭议事之外，多也是有意陪同这位平王，以便随时能安抚平王殿下的情绪。

好在，赵元昭成长许多，在很快将圣旨收起来后，又吩咐了许多公务：“但凡是上战场的药包，都要储藏起来……粮食准备得如何，如今百姓可还有挨饿之人？难民越来越多，须都得妥善安排……还有一些甲胄、兵刃，也都多多备下，如今数目几何，查后报于本王知道……近来出入南华府之人，都要留意，难民之内也要提防眼线……”

诸多吩咐之后，众多幕僚纷纷将自己所掌管的一块儿公务禀报，若是已然禀报过的，就遵循赵元昭的命令，在心里盘算回去后如何行事云云。

总之，无人懈怠，干劲十足。

唯有王谦，他向来是出点子多，真正处理一块公务少。

赵元昭也知道王谦的性情，给了他极大的自由，而因着倪苍与王谦形影不离，王谦居于平王附近，倪苍便能护住平王之故，众多幕僚也对王谦没有排斥之意——虽说幕僚里也有觉得倪苍未免不够忠心的，但倪苍打从一开始便是王谦的随从，平王亦无强行下令之意，故而他们也不便多言，最终也只将此事放下罢了。

第三十九回

心血耗尽

自西北反军反叛之后，天下“群雄”并起，经由一段时日的互相吞并，最终真正成了气候的反军，共有七支，而最为势大的，仍旧是西北反军。

后来西北反军被众多反军一同遏制，但他们早有积累，名声、实力都在其余反军之上，故而一边抵抗那并无反抗之力的朝廷大军，一边继续收拢民心，且迅速将那些反军逐个击破，势力也越发壮大。加上其余反军虽有联合起来对抗西北反军之意，但毕竟并非每一位反军头领都有长远眼光，或是为浅薄利益，或者为狭窄心胸，最终联合并不算成功，反而被西北反军抓住机会……此消彼长之下，西北反军越来越强大。

朝廷见反军内讧，也派遣更多大军过来试图平叛，然而朝廷久不练兵，也没有真正出类拔萃的将领，即使人再多，亦终究是不堪一击。

正如那些反军所想，朝廷的大军……的确不是他们任何一支反军的对手。

转眼间，一年余过去。

西北军吞并了大多数反军，只留下三两支还在苟延残喘。

至于朝廷……

其大军败北的趋势比众人所想的更快。

转眼间，整个天下大半府城都落在了西北反军之手，朝廷中人心惶惶，以至于即使平王赵元昭先前抗旨不遵，也始终没能调派人手找他麻烦。

与此同时，南华府仍旧保存完好，并无反军来打他们的主意。

并非是众多反军不想，只是一来南华府地处偏僻且据闻相对贫瘠，来一趟并不容易，也不划算；二来便是平王赵元昭与今上不同，他身为前太子时，受天下百姓和朝廷官员爱戴，后来被贬斥，也被百姓、书生鸣不平，甚至他在南华府收容难民，仍旧待百姓仁厚之事也为众人传颂。反军反叛，打的是为天下百姓推翻昏庸帝王的口号，才能得民心，也正因平王名声太好，他们便不能用太过粗暴的手段。

故而所有反军都自发绕过了南华府，准备先将天下夺得，再来慢慢消磨南华府，软刀子除去这个威胁，或者最终将平王“荣养”起来。

南华府，平王府。

一道身影极快地在院中穿梭，而后他陡然一个倒翻，指间“嗖嗖嗖”射出数道风声，打在最近的一株大树树干上，又是“笃笃笃”几声，那大树上就出现了几个穿孔——竟然是有三支弩箭，直接击穿了大树！

树下不远的屋檐下，身着青色书生袍的青年立在那处，看向正落下来的黑衣男子，面上带了一抹微笑：“阿苍，如何？”

黑衣男子闪身间，来到了青年的面前，将手里那小巧的弩弓递过去：“威力比上次更大了三分，若是手熟，一次可出五箭。若是分开，一次三箭，一次两箭。”

——这黑衣男子正是倪苍，青年便是王谦了。

王谦闻言，轻轻点头：“也算到极限了。待之后献于殿下，打造数件，分于殿下诸多亲卫之手，众多同僚亦可取一件防身。”

倪苍道：“莫忘了，你亦要取一件。”

王谦面上带笑：“我知。”

这些时日以来，王谦兢兢业业，从记忆里也找出了不少强兵之法，不过那些有的如今可用，有的如今却用不上，但总归还是能有几样对平王有助力，让白义英欣赏他的本事的同时，也让平王对他更为信任与看重了。

弩弓就是他刚刚改进过的，越是离得近，越是射得狠，而若是离得远些，也比寻常的弩弓威力更大，且每次能发数箭，也省却了不少更换箭矢的工夫。

而南华府经过一年多的休养生息，不仅悄然征兵达到二十万数，粮仓里的各类粮草也堆积起来，满坑满钵皆是，支持这些大军数载也不在话下。

除了粮草以外，其他战备之物也都齐备，不论是棉衣还是兵器，统统大量做出，尤其是那兵器，因南华府的大船仍在出海，在稍远之地找到了满地黄金的海外小国，以及有铁矿、银矿的海岛，经由一番筹备，也为南华府备下了大量的资源。

王谦曾提议制作的藤甲、棉甲两种于战事大有好处的甲胄，因赵元昭用大量人手采集藤蔓、栽种棉花，如今不仅顺利制成了足够的棉甲，就连那要消耗大量时间方能投入战场的藤甲也准备了数十万之多，足够如今的兵士穿上，甚至哪怕有藤甲损坏也能更换，再征兵十万人，亦可人手一件。

前文有言，大赵内但凡有野心之人都想成为一国之主，诸多反军内讧多时，朝廷大军也多次平叛，弄得整个国内战火四起，但是因南华府早年过于贫困，竟无人发觉平王在韬光养晦时，就已准备得如此充足了。

可以说如今若是真要再起战事，南华府也有那资格去掺上一脚，但或许是为了能筹备更多，赵元昭并未立时加入战局，反而是一心一意壮大自身，对于大赵的战事还在关注，却再少有为此而伤神了……

王谦对于赵元昭的变化，渐渐也有察觉。

赵元昭日渐脱离了早年那优柔寡断的太子面貌，转而变得有些雷厉风行之感——尽管从失忆之后他便开始转变，但过去这些时日后，就能发觉他的转变愈加明显。

对于一名友人而言，这般的变化或许不太讨人喜欢，但若是作为一名前太子、一位王爷，这样的变化……恐怕还是好处更多。

只是王谦觉得人事易变，想一想平王从前，再看一看他如今，觉得有些感慨罢了。

也未多思，王谦将弩弓的改进之法告知了白义英，又由白义英试验过后，禀报平王。

赵元昭近来也习惯王谦常有发现，见到弩弓确实好用，也就叫那在有铁矿的海外小岛上的匠人们利用图纸加班加点，打造出一批精细的弩弓回来，分发给自己身边的亲卫、幕僚等人。

这弩弓在战场上或许功用寻常，但若是用在护身之上，却是再好不过了。

除此以外，因这弩弓着实精巧，一些能工巧匠还利用其中技艺改进床弩等重弩，增其威能，也使得这些巨弩在日后攻城时有更大功用。

赵元昭如今已不再询问王谦要何赏赐了。

只因王谦如今立下的功劳太多，寻常赏赐已远远不足，他只将这些记在心中，只等日后匡复河山，再来论功行赏！

王谦也从不曾讨要赏赐，每每被赵元昭询问，也多是推辞。

倒不是他矫情，只是一来他生来便有报国之心，并不计较功名利禄；二来便是他自觉这些提议皆是那意外所得的记忆里而来，并非是他自行想出的真正本事，自然不配讨赏。

白义英等赵元昭麾下之人并不知晓王谦还有这心思，在陆续知道他所立下的功劳与推辞赏赐之事后，纵然是先前有些诟病倪苍态度的那些幕僚，也对王谦无话可说，从先前的有些芥蒂到后来的接受，再到最终钦佩……此中种种变化，王谦不曾细想，也未察觉——毕竟除却白义英外，他从不曾与他们有太多接触。

倒是白义英，这些年来他自王谦那所得所知甚多，与他之间的情谊也越发深厚，对同僚想要与其亲近却因对方太过“本分”而不得亲近之事，往往哭笑不得。

把弩弓也献上后，王谦头中刺痛，不由得仰面躺在榻上。

倪苍走到他的身边，将他的头抬起，轻轻为他按压穴位。

按压了两下后，王谦发出一声低低的呻吟，似乎是有些疼痛，又似乎是有些舒适。

倪苍道：“改进弩弓消耗了你太多精力，近来不可再继续了。”

王谦闭着眼，轻轻地吐息，鼻中发出含糊的声音。

他太疲倦，以至于虽听清了倪苍的话，却压根无法进入脑中，更无法思索，只能凭借本能知道倪苍是为他好，这般模模糊糊地答应。

倪苍也知他累得很了，王谦应了便是应了，日后他自会督促。

次日，王谦起身后一如倪苍所料，又要在记忆里去找对赵元昭有用的影像了，然而还未等他神游，已然被倪苍轻轻在虎口处一捏。

王谦顿时一疼，回过神来：“阿苍？”

倪苍道：“你昨日答允了歇息。”

王谦一怔。

倪苍让王谦坐在树下的石桌上，自己则去沏了茶来，推到他的面前：“你坐在这里赏一赏春景，莫要多思了。”

王谦轻叹：“依照如今的局势，南华府也无法独善其身多少时日，若是不多准备些……”

倪苍打断他的话语："你头上如今已然生出白发了。"

王谦顺着倪苍所指方向探向自己束发之中，轻轻一扯，又低头一看，果然就见到在他手心里，正有一根细长的发，发白如雪，干枯而无光泽……

倪苍道："我知你是心血消耗太多，方会如此。"

王谦默然。

倪苍垂目看他："若你不肯歇息，我便出手让你休息。"

王谦一顿："阿苍意欲如何？"

倪苍面色上带了一丝冷意："打晕你。"

王谦哑然。

之后，他也不再多说什么，心知是好友的一番苦心，便从倪苍的吩咐，缓缓地放开心思，一边饮茶，一边赏景，再不动一点心思去寻记忆里的那些影像了。

第四十回

兵临城下

深夜，白义英还在处理公务。

因是平王最为信任之人，故而他要忙碌之事也是最多。

不过好在忙碌归忙碌，但多是琐碎繁复，并不算太耗费心神。

刚翻看过手头最后的公文后，白义英便听见有人叩响窗子的声音，让他不由得愣了下，旋即转头去看，微微一惊。

原来就在他的窗子外，正有一人悬在那处，一条腿落在窗台上，看起来颇为惊险。

白义英吓了一跳，急忙去将窗子打开，将人放进来："倪兄，你怎么来了？"

他是当真好奇，只因这位倪苍几乎不与他们任何一人交流，只在面对王谦时，又似友人又似仆从，满心满眼都扑在王谦那处。在这般深夜时，他本应在王谦身边陪伴，也不知是什么缘故，居然让他暂且放下了王谦，主动到他这里来？

在除却王谦之外的人面前，倪苍的神情始终没什么变化，此刻也不过是说道："我来问你要一些滋补的药。"

白义英顿了顿："是为子逊兄拿的？"他倏然想到什么，急忙问道，"是子逊兄出了什么事么？"

倪苍神情淡淡："子逊生出白发，若不滋补，长此以往恐妨碍寿数。"

若是年岁到了自生华发，倒是没什么妨碍，然而王谦还未及而立之年，正当精力最旺时，生出这等变化便不对劲。若是不能尽早滋补，是当真于他有极大的害处。

白义英皱起眉来，然后又是有些惭愧。

也是，他乃是习武之人，在处理诸多琐碎繁复之事时，偶尔做得久了也难免会觉得精力不济，子逊兄不过是个文弱书生，且在这些年里做出了许多于国于民都有极大好处之事，另也改进了许多于战场有利之物，怎能不耗心血？虽说他推辞了平王殿下的赏赐，可这滋补之物却是应当多多送去的，不该等倪苍来问。

……此为他的疏忽。

既然发现疏忽，白义英自要补救，立时说道："倪兄所言有理，先前确是白某太大意了。不如这般，今日倪兄先带些燕窝回去，明早炖于子逊兄吃了。白某则尽早去拜访沈大夫，请他过来为子逊兄诊断一番。另外刘老御医或是房老御医两位曾侍奉两代君王，必然极擅长养身之道，定然能替子逊兄好生调养过来。平王殿下也定不会吝于此……"

白义英一边说，一边去一旁的柜子里取出一包东西，递给倪苍："这些燕窝先拿去暂且给子逊兄吃了，待大夫来诊治之后，定会给更好的。”

倪苍点点头，也不多言，拿了这燕窝便纵身而走，极快地回到了两人的居处。

目送倪苍的背影，白义英心中也不由生出一丝羡慕之意。

这位倪兄与子逊兄之间的情谊，当真是寻常人所不能及。

叹息一声，白义英继续忙碌公务。

而另一边，倪苍回到了院子里，将燕窝收进柜子里后，翻身去了对面的长榻，也合上眼。

次日，王谦刚醒来，便嗅到一股清香。

倪苍将他扶起来，另一只手则凑到他的面前。

王谦一看，才发觉倪苍手里端着的是一碗燕窝，不由看向他。

倪苍道：“补身子。”

王谦想起昨日，知道这是倪苍的一片好意，也不问他这燕窝是从何而来，便接过来，一勺勺地将燕窝吃了。

吃完之后，果然舒适了些。

之后倪苍便盯着王谦着衣、洗漱，盯得他不敢与往日一般神游回忆，也盯得他啼笑皆非。

待王谦做完这些，倪苍又要再盯着他继续赏春景时，院子外有人叩门。

倪苍立时去开了门。

王谦看去，见到白义英带着沈大夫和刘老御医走了进来，让他微微吃了一惊。

但他并非愚钝之人，一转念，便猜到他们过来的缘由了，不由笑道：“想来是阿苍去打扰了白兄？”

白义英的眼里则是露出了一丝责怪之色，说道：“你既然身子不适，为何不与我说？若非是倪兄告知，我等也不知你如今已早生华发了。”

王谦有些窘迫，无奈道：“我自己也不曾觉察，又哪里能……”

白义英一叹："幸而有倪兄在你身旁，否则以你的性情，怕是早就不成了。"

王谦赧然："阿苍确是助我良多。"说话间，他也急忙将那两名大夫请进来，"沈大夫、刘老御医，有劳您二位亲自前来了。"

沈大夫笑道："身体要紧。"

刘老御医拈了拈胡须："让老夫来为你诊脉。"

王谦有感于众人心意，自然是老老实实将手腕递过去。

刘老御医伸手给他把了脉，而后朝沈大夫笑了笑，让开身子。

沈大夫便也同样诊脉。

两人都诊过后，都是微微摇头。

刘老御医道："从新，你来说？"

沈大夫便看向王谦："确是心血消耗太过，待老夫为你开个滋补的方子，再请刘老御医指正，之后你每日吃下。先吃上一旬，之后老夫再来诊脉，调整药方。"

刘老御医道："那方子，老夫与从新一同商议。"

沈大夫笑道："也好。"

王谦闻言，很是感激，立时说道："多谢两位。"

两位老大夫都是摆摆手："不必客气。"

而后，他们互相商议一番，果然就写下来一张药方，交给了倪苍。

倪苍双手接过方子，认真看过，说道："我必每日亲自煎药。"

一旁白义英也道："上面要用的药材，白某会叫人送来。"

王谦见众人如此，再连连道谢，又留他们在此处喝一杯茶后，才将人送走。

不多时，白义英果然派人送了药过来，倪苍毫不犹豫地拿去煎了，依照两位老大夫所言的火候一丝不差，那味道自然也是一丝不差。

王谦喝药倒也痛快，莫看其身骨文弱，却是一仰脖就喝了个干净。

待喝完后，倪苍将一物塞入他的口中。

王谦只觉得口中一甜，居然是一块蜜饯，不由笑着感慨："如今我喝药还有蜜饯可吃，比小时却要强得多了。"

那时他是府中长子，体格素来不及弟弟王冲，不说体弱多病，但每一年也总是会有那么一些时日身体不适。他要以身作则，教导弟弟，自是不能怕苦怕累，弟弟在身边时，更莫说吃些蜜饯缓一缓苦楚了。

如今他已将要而立，却被人照顾得妥妥帖帖，哪怕是在外流浪的几年里，也从不曾挨饿受冻，还能有余裕研究高产作物……当年一时匆忙决定的逃亡，如今看来倒真的是正确的选择了。

倪苍并不知王谦所想，只嘱咐道："每日都要喝。"

王谦笑着答应："好。"

南华府一切井井有条，还算平和安然，西北军却是一路北上，与帝都只有一座府城之隔。

军帐内，一名身形魁梧的壮汉大马金刀地坐在首座，下面是一群同样神情彪悍的汉子正大口喝酒大块吃肉，十分痛快。

突然间，帐外有一名将领急匆匆走进来，满脸都是笑容，大声说道："恭喜将军！贺喜将军！恭喜将军！贺喜将军！"

魁梧壮汉一抹嘴边的酒，也是大声回道："何喜之有啊？"

那些汉子们也齐刷刷看过去，嘴角都是肉油酒渍。

这将领声音更大："禀将军！张文广来投诚了！他向将军认输了！"

"什么？！"魁梧壮汉拍案而起，"那老小子认输了？哈哈哈哈哈！前些时日还要跟老子一决死战，今儿个就来投诚，不是骗老子的吧？"

下头不少汉子都跟着嚷道：

"就是！就是！"

"那老小子忒狡猾！"

"不是有诈吧？"

"那老小子不可信哪！"

将领立时说道："将军可别不信，这次那老小子绝对是没法子了！他刚跟将军说要来决一死战，就被后头的孙胡子给捅了一刀！兵都给打没了大半，要是不来投将军，那肯定要给孙胡子给杀绝了啊！"

魁梧壮汉立马乐了："快死完了？"

其他汉子也都着急地看过来。

将领笑得幸灾乐祸："可不是么，死得就剩不到一万了，还能做个啥？早点儿来投将军还能有个将位，要等将军把孙胡子给收拾了再找他，那他可就什么都没了！"

魁梧壮汉一拍桌子："算他识相！走，弟兄们跟老子一起去逗逗他！哈哈哈哈哈！"

汉子们也都推案而起："哈哈！走！逗逗那老小子去！"

众人很快出了军帐，便见到被拦在营帐外数里左右有数千人扎营，为首之人一脸讪讪，远远地朝着魁梧汉子就深深一礼。

魁梧壮汉大笑着大步走过去，将人扶起来："老弟哇！老子我可想死你了！"

那人的笑容僵硬："还要……请老哥收留。"

至此，西北军收复张家军，孙胡子掠夺了张家军的资源后，又去将剩下的何家军打残，稍稍壮大了自身。但是西北军却不能容忍孙胡子翻身，于是很快兵分两路，一路继续北上攻打最后的府城，一路则迅速与孙胡子干上。

西北军不愧是如今最为强大的反军，不仅逐步推进北上的进程，还仅仅只耗费了一个月时间，就将最后疯狂一把的孙胡子军彻底战败，将孙胡子杀死，将其手下的兵将收归己用。

此后，天下间的反军就只剩下了西北军一支了。

接下来，西北军长驱直入，居然将那最后一座原本坚守了一段时日的府城一举攻破，直冲帝都皇城！

第四十一回

围攻皇城

赵元昭在书房得知这个消息，顿时大惊："怎么回事？最后一座府城乃是我大赵有名老将岑将军守着，至少能守得一年半载，为何这样快便被攻破？"

书房里，众多幕僚也都露出难以置信的神情。

王谦心跳得很快，同样震惊。

如今整个大赵虽说都是糜烂不堪，但是武将之中硕果仅存的老将岑将军却还活着，只是先前被小人构陷，不得已在家中"养老"罢了。

眼看着反军的势力越来越大，夺取的城池也越来越多，朝廷军队不断溃败，终于有人想起了这位老将，请他调兵遣将，抵挡反军。

岑将军虽说对如今的朝堂十分失望，但却也是心系大赵的，眼见情势危急，也顾不上曾经受到的折辱了，立时悉心安排，抵挡反军的攻势。

只可惜岑将军还是被请出得太晚，他要熟悉如今的大赵军队，还要将这些明显已腐化多时的兵士操练起来，时间远远不足。然而反军行进太快，以至于最后他只来得及守住最后一座府城，一边守城，一边练兵。

在见到反军逼近帝都时，赵元昭也曾召集幕僚商议过，但因着南华府要想出兵还需准备，至少尚有一二战阵须得再演练数次，新招来的兵士也要再操练一些时日，便想再等一等，待一切妥当后，正好让南华府的大军从后方攻击反军，并与岑将军联系，两面夹击，保住大赵。

原本以岑将军的本事，在他守城的这段时日里，足够赵元昭做足准备而出兵了，但是谁能想到，那最后一座府城根本未能守住一年半载，居然才两个月不到，就已被攻破了！

这、这怎么可能！

然而，任是赵元昭等人如何不敢置信，此事也是真切发生了。

最后一座府城城破，反军入帝都，围攻皇城。

那皇城卫军能顶什么用？

大赵……必然会落在反军手中。

赵元昭面沉如水："查！一定要查！岑将军究竟如何了？怎会这样快便城破？！"

见平王殿下如此愤怒，死卫们自是迅速去查。

王谦等人先行告退，出去后，他与白义英走在一处，两人的面上都是苦笑。

白义英一叹：“唉，恐怕此事并非岑将军之过……”

王谦也跟着叹息一声。

他同样是这样想——老将身经百战，此战必定不会是最为艰险的一战，眼看大赵危在旦夕，岑将军又怎会妄动呢？定是万千个谨慎小心，是以守城为主，练兵为次，休养生息等待反击机会。可他却败了……其中的缘由，让人深思啊！

没多久，死卫们便将消息打探回来。

原来，又是朝堂倾轧，上下贪墨，即便反军已然要打到帝都内了，那些负责粮草、兵器、甲胄的官员们仍是各自抱有侥幸之心，纷纷自军饷里伸手，你拿一把我弄一撮，后来真正做出的兵器甲胄都是次品，粮草之内也多有陈粮腐败者，逼到岑将军气得吐出一口血来。

哪怕岑将军再如何用兵如神，毕竟也年纪大了，这一口血吐出来，尽管还要强撑，却又因着宫里的御医来得太晚，以至于病倒在榻上，一拖良久，正所谓病来如山倒，最终便是御医来了，也未能挽救他的性命，让他就此逝世了。

而岑将军一死，才刚刚有了点模样的朝廷大军便再无抵抗之力，且也因岑将军之死，府城上下更是慌乱一场，更是无法顺利集结兵士，与反军对战……

因此，反军比起预计的更快打破城门，将整个府城占据。

接下来，自然便是一举冲入帝都，围住了皇城。

赵元昭听完这原因，越发愤怒：“都到了这般严峻时，居然还有人贪墨，这朝堂上下众多朝臣皆是死的不成？！断无一个脑子清醒之人么！”

众多幕僚也是极为愤怒，然而事已至此，那反军终究是攻入了帝都，拿下皇城也只是须臾间事，根本不可能再有反转结局了。

王谦面色凝重。

如今这情形，纵然他们南华府立即起兵，也无法力挽狂澜。

那么……该如何是好？

赵元昭愤怒之后，皱紧眉头。

看来，已不能再等下去了，要趁着反军尚未彻底稳固势力前，率军前往帝都才是。

尽管……

尽管如此一来，势必要再度掀起战事。

之后，王谦默然坐在院子里，心思浮动。

倪苍坐到他身旁，问："子逊，你在想什么？"

王谦看向他，不知该如何说。

倪苍问："有什么不好说？"

王谦垂目。

他犹豫了一会儿，到底还是觉得，跟倪苍之间并无不可说之事，便慢慢说道："我在想，如今平王殿下要再度掀起战事……是否应当。"

倪苍一愣。

王谦面上露出了一丝苦涩。

先前之所以跟随平王，是因着今上荒唐无道，民不聊生，而平王殿下乃是明主，若能辅佐他登基，百姓才能安居乐业。

但是如今百姓之中，有草莽的英豪反抗，并在数年之间顺利打入皇城，从此要做江山之主。草莽出身未必便不是明主，未必心中无有丘壑，如今大赵一统，再无其他反军，这一位草莽英豪要登基为王，是否也能让百姓安居乐业？若是他能，平王如今却要再打入皇城，是否又再度让百姓沦入水深火热之中？

王谦心里纠结，一时竟不知哪一种是对，哪一种是错。

他自知自己乃是大赵的子民，忠诚于平王，理应以大赵为上，然而或许是当初他一梦三年，得了无数记忆碎片，以至于他对朝堂、对今上都无太多忠心，他所忠心者，实为百姓。

然而，王谦也很明白，自己如今也无法阻止平王。

南华府准备多年，哪怕平王愿意就此放弃，那些幕僚、那些忠诚于他的臣子们也是不肯——此为其一；其二，不论是何人，登基之后必然不会放过平王，只因他曾是大赵太子，得了无数民心，且整个南华府都被整治得如同铁桶一样！

这样的一个南华府，当朝陛下上位之后，又怎会放心呢？

深吸一口气，王谦知道自己是太过多虑了。

如今他们所能走的，也只有一条路而已。

如王谦一样心里有许多念头转动之人不少，然而所有人都知道，他们如今也只能走那一条路。

平王赵元昭，或者登基为王，或者就此被当作障碍铲除，再无其他选择。

于是，众多幕僚紧锣密鼓地开始准备起来，那些培养出来的将领、兵士们，也都做好了匡复河山的准备——虽说在南华府外，无数百姓或许都相信他们当地的反军，但是在南华府内，所有人都只认准了平王赵元昭而已。

因为，他们如今的好日子是赵元昭给的，他们所爱戴的人，也仅有赵元昭而已。

自然，所有人都仍旧相信大赵，也自认是大赵之人。

只不过，这个大赵的主人……只有他们心中的那一位。

皇城内，乐成殿。

温暖而宽大的软榻上，身形臃肿的中年男子叼着烟枪嘬，神情飘飘然，十分享受，似乎已经听不见外面的声音了。

而软榻的一侧，美艳的张贵妃柳眉倒竖，脸上满满都是不悦："你说什么？那群反贼已经打到皇城里来了？守城的人呢？都是饭桶吗？"

前来通风报信的内侍瑟瑟发抖，趴在地上一动也不敢动，在他的身下，一滴滴腥臭的黄液抖落下来，熏得人只欲作呕。

他哆哆嗦嗦地说道："是……是的娘娘，咱们，咱们该怎么办哪！"

张贵妃走过去，拎起裙摆就是一脚，把那内侍踹翻在地：“怎么办！怎么办！你问本宫，本宫问谁？”踹完之后，她在一旁疾走了几圈，口中急念道，“不成，不成，本宫不能死在这里！本宫还有大仇未报！”

说到此处，张贵妃陡然想起什么，对那内侍说道：“去！带几个人把鹭美人给我带过来！”

内侍慌张极了：“娘娘，咱们现下不想办法，带鹭美人过来作甚……”他才刚如此说，便见到了张贵妃那择人而噬般的目光，当即再不敢废话，立即转身跑了出去，“来人！来人！跟咱去带个人来！”

不多时，就有一名长相娇艳的女子被一群内侍押了过来，花容失色，看向张贵妃的眼神里满是恐惧。她面上带着慌张，急促地说道：“贵妃、贵妃姐姐，妾近来、近来不曾勾引陛下，还请姐姐饶命啊！”

在这后宫里，美人无数，张贵妃一手遮天，莫说是这一名小小美人了，就算是正受宠的妃子，只要她看不顺眼，想杀便也就杀了。偌大的后宫，于今上而言，除却张贵妃以外，所有妃嫔皆可取代。因此，张贵妃在后宫里掌握着一等一的权柄，这位鹭美人如今若是得罪了张贵妃，那当真是张贵妃想杀就杀得了。

鹭美人见张贵妃的内侍如此粗暴地将她带来，自是满心恐惧，害怕求饶不已。

张贵妃娇笑着走过去，伸出纤纤十指，掐住了她的下颌，柔声说道：“仔细一看，还真是个美人。纤若无骨，肌肤如雪……”

鹭美人被她这举动，弄得越发害怕了。

张贵妃将唇凑到她的耳边，低声说道：“你呀，要帮本宫一个忙，否则……”

鹭美人随着张贵妃的话，一双美眸越睁越大，她想要挣扎，想要反抗，但是眼里的光芒终究是一点点熄灭，整个人也变得逐渐绝望起来。

“妾……妾知道了……”

“定然……不让姐姐失望……”

第四十二回

改朝换代

皇城被攻破得很快，守卫的兵士们根本不堪一击，就已经被杀光了。

城门大开，满地都是死尸、鲜血，但是反军们直闯而入，一边走一边杀，没多久，就见不到多少活人。

但反军们没有一个怜悯，甚至有不少粗豪的将领闯到后宫里，抓着那些宫女、妃嫔的头发，把他们都拖了出来。

因着张贵妃的存在，后宫里并没有几个活着的皇子皇女，所有的皇族都被反军们押着，关在了金銮殿里。

反军——也就是西北军的将军，名为李反天。

当然，李反天从前只是个乡间的混混，他的名字也不叫李反天，而是后来为了宣扬口号，为了树立自己的名气，才给自己取了这样一个名字。

——如今，再没人记得他从前叫什么，只知道他是西北将军李反天。

李反天看了一眼这些皇族、妃嫔，铜铃般的大眼一瞪，喝道："那个狗皇帝呢？！还有那个妖妃？她在何处？"

在他话音落下的刹那，众多将领齐声吼道：

"杀了狗皇帝！杀了妖妃！"

"杀死妖妃！"

"杀了狗皇帝！"

皇族们畏畏缩缩，妃嫔们也害怕得哭哭啼啼。

终于有一人颤抖着说道："陛下、陛下在乐成殿，跟贵妃娘娘在一起……"

李反天冷哼一声："行了，这些人交给你们，那些赵家的废物都杀了！"

说完后，他就带领一众人手，让个内侍给他们带路，直接朝着乐成殿而去。

留下来的将领们一边面面相觑，对视一眼后，就各自哈哈笑着朝着妃嫔们扑了过去。

——这些细皮嫩肉的娘儿们，他们以前可没见过！皇帝老儿的小老婆们，也让他们这些泥腿子尝尝滋味！哈哈哈哈哈！

接下来，就是裂帛和女人哭叫的声音，男人的粗喘和淫笑开始在这原本神圣的金銮殿里回荡，伴随而来的还有惨叫声与浓郁的血腥气。

尽管金銮殿似乎换了个主人，但是，仿佛陷入了地狱一样……

李反天闯入乐成殿，便见到一名中年男子躺在榻上，还是高床软枕的，只是眼里一片迷蒙，好像什么也不知道了一样。

在中年男子的前方，有一名极为艳丽的女子正收回脚，而另一名女子则是趴在墙边，似乎是刚被她踢过去的，撞在墙上，已然是晕了。

艳丽女子一身华服，此刻似乎听见有人进来，斜睨着视线看过来。

李反天看得清楚，这个华服女子非常美貌，而且神情也极为跋扈，一眼就能看出，她便是那祸国殃民的妖妃！

在见到李反天后，那华服女子厉声斥道："你们是什么人，怎么敢闯到本宫的殿里！"

但反军们都可以看出，这女子有些色厉内荏。

李反天哈哈大笑，大步走过去，一把将那华服女子拎了过来，粗糙的大手在她白皙的脸蛋上一捏："你就是那个妖妃？果然是绝色！"

华服女子的眼里闪过惧怕。

然后，李反天把华服女子往旁边一推，又快步地走到了榻前，看着那床上的中年男子，满脸的不屑与厌恶："这就是那个狗皇帝？"

其余反军也顾不上别的，都到榻前。

这时候，那华服女子极快地爬起来，一把扑在榻上，杏眼圆睁："你们这群反贼！想要对陛下做什么？给我滚开！本宫要诛你们九族！"

李反天冷笑："妖妃，你对狗皇帝倒是忠心一片，可惜，今儿个狗皇帝非死不可！你也逃不了！"说话间，他一把将华服女子拉开，扔到一边地上。

李反天拔出腰间大刀，对着榻上还在昏昏欲醉的中年男子就是一砍——

中年男子在最后关头似乎清醒过来，满脸的恐惧，但是，这生前享用了无数艳福的昏庸皇帝，最后连求饶声都没来得及发出，就已经死在了反军头领的刀下！

猩红的血迸溅出来，吓得那华服女子白眼一翻，也昏死过去。

李反天啐了一口："呸！真没用！"他把中年男子的头割下来，拎在手里，"瞧瞧，这就是咱们的皇帝老儿！就这么个东西！"

其余反军对皇帝原本还有一丝敬畏，但方才看到了那中年男子不堪的表现，又见到了李反天如今的豪爽，那一丝敬畏迅速地消散，反而在胸中膨胀起一股强大的骄傲感来。

“就是！舍得一身剐！敢把皇帝拉下马！”

“这么个东西，根本不配当皇帝！”

“还有妖妃！杀她以正朝纲！”

李反天将当今皇帝的头往地上晕倒的华服女子身上一扔，大声说道：“好！就以妖妃与狗皇帝的血，来祭我新朝！”

众人都是大声附和：“以妖妃与狗皇帝的血，祭我新朝！”

墙角边，一声低低的呻吟声响起。

李反天的目光转过去，就见到一张极美的脸慢慢抬起，她的脸色苍白，额角被撞破了，一丝鲜红的血顺着雪白的面颊流淌下来，美得惊心动魄。

这样的美人，李反天从来不曾见到过，这一刻他只觉得血液沸腾，禁不住满眼的惊艳。

那个美人看清楚眼前的一切，眼里顿时流出晶莹的泪水，楚楚动人，让人怜惜……

李反天忍不住走过去，一下把人拉起来，搂在怀里：“你是什么人？被那个妖妃欺负了？”他用手指粗鲁地擦去那丝血迹，“你是狗皇帝的……”

美人怯生生地开口，声音娇柔好听：“妾、妾是鹭美人……”

王谦和倪苍来到书房，正见到白义英在翻阅死卫近来打听到的消息。

其余幕僚也陆续到了。

但几人的注意力并不在白义英身上，而是看着坐在书桌后的赵元昭。

此刻的赵元昭垂着头，叫人看不清他脸上的神情，可但凡那是走进来之人，都能察觉到他身上那股强烈的压抑之感，使人心悸。

所有人都不由得皱了皱眉，旋即心里都是一紧。

——这是怎么了？

然而他们亦不敢多言，只因如今的赵元昭……让人不忍也不敢打扰。

白义英把一叠纸分给几人："你们也瞧瞧罢。"

众人面面相觑，但还是各自接过那些纸，一张张开始翻阅。

王谦看着上面所写的消息，心中陡然一缩。

这是……

西北军破入皇城后，斩杀了当今陛下，并将妖妃杀头示众，头颅悬挂数日不取。除此以外皇城内血流成河，所有剩下的皇族都被杀光，连最为年幼的也不曾留下，宫里的妃嫔美人被西北军的将领们瓜分，反军的首领李反天几乎立刻登基为皇，但凡是反对他的臣子也都被杀光，并在登基为皇之后，封了先帝后宫的鹭美人为妃。

与此同时，帝都里有无数权贵被抄家，西北军兵士进去打砸抢，很多权贵的内眷也都被抢走，权贵被杀死，其子嗣同样被杀光。

帝都之内，也是血流成河。

一些赋闲在家的忠臣还想负隅顽抗，但是反军并不理睬，竟是一家家都杀了个精光。余下的朝臣被杀破了胆，再不敢抵抗，在龟缩一阵子之后，有一家权贵率先投诚。

看到此处，王谦的眼瞳骤然收缩。

这一家权贵，正是安国公府！

安国公府啊……

那曾经抛弃王谦，又被王谦自行斩断关系的一家人。

多年来他不曾再刻意去打探他们的消息，只当是陌路人，可如今他们的消息却是倏地出现在他的眼前，还是……以这样一副面貌。

王谦的心中，不知是什么滋味。

于他的内心深处，哪怕明知安国公一家品行不佳，却也觉着他们是武将出身，至少是忠心耿耿的，即使在如此情形下不得不投诚，却也不该是第一家投诚之人。

但，偏偏就是。

让王谦的口中，都不由得泛起了苦意。

王谦的身份，很多人都不知道，但是赵元昭与白义英却是知道的，他们在看到这传来的消息时，也有些震惊。

白义英悄然看了王谦一眼，眼里带着担忧。

——以子逊兄的心性，陡然得知这样的消息，还不知如何煎熬呢！如此下去，他恐怕又要辗转多思，而刚调理得好些的身子，说不得又要被拖垮了。

倪苍最为关心王谦，白义英都能发觉，他自然发觉得更快。

眼见王谦的面色不自觉地发白，倪苍心里一紧，伸出手抓住他的小臂，轻轻地捏了捏。

王谦的心一跳，目光落在倪苍的脸上。

倪苍满眼都是不自知的关切。

王谦心里一暖，方才那带了些愁苦的神色，也慢慢消失了。

也罢，那一家人心狠手辣，他早已知道，既如此，做头一个叛国之人，又有什么不可能呢？

如今他身边也并非无人，他的挚友阿苍，也是他的知己，是他如今唯一的家人。

而那一家……他着实不必再去想了。

这时候，王谦等人看完手中之物，便知道为何赵元昭会是如此。

尽管先帝昏庸无能宠幸妖妃，对于臣下与百姓而言皆不是明主，甚至在被迫害时还会生出重重恨意，然而对赵元昭而言却是不同。

君父君父，虽说君在前，然而终究是父。

赵元昭对当初被贬之事未必无有埋怨，但绝对无有恨意。然而如今身为人子，却得知反军不但迅速杀入皇城，还立时就将其父与其亲眷尽数杀死——他如何能不伤痛？

伤痛之余，恐怕还有仇恨与自责。

若是能早一些起兵……

不，从岑将军那时便料错了，以至于后面想去救人也来不及。

赵元昭恐怕早已知道皇城被破后先帝必然不会落得好下场，然而还是抱有侥幸万一。

只是，如今这侥幸万一……也没了。

安国公府内。

相貌英武的青年身披甲胄，大步流星地来到了书房里，一把推开房门，面带怒意地说道："父亲，您怎么能如此做？那些反贼卑鄙无耻，在我大赵犯下多少罪孽，我安国公府怎能率先投诚，背负千古骂名！"

安国公坐在书桌后，此刻正闲闲地翻开一本书册，似乎并不将他这独子的愤怒看在眼里。

此时任由青年抒发了心中的愤懑情绪后，方才慢悠悠开口："此事已成定局，迟早都要投诚，与其跟在他人身后去喝洗脚水，说不定还要被杀个大半，还不如先投诚，也好在新皇之处有些颜面。"说到此处，他将书放下，而后定睛看着青年，"冲儿，你要明白，为父好容易才将我安国公府保住，如今也绝不能因改朝换代之事，而让其消逝。"

青年听着安国公的话，渐渐平静了一些。

安国公续道："无用之事，不必去做，但若是冒险些就能换来巨大的好处，保我安国公府不必经历动荡破灭之苦，失去些颜面又算什么？被唾骂几句又算什么？莫非，还敢有人当面来与为父为难么？冲儿，为父知你一腔热血，可你更不可忘却，你是我安国公府的世子，是未来的安国公，你不可任意妄为！"他的声音，语重心长，"该受委屈的时候，纵然是难熬极了，那也要将这份委屈咽下去！"

青年闭了闭眼，已然彻底冷静下来："是，父亲。孩儿明白了。"

安国公这才挥挥手："去吧，好生练武读书，日后也不可丢了我安国公府的颜面。"

青年向后退了几步："是，父亲。"

旋即，走出门去。

第四十三回

讨伐逆贼

在离开书房后，青年并未走向练武场，而是走向后面的祠堂。

祠堂里一如往常般寂静，只有香炉里点燃的几根香，还在袅袅冒出白烟。

青年立在一块灵位前，静静地，面沉如水。

不知从何时开始，他每逢有想不通的事，有愤怒或是压抑的心情，又或是心绪不宁时，总是会来到这里，在心中将那些郁结慢慢地对着这块灵位吐露出来。

这灵位，正是他那个有缘无分的异母兄长所有。

当年异母兄长被滚滚洪水冲走，留下来的只有府内的一些衣物和他曾经读过的书籍，让他至今想来，都觉得心中酸楚。

尽管……

尽管青年明知道，若是兄长活着，或许将来他们只有你死我活这一个结局，可兄长早早地逝去，在他心里徘徊不去的，便始终是兄长那些年待他温厚的情谊，是兄长看向他时那温暖柔和的目光。

这样的温存，除却兄长外，再无其他人给过他。

父亲，是个极威严之人，在父亲的心里，他和母亲或许重要，但绝没有国公府重要，他王冲存在的意义最要紧的并非是父亲的儿子，而是国公府的世子。

母亲……即便不愿承认，王冲也清楚她是个自私自利之人，她爱丈夫与儿子，但更爱荣华富贵，爱她自己。

这样的两个人，对王冲自然是很好的，可比起兄长那一份纯粹的兄弟情谊来，便要差上许多。

只是，偏偏父母给他生命，且利益与他一致。

王冲本以为自己享受数年情谊后，慢慢让自己的心肠冷硬下来，便终于可以与兄长走到那个地步，可是没想到一切还未开始，兄长已然消失，反而留给他无尽的怅惘。

让他许多时候都在想着，若是兄长活着……会是怎样？

因此，王冲将灵位当作了兄长。

他愿意将心声倾吐给这位只会“倾听”的兄长，让自己忘却烦恼，也让自己在这里能头脑更清醒地想清楚，做出该做的决定。

一如此时。

王冲的确是有热血的，他天生贵胄，自然不愿意投靠那些反贼，更瞧不起那些泥腿子出身的反贼。可是他也明白父亲所言无错，若是跟在其他人身后，随时都有可能被新皇当作杀鸡儆猴的对象，但若是主动投靠，只要新皇尚有一分清醒，便会对他们安国公府大加封赏，以便于让其他权贵再无反抗，心甘情愿奉他为皇。

深深地呼吸后，王冲终于冷静下来。

他已然知道之后该如何去做，哪怕这并非他心甘情愿之事，但他能忍。

身为国公府世子，他要忍耐，为国公府攫取更大的利益。

王谦在睡梦里惊醒，猛然坐起身来。

一旁倪苍敏锐地察觉，身形一闪，就出现在了榻前："子逊，怎么了？"

王谦抬眼看了看他，露出一个苦笑。

倪苍皱起了眉，眼里仍有关切。

良久，王谦轻叹一声："我……梦见了二弟。"

倪苍知道那"二弟"是何许人也，也知道当年的王谦在国公府里过得并不快活，但他不知王谦为何那般急切地要与国公府断绝关系，也从不曾追问过。

王谦揉了揉眉心，唇边的苦涩未散："当初我……也罢，当初之事没什么好说，可时隔多年，我却再梦见了二弟，莫非，是因着白日里刚得了他们的消息之故？"

倪苍安抚道："大约是如此。"

王谦回想起梦中的情景。

那是个模糊的、身披轻甲的少年，立在仿佛是祠堂一般的地方，在一块仿佛是灵位的牌子前。

少年似乎站了很久，而后突然唤了一声"大哥"，之后，他又给灵位上了香，在那里絮絮叨叨不知说了什么，又说了许久。

终于，少年转身离开。

与此同时，那灵位似乎从中间断裂了，而断裂的同时，那一声脆响仿佛生生砸入到王谦的头脑中一样，震耳欲聋，让他一瞬间就被吓醒了。

王谦有些不解。

那断裂的灵位……是什么意思?

是说，他会断裂……抑或是，二弟会呢?

但无论是哪一种，总觉得，都并非吉兆啊。

在听王谦说完了梦中的情景后，倪苍说道："日有所思夜有所梦。你睡吧，我在门口守着。"

王谦怔然。

倪苍续道："虽无法护卫你梦里，但你若再惊醒，见我于此，便知梦中皆妄忧罢了。"

听得倪苍此言，王谦心里涌出一丝暖意，而后又是莞尔。

王谦复又躺在榻上，又慢慢地睡着了。

随着帝都的消息不断传来，赵元昭召集所有幕僚，宣告出征讨伐李贼，其所立名目，乃是为同族及众多赋闲在家却被灭族的忠臣复仇，要清除这等宣称为国为民，实则残暴不仁的恶匪！与此同时，他将西北军在帝都所做的恶事也宣扬开去，拒不承认李反天所立伪朝大庆。

百姓多愚昧，多顺服，但若是被逼到了极处，便能觉醒。

李反天所代表者原本是被压迫之百姓，但他一路杀戮，入主皇城后愈发暴虐，杀人无数，且因草根出身不通治国，登基一月有余亦无出色政令下达，便渐渐让百姓失望。

百姓虽图安稳，但当宣扬李反天恶行之人为备受爱戴的前朝前太子赵元昭时，却是让他们先信了三分，重新抱有期待之心。

而赵元昭，在宣告之后便率领大军，自南华府始，往北而行。

王谦穿着一套藤甲，跟身着棉甲的倪苍一起，随着大军出征。

他身子不甚好，算是个文弱书生，不过其他幕僚也并不比他强健几分，他们便骑马而行，王谦有倪苍在身边，其余幕僚身边都有一名体格健壮之人随行护持。

还有白义英与他们在一处，众人一边随军出行，一边看守后方押运的粮草。

赵元昭这些时日里除却处理公务外，也练习武艺，甚至与众多兵士一同操练。如今他的体格强壮了很多，比起先前那贵气居多的平王来，如今要多出了几分精悍之感。

这样的平王殿下，无疑让众多兵士更为拥护。

一路前行。

不几日，大军便抵达了相距南华府最近的一座城池。

这城池里，才刚刚驻扎了一卫兵士，正是出自西北军。但因着大庆刚刚成立，这些兵士派来的时间不长，同来的文官也是刚刚派遣过来，正忙于处理府城事务，更多的杂务还在梳理之中，短期之内，仍旧忙乱不堪。

尽管如今大半大赵都归于李反天之手，可打天下容易，要让江山安稳却是不易。他刚登基不久，纵然想要让天下太平，也须得有大量时间安排……

此时反击，是最好的机会。

赵元昭率军而来，还未等城中军队做出反应，就已然用二十万人马直接将城门冲破，杀光了所有驻守的反军，夺得了这一座城池！

城中文官大惊失色，连忙出府，待他发觉前来攻城者乃是大赵名声极佳的平王时，竟骤然安下心来，立时向其投诚。

赵元昭的名声极好，待城中百姓得知后，亦不做丝毫抵抗。

王谦见状，面上微微带了笑容。

赵元昭曾深受储君教育，纵然如今有所改变，但也不会对无辜百姓如何。因此，他依照先前与幕僚商议，开城中粮仓下发粮食，并迅速安排城中文官处理城中事务，除此以外，他安排可信之人在此镇守，并取令符回归南华府，将留在南华府里的兵士调遣一队过来，驻守此地。

一应安排，井井有条。

待安排之后，赵元昭并不在此处停留半分，便再度率军前行，直攻前方另一座城池。

而因路途遥远，赵元昭攻城又极快，因此下一座城池也依旧未能如何反抗，便迅速又被攻占了。如此再三，短短一个月间，赵元昭连破数城，之后更是分兵数路，由其他将领率军攻打其他方向城池，由此延展……很快，半个南方都被赵元昭顺利打下，尽入他手中。

赵元昭的动作太快了，如今的大庆根本来不及反应，就失去了极大一部分领土。

而也是在此时，终于有人将消息层层传递，送到了原大赵、如今的大庆帝都皇城之中！

皇城之内，轻歌曼舞。

尽管大庆刚立，但那位从混混拼到一国之主的君王李反天，如今却已然十分适应自己的身份，不仅迅速下达各种政令，也很快地接受了帝都内众多权贵的进献，才这样短短时间里已大收后宫，迎娶了十余位妃子，几乎每一晚都在洞房花烛，被翻红浪。

如今的朝臣中，文臣多是大赵时便混在朝堂之人，武将倒是很少，但安国公作为率先投诚者，其爵位不变，地位反而更高。除却这些人外，余下的一半就是与西北军一起打入皇城的众多将领了，他们各有封赏，皆入住豪宅大院，而那些豪宅大院，便是那些负隅顽抗、不识抬举而被杀了个精光的权贵留下的了。

与如今的君王一般，因从龙之功而一飞冲天的那些将领们也终于到了享乐的时候，他们同样大肆扩充后院，迎娶从前想也不敢想的贵女们为妻，若是看上了哪个，便立刻去提亲，而若是被提亲之人不愿？一道圣旨下来，谁敢不愿！

自然，将领们也都是满身的艳福了。

第四十四回

点将出征

“报——”

“八百里加急——”

“报——”

李反天自登基以来，可谓是意得志满，掌握权力的快感让任何一个男人都无法拒绝，更何况他从前也只不过能一两月攒钱去去那下等的红楼寻乐，如今却是九五之尊，占有诸多豪门贵女，拥有天下间最美貌的女子。

如今他最为宠爱的，乃前朝皇帝后宫里的鹭美人，那当真是美貌娇柔、肌肤胜雪，还有一身好舞技，翩然起舞时，真是迷得他昏昏欲醉了。

正得意着，突然就有人来个八百里加急，这显然是出了什么大事，怎么能不让李反天恼怒呢？但好在他也并未完全糊涂，听得之后，便厉声说道：“速速报来！”

李反天这话音一落，那送急报的兵士便立即说道：“启禀陛下，前朝平王赵元昭突然起事，于数月前从南华府发兵，如今用兵神速，短短时间里已然攻占十余座城池，已然、已然将大半个南方都尽数掌握在手啊！陛下！”

此言一出，满朝的大臣也都震惊无比。

平王是何人他们自然知晓，但这平王从前做太子虽是仁德，实则优柔寡断，后来被贬为平王便几乎是销声匿迹，极少能听到他的消息……他哪里来的兵可以挥军北上，还能连续攻占那许多的城池？这不对劲，太不对劲了！

李反天则是怒不可遏：“真是好大的胆子！前朝末帝宠幸妖妃昏庸无能，赵元昭身为前朝皇子，朕因他还算仁厚放过了他，他竟然还敢如此，当真是不将我大庆看在眼里！”

这李反天曾经的一名军师，如今的朝中大员立时出声附和：“陛下所言甚是，那赵元昭当真是沽名钓誉，如今天下好容易平定下来，正该休养生息，他却掀起战事，着实是胆大妄为！此举不知又伤及多少百姓，他哪里配得上一声仁德！”

战报刚出，这朝中大员就先往赵元昭身上泼去一桶脏水，之后就有众多和他沆瀣一气之人一齐朝着赵元昭泼起脏水来。

于他们而言，对赵元昭原本就很是忌惮，如今赵元昭更是在他们刚享受荣华富贵没多少时日便开始反击，让他们的内心都极不痛快。

其他朝臣见状，为求明哲保身，自然也只能跟着附和了。

李反天愤怒之后，又听这些朝臣变着法子讨好他这个天下主宰，这让他心里熨帖了许多。但熨帖归熨帖，他的血性还未完全被帝都的纸醉金迷所震慑，忘却自己来时的目的。

在静静等众多朝臣泼完脏水后，李反天沉声说道："前朝皇室昏庸无能，宠幸妖妃，苛捐重税，民不聊生。原本朕看他赵元昭为太子时还算明理，登基之后亦不曾收回他之封地，不想他却倒行逆施，竟因此反而攻击起朕来，当真是不将朕看在眼里，不将百姓看在眼里！如此赵元昭，与前朝昏君又有何不同？"说到此处，他的声音越发激昂，"朕麾下众多将领，可有人请缨出战，将那赵元昭擒拿过来？"

西北军早先多次出战，几乎是百战百胜，正是士气如虹。这段时日虽说在帝都享受了一段时日，但到底都是一路杀过来的，如今也不觉当初那个优柔寡断的前太子能有什么本事，只当是他们自己镇守的兵派少了，又不曾对那前太子多加防备，故而才让他得意一时。

于是，在李反天话音刚落下不久，便有数名将领都迅速出列请战！

李反天见状，也颇满意："朕麾下男儿，果然并无孬种。"他高声说道，"好！朕便派遣杨德春杨将军！毛智毛将军！班金虎班将军三位各领兵五万，前去擒拿赵元昭！"

这位新陛下的旨意一出，那被点名的三人便喜悦之极地接旨，并迅速取了兵符，去点兵将！他们走得很快，让前朝留下来的臣子们都不由吃了一惊。前朝末帝在位时，若说出兵，必然无人响应，哪里会与现今一般应者如云？

一些人心里唏嘘不已，但也有许多人却是暗骂：真是一群粗鲁之辈！

其余跟随李反天的将领皆是十分遗憾。

于他们看来，赵元昭也的确不堪一击，此行不仅能再过一把出战之瘾，还能白得大把功劳，何乐而不为？只可惜，让那三个龟孙子拔了头筹！可惜，真是太可惜了。

可惜之后，这些原西北军的将领也未当成什么大事，而是各自禀报了些鸡毛蒜皮之后，便与往常一般散朝离开了。

李反天同样不曾将赵元昭当回事——想当初他率领大军拼命时，赵元昭还窝在他那个山沟里呢，如今眼见他将大赵打下来立国了，他却要来跟他争抢？也太不自量力了！嘿！从前是他们西北军造反，如今可是颠倒过来，造反的成了那赵元昭了！到时候，他一道圣旨下去，赵元昭自有他的苦头吃……

很快，李反天来到了后宫里。

他如今虽是有后宫多人，但还不曾立后，而后宫里面除却从前朝末帝那里夺来的鹭妃以外，其余的全都是各大权贵世家出来的黄花闺女，她们谁都想当皇后，但是他谁的面子也不给！

——想当皇后？

谁能率先给他生下皇子，传承他李家的香火，谁便是皇后！

因此，后宫众多妃嫔自是争先恐后服侍李反天，对他多有讨好，竞相献媚。李反天也颇吃这一套，眼见众多妃嫔如此，他自是乐陶陶，一入后宫便不想离去了。

这可真是美人乡英雄冢——不过，像他这般推翻了前朝的真命天子，可不会如前朝末帝那般，驾驭不住后宫里的女人！

这般想着，李反天脚一抬，先去了乐成殿。

不过，从前是叫乐成殿不假，如今却因着不吉利被他改了个名字，变成“鹭香殿”了。

里面住的是善舞的鹭妃嘛，这鹭香殿岂非是朗朗上口，半点不会记错么？

……也是李反天肚子里没什么墨水，取出来的名字也是直白得很。他自己倒是洋洋得意，还觉着自己取得再贴切不过，与殿中的爱妃那是相得益彰呢。

刚到门口，李反天便见到一美貌女子娇柔地倚在殿门前，朝着他痴痴地看，像是已然等了他许久。他心头顿时一阵火热，急忙大步过去，一把将那美貌女子搂进了怀里，还连忙说道：“爱妃，你身子弱，怎么不在里面待着？”

美貌女子轻轻依偎在李反天的胸口，莺声软语地说道：“妾……思念陛下……情愿……一生一世等着陛下……”

这般柔情的言语姿态，李反天以往从未见过，如今被这么一哄，正是极为欢悦，忍不住一把将美人打横抱起，就直直冲入鹭香殿里，迫不及待地搂着美人滚入床榻深处，肆意宠幸起来。

美人也是百般的婉转迎合，娇媚无比，直叫李反天恨不得死在床上，揉进美人的娇躯里，再也不出来了才好。

然而李反天意得志满，满脸狰狞欲望，却不曾瞧见那将一双玉臂搂紧他脖颈的美人，星眸半眯柔婉呻吟之间，却是溢出一丝厌恶，一丝冷光。

等着……

本宫……还没完！

下朝之后，安国公回到府邸，随口对亲卫吩咐道：“去把世子请到书房来。”

此言一出，一直紧跟在他身边的亲卫道一声“是”，便迅速离开。

安国公走进书房，阖目沉思。

不多时，有人在外敲门。

安国公道：“进来。”

便见一名甲胄青年抬步而入，正是安国公世子王冲。

王冲朝安国公行礼：“父亲。不知父亲传唤孩儿有何事？”

安国公伸手示意：“坐。”

王冲便坐在了安国公的对面。

安国公说道：“冲儿，今日上朝时，为父得知一件事。”

王冲明白若非要事，自己这位父亲必然不会特意将他找来，便做出洗耳恭听的模样。

安国公看他这般态度，也很满意：“赵元昭反了。”

王冲一愣。

赵元昭……反了？

这话有点意思。

赵元昭何许人也？其乃是大赵最受爱戴的前太子殿下，后来被贬为平王后便没了动静，几乎所有人都以为他因着性情之故，崇君爱父，就此认命了。但就在大庆推翻大赵后，这名前太子却突然冒出来……反了？

若是大庆成立之前，赵元昭出兵那叫拨乱反正，而如今出兵，便是大庆的反逆之人了。

不过一转念，王冲也不觉如何奇怪。

当今这位，是将前朝昏君杀死了的，连皇族也都杀了个一干二净，若是赵元昭还有几分血性，又怎能不为前朝昏君复仇？昏君再如何昏庸，赵元昭那性子之人也总有孺慕之情在——昏君也是赵元昭的君父。

就算他自认比赵元昭心硬不少，也对处处限制自己的父亲有所不满，可若当真是父亲遭遇被人杀害的惨事，他也绝不会视若不见，同样要一尽人子之责，为他复仇的。

只是赵元昭与他王冲又有不同。

他只是国公府的世子，若是出什么事也只是家事，可赵元昭这复仇之举并非只是家事，更是国事！

王冲心念转动间，并未插话，而是继续做出恭听的模样。

安国公道："今上决意平叛，已然有数名武将主动请缨作战，看他们的做派，似乎并不将赵元昭放在眼里。"

王冲不动声色地开口："莫非父亲并不这般认为？"

安国公定定看了王冲一眼："冲儿以为呢？"

王冲恭声道："孩儿不知。"

安国公目光微沉："赵元昭的性情你我皆知，整个帝都甚至整个天下之人也皆知。但，人心易变，赵元昭被贬数年之久，莫非当真一如从前做太子时那般？"他意味深长地说道，"他为太子时，再如何不受宠爱也是太子，当年朝堂还有许多忠臣老臣，在当今昏聩的情形下，不会坐视太子被全然漠视，至少，太子该有的，他或许不足，却定然要有。而他被贬南华府后，该府极为贫穷，而跟随他的班底却不多，在那处，不说是白手起家，也差不离了。自然，他若能掌控南华府，便与从前将有不同。"

这些事，却是王冲之前不曾想过的，此刻被安国公这一番说出，他自是仔细听来。

安国公续道："冲儿，你当想明白，若是赵元昭还是从前的性情，必然是以感情为重，当初在西北军直冲皇城时，他就已然应当有所动作了，而不是等着前朝末帝被今上杀死后，再来出兵……他如今才复仇只有两种可能，一是他早已冷酷无情，是彻底利用前朝末帝被杀死的机会，来借题发挥；二则是他先前不曾准备妥当，而西北军动作太快，他没能来得及，如今只能在新朝建立、尚且不曾十分稳定时，进行反攻！"

王冲眼一亮——的确，只有这两种可能！

旋即他不由问道："那父亲以为是哪一种？"

安国公毫不犹豫："第二种。"他眯起眼，"一个人的行事虽容易变，但本性即使要变，也不会这样快。因此，他约莫只是料错了一事——"

王冲倏然想起来："岑将军？"

安国公道："正是！若是一切顺利，岑将军原本应当能守城一年以上，甚至若是前朝全力配合，反而拖垮西北军也并非全无可能。然而前朝那些人……哼，岑将军可惜了。因此，赵元昭的计划，恐怕就被打乱了。"

王冲微微沉思："若是计划被打乱，那赵元昭岂非是仓促出兵？这般仓促，岂非正好如了那些武将所愿……要不堪一击么？"

安国公却微微摇头："未必。"他目光悠长，"冲儿，赵元昭如今夺下小半个南方是真，他若当真太过仓促，哪里能如此之快？莫看那些城池安排的兵士不多，面对滔滔大军似乎是一触即溃，可赵元昭若要征兵只能在何处？唯南华府耳！倘若不曾对那些兵士精心操练，新兵上战场，必败无疑！哪怕是几万人对上几千人，也绝不是对手！只因，未战先怯，不适应血火，杀人手软……便足以让新兵横尸于老兵手下，也足以让大军溃散了。"

王冲恍然。

不错，的确……如此。

第四十五回

两军交战

两军交战，并非全然是人多者胜。

以少胜多的实例不胜枚举，正如狭路相逢勇者胜，两军相对时，若是一方勇气匮乏，便只有落败结局。若非如此，也不会有那擒贼先擒王，斩杀将领后便奠定胜局之事了。

一千多的精兵对上数万刚上战场的平民，平民再多也无用。

而既然有用了，至少那些平民便并非只是平民，而是真正被操练过的兵士，且绝非无胆之辈，只有如此，才能真正以人数碾压。

王冲正色道："因此，那些将领南下去攻击赵元昭，怕是要铩羽而归？"

安国公道："有如此可能。"

王冲了然。

先前那通说法，只是猜测赵元昭并非如那些将领所想一般容易击败，然而赵元昭面对夺取了自家江山的西北军是否能胜，却也未必。

故而，战局如何，还看之后双方的交战了。

只是……父亲说起此事，又是为何？

安国公看向王冲。

王冲不解。

安国公笑了笑："冲儿，你且回去想一想。"

王冲默然，起身行礼，离开书房。

看着独子的背影，安国公目光幽深。

安国公府，或许还会有一个机会，但这个机会……并不易得。

还需，早做准备。

军帐内，王谦坐在角落。

高处是赵元昭与几个在兵事上颇有见识的幕僚——说是军师也未尝不可，他们正指着一张泛黄的地图，在不断商议接下来的战事。

白义英虽对诸多事务都有插手，但是与王谦一般，他并不擅长兵事，因此便将最为要紧的粮草、兵器等押运、安排皆交于他手。

因此，白义英也很忙碌，反而只有先前长于农事、工事的王谦，并无多少用武之地。

过了一会，王谦悄然带着倪苍退出这大帐。

在另一边，他也有自己的独立帐篷，门口有兵士守卫。

打过招呼后，王谦与倪苍走进帐子里。

帐子的一侧，堆积着不少泥土、细沙、木头之类，几桶色泽不同的染料，叫人十分诧异。

王谦深吸一口气："阿苍，东西都准备妥当，从今日便开始罢。"

倪苍微微点头："我会小心。"

王谦一笑。

自随军以来，伴着见识增多，他也从记忆里那些影像中想到了些东西，或许可以在战事上帮一些忙。只是若还在南华府，他自然可以立时与白义英说明，让他调一些配用之物过来，但是如今是在行军途中，贸然调动物资并不妥当，若是不能成，恐怕会引起军中变数。因此，他便决意私下里与倪苍一同尝试，若是能成，再告知白义英，通报平王殿下，做个更精细的不迟。

倪苍拿起一把小斧，又取来一根木头，极迅速又极轻巧地一劈——

刹那间，连一点动静也无，那根木头就被劈成了两半，被倪苍又轻若无声地丢到了一旁。

王谦心下一松。

——阿苍果然是阿苍，武艺高强，纵然是劈开木头，也能做到如此。

他放心下来后，便开始轻声细语，一点点说明要如何制作……

渐渐地，一个木框在倪苍手中成型，一旁的细沙泥土慢慢填充进去，逐步做成一种奇特之物。这种奇特之物极早前便有雏形，但终究不曾真正利用，如今王谦便是想要做得更真实，至少在这一场战事上，能帮上些忙。

在倪苍忙碌时，王谦也没闲着。

他在另一边弄出了个比寻常沙土硬些的地，用一根极细的树枝在上面绘制什么。若是此刻有人过来看，便会发觉他所画之物栩栩如生——并非是那等意韵相似，而是真真切切，仿佛真实之物落于此处一般。

除却两人忙碌此事外，每逢要拔营前行或是有要事商议时，以王谦如今在平王帐下的地位，也是要一同前去的。

而且，因倪苍武艺高强之故，王谦的帐篷，始终都在平王赵元昭的附近之处——这是对他的保护，也是对倪苍的看重。

大约几日后。

白义英亲自来叫王谦。

王谦和倪苍走出去："白兄，怎么了？"

白义英面露一丝苦笑："真正的挑战来了。"

王谦心里一动："逆朝派兵了？"

白义英微微点头："今日传来战报，西路军遭逢朝廷反击，在攻打苍城时，遇上了逆朝的五万人马守城，久攻不下。"

王谦了然。

也该是时候了，前面这些时日全因如今的朝廷一时半刻未能反应过来，且消息传递不够快之故，但是如今传去了朝廷，朝廷自然有所作为，他们的大军自然就难以再与先前一般占便宜。

但，打了这个时间差也算足够，至少夺取了大半个南边，底蕴就已然不浅，之后一边征战一边可以发展，总能多出一些后盾来的。

白义英自也知道这个道理，只是到底还是希望能更顺利一些而已。

两人一边说着，一边很快就到了平王的大帐内。

其他幕僚也都到了，还有带来战报的传信兵，都静静待在军帐里。

最前方，赵元昭身披盔甲翻阅战报，面上露出沉重的神色："自今时起，我等须得更谨慎才是。逆朝能走到如今地步，并不易对付，若是想要将他们驱逐，拨乱反正，必然不是一时半刻便能达成，决不可掉以轻心。我等此行，必不能败！"

众人皆是说道："是，殿下！"

——因众人处于赵元昭帐下，故而所有人都并不承认如今的朝廷，就算须得提起，皆以"逆朝"代替。

旋即，有一幕僚说道："逆朝派兵也是兵分几路，不知每一路多少人马？"

赵元昭取了另一页纸张，递过去，说道："据说逆朝兵分三路，每一路有五万人。"

他们南华府所出大军有二十万，同样分作三路，自东西北三个方向并行，每一路有七万人左右。但尽管如此，他们也并无必胜把握，只因他们再如何不喜逆朝，却也知道当初的西北军的确有两把刷子，不好对付。

南华府操练兵士也有不少时日，可他们操练时却不曾见得多少血火，而西北军却是不同，南华府操练时，西北军可是正在征途之中，杀人无数。

就有幕僚提出来："也不知每一路大军对上逆朝大军时，是否能够战胜。"

另一幕僚则是说道："先前趁逆朝反应不及时便让大军出发，也是为了叫他们历练一番。如今虽是还比不得逆朝兵士经过那些血腥，但总算也不是没见过血了，表现还算不错。"

又有幕僚说道："不必过于忧虑，前西北军最初不过是一群乌合之众，不论是他们与其他反军互相厮杀，还是对上朝廷的大军，前者同样也是乌合之众，后者则是酒囊饭袋，都称不上多么出众。西北军能破入帝都，不过是因着对手不济而已，本身那将领又颇为凶狠，气势更足且因缘际会，才让他能小人得志。"

这话……也并非没道理。

最终，白义英却说道："话虽如此，但我等绝不能因此便小看了逆朝兵士。"

其余幕僚纷纷道："这是自然。"

众人商议过后，各自散去准备。

王谦和倪苍回到帐篷里，又继续紧锣密鼓地忙碌起来。

如今大庆已然派兵，之后的战事与之前便截然不同，若是能将那物弄出来，在上面演练，对战事必然有不小的用处。

好在只差个收尾，整整一夜忙碌后，王谦瞧着已然做好的那物，缓缓吁了口气："阿苍，殿下如今事务繁忙，一心备战，尽量不去打扰为好。此物也先由白兄看过后，再商议一番可有错谬处，再呈于殿下罢。"

倪苍自无异议："依你之言。"

从最初相识到后来相熟，除却与王谦的病况有关以外，其余之事倪苍从不曾反对，这一次也是一样。不过每次王谦却仍是习惯与倪苍说一说，也听他怎么讲。

接下来，王谦面上带笑，却是有些头晕。

他如今不比从前，熬上一夜后心血消耗，很是难以承受。

倪苍见状，几乎立刻伸手将他撑住，让他不至于跌倒在地。

随即，倪苍皱眉道："你先睡一睡。"

王谦却是苦笑："战场之上瞬息万变，既然这东西或许有用，还是尽快准备妥当呈于殿下才好。阿苍，我在床上靠一靠，你去替我将白兄请来，可好？"

倪苍不甚愿意："我若走了，你的安危——"

王谦失笑："左右不过几步路罢了，以阿苍你的脚程，很快便可以来回。殿下的军营中自然是安全的，便是有什么不可预知的危难，门口也还有人守着，撑上一些时候，你不就回来了么？更何况，殿下的军帐也离此处近得很。"

于是倪苍极快地冲出军帐，眨眼间就消失不见。

王谦看着被倪苍动作弄得飞起的帐篷皮，哑然失笑。如今想来，当年他心血来潮去了那遇见倪苍的小巷子，怕是他此生所做最为幸运的一件事了。

第四十六回 麒麟之子

倪苍走得快，来得更快。

不多时，那帐篷皮便再被高高掀起，而外面则是迅速窜进了两个人来。

王谦定睛一看，就见倪苍竟是伸手拉着白义英的手臂，生生地将他拽了过来。

白义英一脸无奈。

他也是会武的，却是远不及倪苍，此番被他拉过来，可是跑得厉害。

于是，他只好起身歉然道："白兄对不住，是在下有些事要寻白兄相商，催促阿苍去请白兄过来，因此阿苍便急了些……"

白义英好笑。

他哪里不知倪苍的性情？自不会怪罪。

而下一刻，他的视线落在了帐内一边那一件奇异之物上，瞳孔骤然收缩！

紧接着，白义英急忙走过去，站在那物的前方："这、这是——"

王谦见白义英注意到了，就借着倪苍的手站起来，然后在倪苍半撑半扶的动作下，来到了白义英的身旁，并说道："沙盘。"

白义英低头看着这沙盘，心里有些激动。

此物……绝不寻常。

山、水、城池、街道……每一样都栩栩如生。

沙盘一物并非如今方才出现，而是很早便有人做过雏形，但是当时用此物只是做个大概，却因种种缘故并无多少用处——其中最大的缺憾，便是并不准确。

但如今这个却是不同。

白义英很快想起这是何物，也与从前知道的那物做了个比较，才会如此震惊。

这沙盘上所造之物……当真是太熟悉了。

中央的府邸，周遭的长街，几方的城门……不说一草一木俱在，可该有的尽数都有，纵然不能精细到纤毫毕现，可是除却将那些建筑、布局全都缩小以外，其方位、彼此间的大小、之间的距离都依照一定的参照，毫无改变。

刹那间，白义英便想到，若是能提前将战场也做成沙盘，那么自然在布置战术的时候，便几乎不会错过什么细处，能想到诸多先前所未想到的计策！

在战场上，这沙盘不说是神物，但也定然会有大用！至于制作……他们大军中兵士如此之多，其中又大多都是自农家而出，多少都会几手木工活计，只要找到几个手脚麻利又仔细的，让他们轮番来做，做成一个沙盘也要不了多少时间。

想到之后，白义英看着王谦的眼神就有些发亮："子逊兄，真不知你这脑子是如何长的，这原本被我等以为是鸡肋的物事，在你的妙手之下，居然便有了如此的用处！"

王谦摇摇头："这不算什么，沙盘乃是古有之物，我不过是将它拿出来，仔细做了做。不论是什么人，只要稍一想，便一样可以想出。"

白义英却是说道："子逊兄太谦逊了。沙盘确是古有之物，但是从来无人如子逊兄这般想过，其中道理是极简单，然而若是想不到，又有何用？"

王谦不再多言。

他自己也不曾想到，只是那些影像里有，他见到了，方会要改进一番，做些什么。

如今他受到的许多赞誉，都自认不该自己所有，自然是不能不"谦逊"的，反而总有些尴尬之感，无法适从。

好在白义英早知道王谦淡泊名利，也无意在此事上纠缠，只迅速说道："此物甚好，当呈于殿下瞧一瞧，好早日准备起来。"

王谦道："我也早有此意，先请白兄过来，便是请白兄你瞧一瞧，可有什么错漏不妥之处。"

白义英听得，冷静了些。

他很快绕着沙盘走了几圈，确定自己瞧不出什么差错后，才说道："白某这里看不出了，就这般献于殿下罢，纵然还有不妥，也必然只是小节了。"

听白义英这样说，王谦也就点了点头："便依白兄之言。"

白义英笑道："好好，子逊兄，你这就与我同去殿下那处。"

王谦略迟疑："白兄既然也知此物，我便不去了罢？"

白义英皱眉，无奈道："你怎能不去？若是殿下有事询问，我这里答不上来，却是要你帮补一二。子逊兄啊子逊兄，你与殿下互为知己，每一次实也不必经我这一手，直接通报殿下，也无不可啊。"

王谦只能苦笑。

他与白义英为好友，与赵元昭却是亦主亦友，他能将自己借花献佛弄出的东西跟白义英分享，却拉不下脸将其拿去到赵元昭面前邀功。

若非他推辞诸多赏赐，只一心拿出这些东西来，他便无法说服自己，是为百姓能够安稳富足，为国家天下，才……

白义英虽不知王谦为何如此，也不愿勉强，但此刻却是说道："子逊兄，以往也就罢了，这一回你须得跟我过去。"

王谦略思忖，也想到沙盘制作确是暂且离不得他讲述，才答应下来："那就请白兄先差人来将此物抬出去，直接送到大帐内罢。"

白义英自无异议。

他很快出去，盏茶时间就叫了几个膀大腰圆的兵士进来，去抬那沙盘。

沙盘虽并不甚大，但里面填充沙土等物，还做成一座小城模样，着实沉重得很。这足足四个壮汉，才将它顺利地抬了出去。

幸而赵元昭的帐篷不远，他们很快就将此物抬到了那大帐之外。

白义英便进去禀报。

赵元昭听闻是王谦弄出来的东西，原本有些沉郁的心情也好转了些，开口便道："好好！快抬进来！"

王谦与倪苍守着那沙盘在外等候。

白义英出来说道："殿下请你们进去。"

王谦就朝那些抬着沙盘的兵士示意，一行人掀开帐子，一同走了进去。

赵元昭仍旧是一身铠甲，端坐在军帐上方，见到王谦来了，笑了笑："今日是什么？"

王谦往旁边让了让。

那几个兵士就迅速将沙盘抬了过来，小心地放在了书桌下面。

赵元昭看到这物，陡然一惊，不由自主地站起身快步走来，绕着沙盘好几圈，仔仔细细地端详——他在兵事上比白义英了解更多，此刻自然也比白义英更清楚这沙盘有何妙用。

看了几遍后，他不由得赞道："子逊当真是麒麟子，自投本王后，便处处相助，又帮了本王一个大忙了。"

王谦忙道："只是机缘巧合罢了，当不得殿下如此称赞。"

赵元昭一摆手："本王说你当得，便当得。"而后他也不在这上纠缠，只是一边端详那沙盘，一边慢慢询问起来。

大约问过一遍后，赵元昭似乎从里面看出了些什么，但也的确都是小节，稍微思忖便可改进。

之后，他便吩咐道："调一队斥候，去查探地形。"说到此处，他略沉吟，"只是斥候回来后，若单单只是口述，怕是不会那般精确。"

王谦这才主动开口："殿下，属下倒是有点想法。"

听他这般说，赵元昭便露出笑容："子逊的想法，定然是有用的，快快说来。"

王谦便道："请殿下予属下一张纸。"

赵元昭挑眉，便让开身子，示意王谦直接到他的桌子处去。

王谦微微行礼，很快走过去，摊开一张纸，而后他就伸手到袖子里，摸出了一根……木头。

这木头削得极细，大约有三寸高，被他捏住其中一头，离前段约半寸处。而后，他就用那木头在纸面上迅速划了起来。

此事白义英也不知晓，但转念便想到，若是平王殿下不提起要派遣斥候前去查探，王子逊必然不会提起此事，想来只是先行准备着罢了。

他极感兴趣，就快步走过去看。

赵元昭同样有兴趣，同样过去，围在那桌子周遭。

这一看，他们便发觉，那被王谦拿着比画的木头……原来并非单单只是木头。

上半截细细如同树枝，但是树皮早已剥光，圆滑而润泽，在下方则是有一支大约指盖长且尖细的灰色之物，仔细看去，居然好似是……炭条？

而王谦所绘制之物，更是叫人惊奇。

时下画匠仿画、文人丹青，皆是水墨为多，讲求神似、意韵，倒不会与真正的物事一般无二，可如今这个却是不同，且不说有无意境，但真正是形似——王谦所画的那只砚台，就连搁在桌上后投下来的阴影都一模一样！当真是奇异极了！

赵元昭不由说道："子逊，你这是——"

王谦从容道："若是手稳的画匠，学起来倒很容易，若是由斥候口述而出，手熟的画匠便可依其所言迅速画出，经由删改、多番对比后，再由巧匠制成便容易很多，也准确很多。"

赵元昭闻言，微微点头："倒是个法子。"

王谦又道："赵氏大军之中也招收不少难民，其中不乏自颇远之地流浪而来者，虽说北面之地是远了些，但若是说来自南边各府的，却未必没有。他们之中所知或许不多，但也有可能知道一些，可用来斧正。"

随后，王谦继续说了几个想法，大多都有些道理，只是不比斥候去查探来得准，只能用以稍微调整而已。

不过，这沙盘却是极为有用，除却能看清地形外，更大的用处在于可做些较小的攻城器具，在上头直接演练，甚至要两位将领以此模拟对战等等……如此一来，也能提前做出更多防备，想得更为周到，来应对那朝廷大军的反击。

将所知尽数说出后，王谦和倪苍便离开了。

赵元昭也无空闲对他多加褒扬，他还要召集更多将领到来，对如何利用沙盘一事进行更多商讨。而王谦也不能闲着，不多时他就要接手几名由赵元昭调派过去的画匠，来教导他们如何清晰绘制那细线图之事。

白义英同样不能闲着。

若要画图得有炭笔，此事他须得交代下去，而且赵元昭忙着召见将领，那么画匠的挑选之事，也就落在了他的头上……

第四十七回

约战之日

就在赵氏大军都在忙碌时，朝廷的中路大军也终于来了。

正好，就守在了前方的那座城池上，而南华府军虽说一直在赶路，可当他们赶到时，朝廷大军却已然驻守在那里，严密守城。

若是赵氏大军想要更进一步，那么必须先将这座城池攻打下来。

而若说先前攻打的城池都很是容易，势如破竹，那么如今遇上的，却是一头拦路虎，休想轻易破城。

因早早做出了沙盘，虽说大军行进比斥候们要慢些，但是在斥候迅速归来后，大军却能很快做出沙盘，并且一边赶路，一边多次进行演练。

待到了那座城池前，赵氏大军看着前方那高耸的城墙，还有城墙上已然架好的诸多重弩，心里一沉的同时，却并未太过忧虑。

——重弩守城，众将先前已然演练过也。

在相距城池数里之处安营扎寨，大军生火做饭，迅速休养身体。

赵元昭等主将却是还不能歇息，而要迅速制定战术。

于攻城一事之上，王谦并无多少见识，自然也提不出什么建议来，他只在一旁静静听着，并与倪苍立在赵元昭左右，护他安全。

白义英已然去安排后勤之事，如今正是忙碌之极。

很快，众多将士商量妥当，就迅速由赵元昭起草，给对面城池里的大军下了一封战书，而这战书中所言慷慨激昂，怒斥如今逆朝君王暴戾恣睢，在帝都大开杀戒之余，对百姓也以暴政为主，入朝多日来未有建树，反而早早建起了后宫，更将前朝妃子纳入后宫，其架势比之前朝末帝更为不堪。除此以外，赵元昭以人子身份誓言复仇，并要为先前被逆朝欺瞒的百姓讨一个公道云云……

王谦亦看过这战书，只觉得其中所言虽略有夸大，但也算真实，如今朝廷的那位前西北将军李反天，确无明主之相，却有些与霸主相类。

如今的大庆刚刚建成，那位一帆风顺破入皇城的霸主其实并不适合治国，亦从不曾学过治国，倒是平王殿下，如此性子改了不少，比起李反天来，更合适许多……

之后大军整装待发，所有将领皆严阵以待。

没多久，那边的回应也来了。

大庆将军言道，赵元昭乃是大庆逆贼，不顾百姓安危，于天下平定后掀起战事，不配仁德之名……其中对赵元昭与赵氏大军亦是极尽诋毁，直将赵元昭说得是十恶不赦，将他以往的功绩尽皆抹杀，将他从前的名声也全都抹黑。

两方大军你来我往，一番骂战。

王谦道："逆朝那处，也有能人。"

众多将领、幕僚也都赞同。

有幕僚说道："逆朝已然立朝，也收下了不少文人名士为官，那逆朝之主目不识丁，自然要多多招揽此等人士。如今大军过来，怕是也带了些人来。"

有武将则道："骂战怕个甚？不过是一群窃国之贼！咱们殿下才是天命所归！"

又有幕僚说道："文人笔如刀，口似剑，还是要小心为好。"

又有武将说道："管什么文人不文人的？有道理你们说，没道理咱们上！"

这一番言语，所有人都情绪激昂。

不论如何，骂战之后，便是约战，赵氏大军准备多年，如今终于能真正一试身手，所有人都是士气如虹！

赵元昭一摆手："今日全军上下吃一顿好饭，明日随本王上战场，夺下金源城！"

众人皆是大声说道："是，殿下！"

王谦心绪素来少有波动，如今见到众人如此，却也生出一些热血来。

事已至此，是该要好好战上一场。

……也看一看，究竟哪一方才是天命所归！

次日，正是约战之日。

前方众将骑马簇拥赵元昭，率领大军一路来到金源城下。

高耸的城墙上弩弓更为密集，无数穿着甲胄的兵士在城墙上出现，还有若干将领，身披重甲，一身的剽悍。

城楼上，有一名将士高声说道："逆贼赵元昭，还不速速投降？"

赵氏大军这边也有一名嗓子极亮之人喊道："窃国之贼，也敢嚣张！"

又是一番对骂。

终于有人说道："无耻之尤，爷爷我在此，逆朝之人谁敢来战？！"

这主动请战之人，正是赵氏大军之中的一名悍将。

悍将原是一名南华府猎户，家中世代贫困，不曾攒出银钱置办田地，只能以狩猎为生，也称得上是猎户传承了。也因着这个缘故，悍将一家在其村内方圆百里皆很是出名，奈何家住山中，也几乎少有女子肯嫁，便是有肯的，也都要花费大笔银钱……自赵元昭整治南华府内务后，大山与外面连通起来，村内百姓也富余不少，悍将一家弄些山货出去卖，比从前好了不少，但若是想要彻底改变家中门庭，却是不能。

后来赵元昭征兵，悍将自忖有一手能见血的本事，料想砍人与砍山中野物也无甚差别，就很快背了一把大弓，投军去了。

果然，因他不惧见血，肯杀肯拼，在军中操练过后就被提拔为将领，后来大军出征，头几个城池里也是立下功勋，如今正是意气高昂，要出来打个前锋，扬他赵氏大军威风！

悍将手提大刀，一拍马臀，纵马而出。

他昂然立在大军前方，手中砍刀猛然一个挥舞，大声说道："谁来跟你爷爷对战？"

此刻这悍将凶相毕露，怒发贲张，那副洋洋自得的姿态，着实叫人气恼。

对面的大庆将领自也愤怒。

悍将糙得很，而如今大庆的将领也多是穷苦出身，同样糙得很。

当即那城门就开了个口子，一道疾驰的身影从里面飞奔而出，同样是骑着高头大马，同样是一身铠甲的魁梧大汉，便与悍将正面相对，手里甚至同样拎着一把大砍刀。

悍将一见便乐了："敢情是个杀猪的！"

那魁梧大汉恼羞成怒："杀的就是你这头大野猪！"

两人说了一句，都是瞬间夹腿，拍马上前。

眨眼间，他们的身形交错，砍刀与砍刀互相碰撞，竟然已是交手一次！

悍将只觉得那交手刹那，自个的砍刀上传来一股大力，兵刃险些脱手。

他心里顿时一凛，虽说面上仍是一副不在意的神色，实则却很是谨慎，如同一头捕猎的巨狼，只等着抓住机会，就要凶狠一击！

对面的那名屠户将军也同样受到了这股大力，但他却不曾放在心上，只因他自觉力气更大，而且他是什么人？从前可是从无败绩，但凡是他的对手，都败在他的屠刀之下！

于他而言，杀人与杀猪，还当真没什么差别。

两人心中转过的念头不同，屠户将军就已然先失三分谨慎。

相较而言，猎户悍将却是极为小心，哪怕表现得再粗豪，也绝不失机敏。

不过在外人看来，两名将领却都是在互相试探过后，就立刻刀刀见血地拼杀起来。

两匹马不断交错，每一次交错那两把大砍刀都会发出接连不断的碰撞之声，声声清越，又极为刺耳，让旁观的两方兵士见着了，都忍不住在心中捏一把汗。

这两名将领似乎是势均力敌，除却砍刀碰撞响声外，再无其他声音。

战得越久，双方的情绪越是不同。

猎户悍将还颇为冷静，一双狼目紧紧盯着敌方将领，似乎在不断地寻找破绽，但是另外一边的却有不同，屠户将领久攻不下，额头上密密麻麻沁出了冷汗，后背也被汗水弄得湿透，攻击时也越发急促，那砍刀舞得虎虎生风，似乎要拼尽一把气力，将猎户悍将斩于马下！

渐渐地，猎户悍将似乎落在了下风。

大庆那边，许多兵士禁不住高呼："将军！将军！杀！杀！"

赵氏大军这边，则似乎有紧张的气氛在蔓延。

有人低声道："彭将军似乎要输了，逆朝那厮穷凶极恶，若是开门见红，可怎么好？"

还有几人也满是担忧。

却有个明眼人冷笑道："彭将军可不会输，你们仔细看！"

众人果然便仔细去看。

这一看，他们也发觉了两名将军对战时的微妙处。

如今貌似是逆朝将领占了上风，但实际上猎户悍将彭将军动作一丝不乱，分明便是佯装要落败，实则并非如此……

果不其然，就在又几个回合的交错后，彭将军猛然冲击，身子往下方一伏，躲过了屠户将军的悍然一刀，而后身子如猛虎般一摆，手里砍刀抡起个半圆，从后方骤然劈砍——

"嘭！"

一声闷响后，那好大的一颗头颅，便被砍刀生生砍下来了！

而彭将军继续策马，迅速地追着那扬起的头颅冲过去，将其一抓而下，拎着那把长发，拍马往自家战阵处冲回来！

对面的城楼上，有人举起长弓，朝着彭将军射杀！

就在这时，赵氏大军这边已然有两人手持巨盾冲过去，一左一右将彭将军护住，那长弓射箭虽是凶狠，但箭矢却是刺中了盾牌，没能伤到彭将军一丝一毫。

如今大战刚刚开始，那边射一箭之后，也不好再出手，并且彭将军已然在那两名副将的护持下回到了战阵之内，想要再射杀他？已然不可能了。

彭将军露出个爽快的笑容，高高举起那颗头颅。

头颅上的神情极为狰狞，双目圆睁，极是不甘！

好不容易建立新朝，正要享荣华富贵，死得不甘心哪！

不甘心哪——

第四十八回

士气高涨

赵氏大军的这一场胜出，直接让大庆那边损失了一员猛将。

霎时间，赵元昭一方的兵士们顿时大声欢呼口号：“大赵！必胜！必胜！必胜！”

听得这口号，大庆一方则是无比愤怒。

然而即便愤怒也无用，在这头一场上，他们输了便是输了。

彭将军身为猎户，深知保持体力之重要，在砍掉敌方一人后，他并未要求立时再战一场，而是将战利品丢到一边，暂时退下了。

而这些年赵元昭在准备起兵前，对于武将的培养也很精心，除却这位打头阵的彭将军以外，还有其他将领也十分出众。

紧接着，就有另一位将领策马而出。

这名将领生得高大，虽不算魁梧，但身形劲瘦，很是引人注目。

他手里持着一把长枪，在众人目光之下，高声说道：“大赵高原，请逆朝将军指教！”

高原曾经只是一名佃农，平日里劳作时勤勤恳恳，不见什么特别之处。原本他们家里也有十多亩中等田，然而他们家三代单传，只有他一个男丁，而且他虽也能种田，家里却有病弱老母，一人实在无法支撑，逐渐就卖了一些田地出去，最后留在手里的，只有五亩下等田了。

不过这高原自幼就力气不小，且为能尽快做完活计回去侍奉老母，做事极为麻利，而且每一锄都很是精准，后来赵元昭征兵，他老母又刚刚去世，是卖了田地给她收殓……孤身一人之下，高原心一横，就去参军了。他是想要搏一个出身，攒些银两，再有些积蓄回去娶亲生子。

待高原入伍之后，被发觉他颇有一些灵性，故而就有长于用枪者教他，而他学得也极快，居然不多时就有模有样，加之又肯拼命刻苦，进步神速，到最后居然也成了一名虎将！

在先前的攻城占中，此子亦十分出众，手里长枪染血，本身也更凶猛几分。

如今，高原请战，也有极大把握。

另一边，王谦和倪苍在观战。

倪苍小心护着王谦——如今两军对垒，一个不慎，便有可能发生极大的危险。

先前彭将军的战胜，其场面虽说是血腥了些，可王谦却并无多少厌恶之感，只因他十分明白，如今赵氏大军进攻大庆，赵氏一方越强，战争结束得越快，对百姓就越有利，而彭将军果断战胜一场，对于赵氏一方的士气有很大的提升，一些手段，便也是对敌方必需的震慑，以及对己方必需的激励了。

再看如今的战场上。

高原策马出来，士气高昂地问大庆挑战，而大庆那边则是怒火冲天，因着损失了一名猛将，如今面面相觑，最终由一名身形瘦长、三角眼的将军自城门口拍马而出，迅速地出现在了高原的对面。

三角眼将军喝道："休得张狂！看洒家来杀你！"

高原一声冷笑："有本事，放马过来！"

只匆匆一句挑衅，高原率先动手。

骏马飞驰，高原手持一杆长枪，整个人身形飞快下俯，连人带马在冲过去的刹那陡然将长枪横扫出去，直接去打那马腿！

三角眼将军的兵刃却是两把弯刀，他冲过来时身形猛然一个旋转，两把弯刀交叉，那寒光闪闪之处，正是要将高原座下的马头砍断。

两人才刚一出手，就直奔着杀伤而去，都颇为狡诈。

高原发觉了三角眼将军的动作，早有准备，他扫中了马腿，三角眼将军所骑的那匹马便猛然一个趔趄，整个马身都朝着一边偏移，在如此情形之下，三角眼将军虽说是用弯刀斩马头，但是动作却歪了，并未一下斩中，而高原却是一杆长枪扫过之后，自斜着往上，便直接穿透了马腹，而枪尖贯穿后，居然是要从下方将那三角眼将军也一并贯穿！

三角眼将军一拍马身，整个人纵身而起，便往另一边跳了过去，但是他虽躲过了高原这一击，那匹马却被生生杀死了！

高原一击得中，立时乘胜追击。

三角眼将军已然落在了另外一侧，也不敢再攻击，拔腿就跑，直接朝着大庆那边的城门而去！

这才不到盏茶时间，高原居然就已然让三角眼将军落马，已然没有反击欲望了！

王谦见到这一幕，也不由暗赞那高原的本事。

倪苍道："高原出手，颇有灵性。"

王谦不禁点头："确是如此。"

但凡是被提拔起来的武将，他都知晓他们的来历，高原自也并不例外，但是如今高原的神勇聪敏，哪里像只是个在地里刨食之人呢？便是他所知的许多名将，都不及他灵活变通，能在刚出手之后，便因缘际会让那三角眼将军落败！

高原这一番表现，让赵氏一方的士气更是高昂。

两军将领对战，比的就是将领的武力与意志，三角眼将军仓皇逃走，不仅对士气是一个打击，而且人腿又怎么跑得过马腿？

尽管大庆一方已然迅速派遣出几名将领飞马前来驰援，可是高原还是在他们到来之前，先将那三角眼将军给拦住了。

与此同时，赵氏一方也有反应。

赵元昭道："李虎、刘兴，你二人速去护持高将军。"

刹那间，又有两名将领出马，他们并非是去帮着高原杀灭三角眼将军，而是要去为阻挡大庆那边新来的将领，以免妨碍了高原。

因着赵氏一方出手及时，高原策马追上三角眼将军后，用长枪直接将他胸口洞穿，而大庆那边前来狙击高原的将领，也被李虎刘兴二人挡住，很快与他们厮杀起来。

高原将三角眼将军的尸体高高挑起，面上并无什么狰狞之色，但他这般的平静，却是给大庆一方的兵士带来了极大的压力。

此人，极为凶悍！此为赵氏凶将啊！

高原扬了自己的威名之后，便扭断三角眼将军尸体的脖子，把头拎着快步回去，而李虎刘兴两名将军则是且战且退，护着高原不被流矢所伤，迅速回到战阵之内。

大庆那边又失一名将领，只得将那具尸身扛回去了。

与此同时，新出来的几名将军中，有一人留了下来，手拿大锤，遥遥指着赵氏大军，满面怒火地吼道："张猛！请战你们这群逆贼！"

赵元昭听到"逆贼"二字，眼里闪过一丝不悦。

旋即他一摆手："愿出战的将军请。"

下一刻，赵氏这边也出了一名将军，而这名将军同样手持大锤，是要与对方以暴制暴的。

见到这出列之人，赵元昭也颇为满意。

王谦低声问道："阿苍，这一次哪个能赢？"

倪苍乃是武功高手，在这等对战上，他的眼力极佳。闻得王谦此言，他便仔细看了起来，而后道："约莫是势均力敌，而后看马，看心性。"

王谦微微点头："谁更冷静，谁的马匹更快，谁就赢了？"

倪苍道："正是如此。"

两人说了这些，大赵与大庆两边的将军瞬时交战在一起。

大锤与大锤对撞，两名将军都凶狠无比，通身上下都带着一股恐怖的蛮劲，比起先前的那两场战事来，都要更热烈，更蛮横！

王谦看得目不转睛，不自觉就有些为赵氏一方的田将军紧张。

赵元昭等人也是如此。

只因这一场与先前的几场都不同，这两位将军的对战，就好似在互相扑咬的猛虎一样，锤与锤的撞击，也好似两名好手在拳拳到肉的肉搏一般。

凶悍，太凶悍！！

大约过了半个时辰之久，双方都消耗了大半的气力，汗如雨下。

两边将士都屏住呼吸，不敢多言，场中唯一剩下的，也就只有锤与锤之间的激烈碰撞而已。

又过了片刻，两名将军的气力快要告罄，而今余下来的，便是意志上的比拼。

"喝！"

"哈！"

"喝！"

终于，还是赵氏一方的将军双目赤红，生生地撑了下来，在大庆那张猛将军终于忍不住晃了一晃时，猛然抓住机会，一锤就将其砸到了马下！

而后，一通狠砸！

大庆那边的张猛将军，一颗头颅就被赵氏的田将军砸了个稀巴烂，就此死得透透的了。

鸦雀无声。

还是赵氏大军赢了……

大庆逆朝，连败三场！

也是因此，大庆那边几乎已然无士气可言。

气恼的对方主将一声令下，不再让将军出战，而是全力守城！

赵氏一方狠狠嘲笑了敌人一通，大庆那边的主将想要当作不曾听见，但是众多士气低落的兵士却是无法做到。

当即不仅士气更加低落，甚至连守城时，也不能做到那般严谨了。

大庆主将迅速出言激励，用了多种手段，想要将这些兵士的仇恨之心激起，转而对向赵氏大军，但他们高估了自己。

赵元昭虽是前朝中人，但是素来名声极佳，想要与当年一般舌绽莲花让这些兵士同仇敌忾，却是远不及拿前朝末帝与妖妃作势。

因此，主将再如何尽力激发兵士仇恨，也依旧见效甚微。

而赵氏那边却是士气高涨，赵元昭一声令下："攻城！"

第四十九回

势如破竹

在赵元昭下令之后，战阵顿时一变。

大军中分开一条道路，有数架投石机被推了出来，而在最前方之处，无数个巨大的藤牌矗立，守在大军前方。

这变阵只在一刹那，可见训练有素。

大庆那边，城墙上的兵士们在命令下也将弩弓拉开，射出无数支箭，形成一阵澎湃的箭雨，纷纷洒洒的朝着赵氏大军而来。

见到这一幕，倪苍也抓起一个藤牌，迅速挡在了面前，另一只手则飞快地将王谦拉过来，把他安置在较为安全之处。

如此一来，不论是前方射箭还是等会儿战到酣时有人袭击，都无法伤到王谦半分。

在挡了一波箭雨后，众多的赵氏兵士也举着藤牌迅速朝前方推进，那些藤牌因箭雨袭击已然被扎得密密麻麻，如同刺猬一样。

但是，这些藤牌却将兵士们护得密不透风，连一支射到他们身上的箭矢也无。

赵氏大军都松了口气。

尽管早年演练时已然试过，箭矢的确无法穿透藤牌，但是如今上了战场检验，才叫他们真正地放下心来。

王谦看着这些藤牌，心里也微微放松。

藤牌乃是当初在制藤甲的同时所做，其密密实实足有数层，照理说，当比藤甲防护之力更强。现下看来，果真不俗。

倪苍带着王谦，混在大军里慢慢向前。

最前方，那几架投石机都朝着城门迅速投石，巨大的石头砸在城门、城墙上，让那城门城墙都是好一阵的晃动。

在大军的后方，许多兵士的护持之下，则是竖起了高高的望楼，那望楼周遭也用藤牌守护，其中有几名兵士手持“千里眼”，在窥看前方城池里面的情景。

看过之后，就有兵士在上方对着赵氏大军内的某些兵士飞快打着手势，在这些手势之下，赵氏大军便可以大略知道，那城中的逆朝军师是如何反应。

赵氏大军，准备得极为周全了。

投石机之后，又有数十兵士抬出巨木，和投石机砸出的巨石一起疯狂地朝着前方冲去。

城门被巨木撞击，晃动之感便更为强烈。

赵氏兵士们齐声大吼：

“杀——”

“杀杀！”

而城墙上的兵士，却有好些在这样的撞击下，不得已自高处落了下来。

砸到地上，变成一摊血肉。

大庆一方的兵士都是大惊。

王谦看着这血肉模糊的场景，有些不忍。

但他很快深吸一口气，按捺住这些不忍。

快些冲进城罢，城门破得越快，人便可以死得越少了……这些人，都曾经是大赵的子民。

赵元昭也是一名明主，他迅速下达多次指令，甚至还推出一种地车，让其在众多兵士的护持下开始挖掘城墙下方。

众多兵士凶猛冲撞，在抵挡住上方箭雨的同时，也在对方还未来得及朝下方做出什么其他手段之前，就狠狠地将城门给撞开！

城门一开，里面大庆的兵士也飞快地杀了出来，要将城门守住。

但是冲击城墙的巨木还未收起，在赵氏一方凶狠冲撞之后，就迅速地把前来阻拦的兵士全都撞得人仰马翻，根本无法真正阻拦他们。

城门彻底被打破。

赵氏的大军如同潮水，直往城中涌去，这一回甚至还未用上云梯，就已然突击成功。

王谦暗暗一叹。

原本不当这般顺利，但是他们大赵一方连续三场大胜，将对方的将领斩首三人，是将对方的士气削弱到了极点，此时一鼓作气，方能有如此功效。

果不其然，大庆一方的抵抗也很是无力，尽管还剩下几名将领都在拼命冲杀，但他们终究是在大庆建国后放肆享乐了好一阵子，意志早已不能与当初打天下时相比，而且也不如当初那般理直气壮，自然威势便虚弱了许多。

于是，那些将领的拼命并无太多用处，没多久，他们也被赵氏一方的将领对上，在疲惫不堪中，被杀了个精光！

城门大破，这一座城池，也就此被打破了！

其余大庆的兵士尽数溃逃，只将城池留给了赵氏一方。

赵氏一方兵士极为振奋，他们迅速地占领了整座城池，开始将城中的粮草财富尽数清点出来，收拾战利品。同时，此地的文武官员，百姓民生，也要安排妥当。

而经由这一场大战，大军也要停留在此处休整几日，方能再度开拔，往更前方的城池而去。

城中，白义英忙得很。

王谦与倪苍本是要离开的，但还没等走远，两人就被忙得焦头烂额的白义英一把拦住，要让王谦给他帮忙了。

眼见白义英的确是一脑门子汗水——每逢清点城中财物时，白义英总是最为劳累的一个，因此王谦也不曾拒绝，不过他只帮着清点，账目等物则是半点不插手的。

前后忙活了两日之后，才算清点妥当。

白义英带着账本要去给赵元昭报账，而王谦则带着倪苍和他同去，也是要瞧一瞧如今进程如何，问一些消息等。

在到了官衙中，赵元昭坐在一张宽椅里，面前的书案上堆积着不少公文，还有一些战报等物。

一旁，几名幕僚面带喜色，心情颇为愉悦。

赵元昭的神情，也比早先好上许多。

见到这场景，王谦心里也是微微轻松。

——看来，应当是东西两路大军也有好消息传来？

不出所料，赵元昭将几封战报给他们，笑道："东西两路也胜了，你们看看。"

王谦和白义英对视一眼，都去取了战报来看。

战报上所言，是东西两路因着十分谨慎，其主将在攻城前也用沙盘演练多次，使得正式攻城时，能准确下达指令，应对逆朝一方的所有战略变化。

而且，在与逆朝的互相挑衅中，同样杀死了他们中的数名将领，甚至还有一名对方的主将——正是东路一名极悍勇的将军以重伤为代价所为。

同一条战线的另外两座城池也被他们夺下，如今同样是在清理战场，清点财物，休整大军。

待过上个几日，他们就会继续推进，趁着那逆朝还未派遣更多兵士过来之前，一鼓作气再打下几座城池再说！

王谦闻言，不由也是精神一振。

能尽快多占领城池，自然是再好不过。

此刻赵元昭在书案后说道："逆朝大军似乎与从前所知不同，其威势远不及传言。"

众多幕僚也都从战报中瞧出来了，甚至战报里原本便有武将提及此事，言到那逆朝将领虽说也很凶悍，但却并无那等一往无前的刚硬，但凡是遇上两方硬碰硬冲撞时，总是很容易被找到破绽，进而败北被杀。

听得此言，让王谦有些诧异。

原西北军若只是软柿子，即便能战得过原大赵的大军，却无法在反军的群狼环伺中杀出一条血路来，哪怕再如何抢了先机，也终究是要被撕咬分尸的，但他们分明最终雄霸天下，倘若先前便是如此，怎能做到？

如今的情形，着实让人不解了。

就有一名幕僚说道："这也不足为奇，逆朝得了天下之后，就在帝都烧杀抢夺，娶妻纳妾，肆意享乐，便是早先意志刚强，后来也不见得。加之他们刚刚取胜，自然是对我等轻视起来，而一旦轻视了，就有破绽。"

另一些幕僚也反应过来，都很赞同：

"如今的逆朝将领已然并非是当初的西北军将领，那时他们孤注一掷，自有一股狠劲，而现下他们得了封赏，出人头地，便再难以如先前那般拼命了。"

"的确如此……"

"何况他们早年皆是百姓出身，最初凭借的是一腔怨愤而行，意志本就不甚坚定，再被娇妻美妾一通服侍，自然就……嘿。"

“正是，他们毕竟并非是那等真正自幼受熏陶的将领，容易有所动摇……”

诸多幕僚的话语，皆很有道理。

王谦也迅速反应过来。

此言不错，是他先前所不曾想到。

赵元昭恍然：“想来的确是如此。”旋即他却还是正色说道，“但纵然如此，逆朝之人入住帝都也并不久远，恐怕再战个几场便能恢复，甚至之后再遇上时，与如今所遇上的便有不同。”

众多幕僚听得，都是说道：“是，我等明白！”

王谦同样应声——殿下所言不错，绝不可因一时之胜便掉以轻心，否则，终究是对赵氏不利。

自次日起，大军再开拔，往前方行去。

东西两路同时推进，一路将战线蔓延，又连续占据了数座城池之多。

所谓兵贵神速。

不知不觉间，再有十余座城池尽皆落入赵氏大军手里，整个南部已然都成为赵元昭的领土！

而大庆一方，却是来不及再派人过来了。

如今南北两面，正被一条大江分割，将原来的大赵分为两方。

尽管如今还是北方占据的地域更广阔，可是赵元昭所占有的地方，几乎能称得上是堪比大庆的另一国了，足以给新朝大庆带来绝强的威胁。

而此事传到皇城内后，引发了一场轩然大波。

第五十回

鹭妃身份

今日上朝，朝堂上一片死寂。

金銮殿中央，龙御之下，正跪着几个浑身是血的大汉。

李反天坐在高高的龙座上，将几份战报狠狠地摔到地上，极凶狠地骂道："真是一群废物！朕给人给粮，让你们去为朕平叛，你们回报给朕的，就是连失十余城么！如此无用，说什么常胜将军？怎么不与大军一同死在战场上！朕看你们的封赏也是名不副实，传朕旨意，自今日起，剥夺杨德春、毛智、班金虎三人一切虚实职权，收回他们的房子，抄了他们的家，让他们都给朕回村里种田罢！"

这样的怒火，让朝堂上众人都噤若寒蝉。

无他，李反天这般的怒意，已然许久不曾见过了，如今这一怒，杀气冲头，那一双怒目便让许多朝臣都心里有些发怵起来。

李反天胸口起伏，重重地呼吸几次后，问道："说！你们谁去给朕拿下赵元昭？他们这群逆贼，如今已然夺取了南方，让朕好好的大庆生生少了一半的国土！朕若是不将赵元昭处置了，朕这个君王，也不必当了！"

此言一出，朝臣们慌忙下跪："陛下，慎言、慎言哪！"

李反天需什么慎言？

他猛然一拂袖："这一次，许胜不许败，你们给朕好生挑出人选，若是明日还挑不出来，朕便亲自动手来挑！"

语毕，他大步便朝着后宫走去了。

此去，自然还是乐成殿。

曾经此处是前朝末帝与妖妃寻欢作乐之地，如今则是李反天见其华美，赐给了他近来最为宠爱的鹭妃。

鹭妃善解人意，李反天从不曾见过这般的温柔阵仗，自是十分着迷，对鹭妃也格外宠幸，如今怒火难消，自然是要去找鹭妃泻泻火。

鹭妃也果然一如往常，一派温婉柔媚地在门口等候，在见到李反天过来时，她就仿佛是见到了自己心里的盖世英雄，眼神亮亮，满脸期待。

李反天见她如此，心情陡然好转了许多，脸上也有了一丝笑容："爱妃怎么又在此处等朕？快回屋歇着去。"

鹭妃笑容里带着爱慕："臣妾愿意等着陛下，臣妾要第一眼见着陛下，也要陛下第一眼见着臣妾。"

李反天心里得意极了。

这可是前朝末帝的小老婆，如今对他死心塌地，岂不是说他李反天才是真正的天命所归？什么末帝，什么赵元昭，此时都不能叫他愤怒了。至于被夺走的一半江山又算得了什么？当初他一无所有都能打下整个大赵，现下不过是让那赵元昭先快活一阵子，那厮一个废太子，根本不是他的对手！

这般想着，李反天愉悦起来，一把搂住美人，把她打横抱起，直冲寝宫的暖榻上。

一阵颠鸾倒凤，好不肆意。

到后来云歇雨收，李反天一边把玩美人，一边大口地喘着粗气。

鹭妃伏在李反天的怀里，眼里闪过一抹幽光，语气里却带着依恋："陛下，臣妾见你今日来时……似乎有些不高兴，可能与臣妾说说？是谁得罪了陛下，怎么这样可恨？"

李反天如今想起这事不及先前那般生气，也就随口将事情说了，说着说着还带了点不忿："那些没用的废物，不知脑子里灌了些什么狗屁东西，白白浪费老子……朕的厚待。"

鹭妃听着李反天满口粗话，心下厌恶，然而面上却还是带着笑容，嗓音也越发娇柔："陛下莫气恼了，那些人确都是废物，果然是白费了陛下的厚待。不过陛下也莫要气坏了身子，那赵元昭算得了什么？他这样张狂，定是落不了好下场！"

李反天被鹭妃这般哄着，越发开心起来。

鹭妃纤细的手指在李反天的胸口画圈，轻声说道："那个赵元昭，自从前便十分张狂，莫看外人说他仁德，那皆是虚传出来的流言。论起他本人，实则是有些跋扈的，只是曾经他是太子，才将许多美名都戴在他的头上。待他被贬为平王后，陛下你看，可还有几人赞他？如此之人，远不及陛下你英明神武，让人崇敬。"说到此处，她幽幽一叹，"只可怜了他的妻子，被他这野心拖累，也不想一想他的岳父前左相可还在帝都呢，战事一起，那位老人家可要获罪了，着实是……唉。"

李反天听得一怔。

旋即他面上突然露出一个笑容："爱妃说得是，那左相……可怜了。"

听出李反天这话里微妙的意味，鹭妃美眸微垂，唇边也带上了一丝甜美的笑容。

左相府——不，如今已不能称之为相府了，门前的牌匾早已被取下来，换作了“傅府”的字样。傅府大门常年关闭，尤其近两年间，几乎跟外面不再联络了。

这一日，有人在入夜后匆匆自角门入了府内，朝着书房而去。

待他推开门，便见到了一名须发皆白的老者。

这老者，正是当年的左相，如今早已告老在家，除却陪伴老妻以外，少有其他乐趣。

见到来人，老者有些诧异：“柄儿，你怎么来了？”

来人急忙跪在地上，给老者磕了个头，低声开口，声音竟极为尖细：“相爷，您可、您可要小心啊！”

老者一顿：“柄儿，你此言何意？”这般说着，他伸手将这人扶住，“快起来。”

被他称为柄儿的，是个瞧着三十余岁的内侍，眼里带着精光，瞧着便是宫里八面玲珑的人物，但面对老者时，面上却是难掩的关切与焦急。

内侍柄儿见老者很是平静，不由说道：“相爷，大事不好了！”他声音急促，“前朝的太子殿下率兵打下了半个大庆，现下今上暴怒，怕是、怕是要对相爷你不利啊！”

老者听得，很是震惊：“平王打回来了？”

内侍柄儿连忙说道：“就是他！也不知他筹谋了多久，这才两三月光景，宏江的南岸之处已都落在了他的手里，弄得大庆是焦头烂额。相爷你将傅小姐嫁给了平王，今上怕是要利用相爷你……我听闻，今上之所以想起此事，是因着宫里那个前朝的鹭妃！”

老者不解：“鹭妃？我傅征与鹭妃无冤无仇，她为何如此？莫非是为了邀宠？”

内侍柄儿见老者这般无知无觉，不由咬牙，良久，他压低了声音：“相爷以为那个鹭妃是什么人？前朝妃子，她可不是寻常的前朝妃子！”

老者——傅征心里一凛，看向柄儿。

柄儿重重叹一口气：“如今的鹭妃，就是前朝的张贵妃！”

傅征赫然道：“这怎么可能？！”

柄儿摇摇头：“张贵妃的手段，真是……”

之后，傅征便从柄儿口中听到了这一段秘密。

原来当初张贵妃在反军杀入皇城时，便知自己必然是要因此祭旗的，可她哪里甘心？就将宫里与她有三分相似的鹭美人叫过来，以鹭美人至亲性命要挟，让她浓妆艳抹，装腔作势，去欺骗反军，也替她去死，而她自己则假装成被张贵妃欺压的鹭美人，打一开始便引诱反军的头领，借此不仅不曾被祭旗杀死，反而摇身一变，又成了新朝君王的后宫妃子，渐渐又获得荣宠，成为后宫里的得意之人。

那些反军入宫后，大开杀戒，但凡是与张贵妃相熟的宫人都被杀了个干净，柄儿因着曾经被左相所救，在前朝宫里虽说只是个小人物，却尽量找机会去见过了张贵妃一眼，而后来反军入宫时，他则是好生躲藏着，跟一些幸免于难的宫人混在一起。

后来新朝初立，后宫缺人手，柄儿便借机而起，曾经的张贵妃从未注意过他这般的小人物，他又谨记身份，在张贵妃面前佯装全不认识她，才能顺利活到现在，于宫中还多少有了些地位。

不过柄儿也是胆大，眼见张贵妃又要在新朝的后宫里兴风作浪，唯恐会害了左相，也很是留意她的消息，渐渐地，也就自一些蛛丝马迹里推测出，这张贵妃要对赵元昭不利，也要对左相不利……而且，怕是就在近些时间了。

听柄儿说了这些，傅征难以置信："那张贵妃，居然瞒天过海，自前朝到今朝……当真是、当真是——"让人心中忌惮啊。

柄儿又何尝不惧怕？那个张贵妃，心思也太过深沉，历经两朝得罪了无数人，如今竟还能成为宠妃，将新皇玩弄得团团转。只是前左相傅征对他有大恩，他虽是个没了根的，却不能没了人性，故而尽管如今比从前地位高得多，对张贵妃也极为畏惧，也依旧是下了狠心，过来早早地通知傅征，让他早做准备。

傅征听到此处，一声长叹，但看向柄儿时，却是露出了一丝和蔼。

他为相多年，虽颇重权欲，到底也是为大赵着想的，门下的门生、曾经帮过的人不计其数，可当他落难之后，愿意对他出手相助的却是极少，到如今冒着生死危险来通报消息的，更是只有柄儿一个——柄儿只是个内侍，当年他对柄儿的所谓恩情，只是在看他险些被人打死时，顺口说了一句让他得以少了几板子的话而已。那时柄儿便自告奋勇为他在宫里打探消息，只是一直地位低，帮不了什么，他也并未太过看重而已。

可如今……

这才是真正的大恩情。

傅征对柄儿和颜悦色，却也让柄儿早些回去，以免被那妖妃发现，反而连累了他。

柄儿对傅征有感恩也有孺慕，听得也果然迅速离开了。

不过，在柄儿走后，傅征的面上才露出了凝重之色。

看来这一回，他们傅府却是逃不过了，女婿起兵，他们傅府若是不被想起来还好，一旦被想起，便是人质了。哪怕有柄儿通风报信又如何，或许可以遣散傅府的家人，可傅征与老妻，怕是都……

倏然间，傅征眼微亮。

他确是保不住自己，但是，或许可以保住老妻！

当下里，傅征再无犹豫——他终究还是有些人脉，若是好生安排，定然能够送走老妻。

黑暗里，他闭了闭眼，已有决定。

第五十一回

傅家之难

柄儿的通风报信果然及时，傅征的决定也很及时。

就在傅正刚刚将老妻安排妥当时，皇城卫便来拿人，径直将傅征投入了大狱之中。

这大狱乃是最为严密的天牢，若是去了那处，几乎便没有能出来的了，好在傅征曾为左相，这天牢里的狱卒也尚未换人，倒也算得上有些余威，有点颜面。在进入天牢后，傅征虽未受刑，但也称不上有什么较好的待遇。

然而好景不长，在坐牢数日后，李反天自个并不曾前来，却派了心腹来审，这下子便是将他好生招待了一番，让傅征这把老骨头，在牢里受了不少罪。

幸好李反天不欲立刻就要了傅征的命，因此在审问过后就让他继续在牢里待着，也派了御医过来，保他暂时不会殒命。

而前朝左相被投入天牢之事，众多朝臣皆已知晓，并掀起了一些波澜。可毕竟如今这位君王是杀出来的地位，为免帝都再一次血流成河，他们明面上并不敢如何，只是暗地里互通消息，弄清了为何傅征突然被擒拿的缘由。

原来，是因着傅征独女嫁于赵元昭之故……与此同时，他们也陡然想起来自己曾忽略之事。

——在前朝时，傅征与赵元昭便已然是翁婿了，只是赵元昭那时被贬，无人在意而已。如今赵元昭反了，傅征却是倒了大霉。

由前朝遗留的臣子，免不了对傅征有一丝同情，只是同情便罢，却无一人敢出头。

傅征，危矣。

赵元昭一拍桌案，怒不可遏："什么？！那逆贼好生无耻！"

众多幕僚噤若寒蝉。

王谦立在帐篷的一侧，眉头皱起，他心中也有愤怒。

大庆君王的确无耻，竟然将王妃的亲父、已然退隐多年的前朝左相擒拿，送入了天牢。左相年过六旬，从前殚精竭虑为国事操劳，原本身子骨便不甚好，这在天牢里待上一段时日，哪里还能受得住？

诚然两军交战时，用些手段也是理所当然，可这拿老弱之人威胁，也实在不是君子所为。

刚这般想，王谦心里又是苦笑。

两军交战，又讲究什么君子所为呢？

这原本就是他们的疏忽，明知左相还在京城，就该早早差人过去，暗中将他接来……可正是因着他们早先未能想到，如今自然也就只有这个结局了。

赵元昭怒过之后，坐在桌案后，重重地闭上了眼："诸位，如今我等该如何？"

众多幕僚闻言，也是面面相觑。

非是他们不肯开口，而是此事不易解决，那左相可是王妃的亲父，平王虽为皇亲贵胄，左相为臣下，可君臣之别后，也要讲究人伦，若是寻常人家，赵元昭就该是左相的半子了——哪怕是如今，他也要对左相敬重三分。

因此，左相既然被逆朝所擒，赵元昭就免不了投鼠忌器。

若是他不管不顾，众多下属必然心寒。

而以赵元昭的心性，他也做不到就此视而不见。

但是逆朝的要求也着实过分——他们竟要赵元昭亲自赶往京城，否则，便要杀了与赵元昭同流合污的傅征，以显朝廷的威严！

赵元昭如今好容易打下了半壁江山，若是前往京城，便是将自己送进了敌人的老巢，必然是一去不复还了。

诚然傅征很重要，可赵元昭又怎能因他一人，而置身后这些陪他反抗逆朝，将身家性命都托付于他手中的下属们于不顾呢？

赵元昭，终归不仅仅只是赵元昭。

左也不行，右亦不可。

众多幕僚当然十分为难，也不知该提出何种建议为好。

沉默一阵后，赵元昭也不再发问。

他自己亦很明白，这是两难抉择，无法轻易做出决定……良久，他叹一口气，挥退众人。

而他自己则是伏案疾书，将此事原原本本写了下来，差人送回南华府平王府，交到王妃的手中——不论之后他要做出何种决定，此事，也不能隐瞒王妃。

王谦看一眼赵元昭，与倪苍一起悄然离开。

如今这事怕是无法两全其美，只但愿能尽力莫留遗憾罢……

自赵元昭率大军离开后，傅莺莺便带着爱子在王府之中教导，也时常关心如今的战况。

好在几个月过去，赵氏大军便一路北上，每战必胜，从未逢敌手，而在这段时日里，大江以南的接近一半领土也被赵元昭占据，几乎成为逆朝大庆的国中国，与其两分江山，称得上是极为顺利了。

若是如此下去，也算是一件好事，但傅莺莺近来却不知为何一阵心惊肉跳，居然是夜不能寐，而若扪心自问缘由如何，却是说不出来，只是一阵阵心悸而已。

又过了些时日，傅莺莺收到了来自赵元昭的密信。

傅莺莺看着这密信，一时间竟然手指有些微颤。

似乎，这密信里便有一只洪水猛兽……许久后，她才小心将信拆开，细细去读。

这一读之下，傅莺莺的手指竟是有些不稳，指尖一松，那信笺便自指缝滑落。

“父亲……”

傅莺莺身子一晃，而后无力地扶着桌面，将自己支撑起来：“怎么会？”

此刻，她心里有些埋怨，有些怨恨。

埋怨的是夫君不曾想到，而怨恨的，却是自己不孝。

当年因左相想要将她嫁给荣王之事，她心里十分不解，尤其她自幼受宠长大，就更不能原谅素来疼宠自己的父亲做出如此决定，故而愤怒之下，离家出走。

后来经历过许多磨难，不知不觉到了南华府，被王子逊所救，重享安宁，渐渐也发觉自己当初太过任性，再后来，她对王子逊心生爱慕，却是落花有意流水无情……父亲的消息再度传来，让她嫁给平王，平王是个好人，也是个好夫君，她这一次应允了，嫁人之后，日子也过得不错，感情逐渐移向了平王身上。

只是那时候，傅莺莺虽是不再那般任性，可对于她的父亲还是有些芥蒂的，她想着总有一日会与父亲和好，却忘了人有旦夕祸福，如今再得到父亲的消息，竟然是如此……

她身为女儿，原就不该执着这许久。

巨大的痛悔之心，一瞬间让傅莺莺几乎窒息。

她慢慢坐下来，泪水一滴滴顺着脸颊滚落，泣不成声。

如今，傅莺莺也参与不少南华府事务，眼界早非从前可比。

她当然就更加明白，自家夫君写这密信给她，实则便已然是心中有所倾向了……而且，她自己也想不出，还有什么其他路可走。

可，傅莺莺怎能甘心？

纵然有万分的理解，但——那是她亲生的父亲！

心乱如麻之下，傅莺莺闭了闭眼，再睁开时，眼中已然闪过了一抹坚毅。

无论如何，她要先去追上夫君，然后、然后再如何，她总是要争取一番……

想定之后，傅莺莺便沉下心来，开始点派人手。

此去危险，独子不可同去，她将守在自己身边的死卫留下大半，只带了两人离开——若是遇上危难，一人可带她前行，另一人则阻拦敌人，也能尽快脱身。两人已然足够。

做出这决定之后，傅莺莺果断离开。

她并未如贵妇人一般行走，而是隐藏了身份，把自己装作寻常农妇模样，乔装打扮小心行走。

一路上确是遇上了一些危险，但是在两名死卫的相助之下，此行也确是十分顺利，来到了接近大江之处，也就是平王扎营之地。

大营外，戒备森严。

傅莺莺想要进入其中，自不能贸然而为。

因此，就有一名死卫拿出信物，又有另一名死卫用他们之间暗中联络的方式沟通同伴，而后没多久，就让赵元昭知道，他的王妃居然只带了两人，便悄然赶来了。

得知此事后，王谦不由一惊："王妃竟私自到大营里来了？"

倪苍见他震惊，伸手虚扶在他的身侧。

王谦深吸一口气。

平王妃素来识大体，如今前来此处，着实有些冒失……然而仔细一想，倒也可以理解。毕竟是亲生父亲出了事，而此事偏生又关乎平王大业，想必平王妃也是心绪难安，方会如此。

只不过，平王妃来了，平王殿下又会如何决定？

刚这样想，他又微微苦笑。

恐怕，决定也仍是……

倪苍见王谦忧心忡忡，便低声问："我去帮你打探？"

王谦一顿，旋即摇头："此是国事，却也是殿下家事，不必打探了。"他轻轻一叹，"此事，殿下应会给王妃一个交代。"

倪苍原本也并不关心此事，只是见王谦忧虑，方才询问。

如今王谦既然说不必去，他自乐得不必离开王谦左右的。

两人果真不再在此事上纠结，然而之后几日，大营中的气氛却颇是僵硬，似乎王妃到来以后，让整件事变得更加为难。

实情也的确如此，傅莺莺虽不曾在此事上强作要求，却也恳请赵元昭等人能想个法子，让此事两全其美，救出那左相……只可惜，这样的法子若是早能想到，哪里还会等到如今？傅莺莺不过是自欺欺人，仅抱有一丝希望而已。与此同时，平王赵元昭对自己的王妃还是看重的，傅莺莺以往从不曾提出什么要求，如今也不过是恳请，让赵元昭对她多有怜惜，自然一时半刻，也说不出太过笃定的话语来。

平王夫妇如此，属下之人自也是闭口不言，各自忙碌。

幕僚们忙于商定战术、处理诸多事务等，武将们则积极操练兵士……众人在短时间里，都不愿主动去打破这个僵局。

而打破这个僵局之人，在两日后到来。

第五十二回

战船入江

有一群身负重伤、身穿内甲的兵士，将一名农妇打扮的老夫人送到了大营外。

这些兵士刚到，就已然有三四人撑不住毙命了，余下的也大多昏迷，只余下个首领模样的，将那老夫人背着，一脸焦急。

很快就有人出来查看，这才发觉，这些人原竟是经历众多磨难后，好容易渡江过来的前朝左相私兵，人数不多，但各个也算有些手段。这名被背过来的老夫人，正是左相傅征明媒正娶的老妻，如今是好不容易才将她安全送了过来。

傅莺莺这几日也冷静了很多，细想之下，也知是因着夫君对她有所怜惜，方才容她如此。只是若再长久这样下去，却不是办法……她哭了几场，心里的希望越发微薄。

然而就在此刻，她却听说母亲来了，不由顾不得梳妆，就直奔了出去！

在见到那满面沧桑的老夫人后，傅莺莺忍不住泪盈于睫，而后扑上去，与她紧紧相拥："母亲！"

老夫人见到爱女，也是禁不住热泪滚滚，伸手回抱："女儿！"

两人相拥而哭，很是让人鼻酸。

一旁赵元昭也走了出来，面色凝重，眼里也带着愧疚。

而后，他将两人请进了营帐。

王谦和倪苍远远站在帐篷前，听闻是傅相的老妻被送过来，再见到那些遍体鳞伤的兵士，也不免有几分唏嘘。

看来，傅相他并非是全然仓促，只是知道自己要在府里掩人耳目，老妻才有机会逃脱，否则若是两人一起走，怕是走不了……那么，傅相对他的结局，应是早有预料的了。

在见到老夫人后，在场众人其实都已明白了傅相的想法。

他竭尽全力，也不过是想要给老妻一线生机，让她能与爱女重逢，而他自己，却是从容赴死。

大帐内。

傅莺莺与老夫人对坐哭了一阵。

老夫人小心自怀里摸出了一封信，交给了傅莺莺：“莺莺，你父知你倔强，让你瞧着这信，做好你为人妻子、为世子母亲、为一国王妃的本分。”

傅莺莺眼圈发红，将信轻轻抚了抚，慢慢拆开。

待一字一句尽数看完后，她痛哭失声，最终却是对赵元昭说道：“王爷……便、便依照……”

后面的话仍是说不出口，但在场所有人，都已明白了她的意思。

话音落下，傅莺莺终是晕了过去。

老夫人急忙过去，将她抱住。

赵元昭也是一急，便让人将随军的御医请了过来。

王谦与其他幕僚都并未进入帐篷中，而是在外面等着，如今看到有兵士急匆匆将御医请来，不由得面面相觑，心里有些担心。

——这是怎么回事？

莫非，里面之人有什么不好？

好在过不多时，在帐篷里就传来了几道急切的呼声。

其余人听不清，倪苍却听得清楚，在王谦耳边低声说道：“王妃方才情绪动荡晕倒，御医来看过，言王妃有孕。”

原来傅莺莺怀孕已然数月，然而因着她近来忧心于战事以及诸多忙碌，竟不曾多关心自己，故而不曾察觉。好在她身子骨调理得不错，才不曾因此出什么岔子。但傅相之事让她心绪浮动，先前又是好一阵的奔波，故而到此刻晕倒，方才发觉。

赵元昭得知王妃有孕，自然既是欢喜又有担忧。

但来时也就罢了，他们都不知晓，也还算幸运，如今王妃到了大帐里，月份也更大了，若是再送她回去，恐怕就不合适了

为王妃诊断的刘老御医说道：“如今王妃身子有些虚症，还是尽量莫要再让她跋涉了。”

赵元昭自是遵循医嘱，用心应下，旋即他忙叫人好生准备个妥当的所在，将王妃移到那处去休息，至于傅相之事……近日来，便不必拿去打扰王妃了。

旋即，赵元昭对老夫人说道：“还要劳烦岳母陪伴王妃，多多劝慰。”他稍作踟蹰，“岳父之事……是本王思虑不周，对不住岳父……”

老夫人面上还带着悲恸，却是急忙说道：“殿下不必如此，此乃老妇分内之事。”她深吸一口气，“夫君之事，也请殿下不必挂在心上，若是殿下还有挂心，便请殿下尽快打入皇城，让那逆朝的狗贼人头落地，老妇于愿足矣……叩谢殿下恩德！”

赵元昭神情一正：“本王定会竭尽全力。”

老夫人擦了擦泪，再不多言，就随着兵士们去往另一个帐篷。

临行前，她低声说道：“那些……护持老妇来此，十分艰苦，老妇恳请殿下，对他们看顾几分……”

赵元昭郑重应允：“岳母放心。”

之后，老夫人离开，帐篷里重归寂静。

帐篷外，王谦听倪苍低声言明前后，有些唏嘘。尤其他亲眼见到老夫人与王妃等人在众人护持下离开，更是只能退避一旁。

天家家事也是国事，许多时候，都比寻常人家更为艰难。

接下来，赵元昭应那老夫人的要求，将护持她过来、尚且活着的傅相私兵好生照顾起来，用上好的伤药给他们疗伤。之后他又召集幕僚、武将等人前来，要想法子渡过前方那一条大江，继续北上，去把余下的城池都打下来！

而若要渡江，当务之急便是开船过来了。

赵元昭坐在大帐里，说道：“诸位，战船可准备妥当？”

白义英道：“战船早已督造完成，如今正开往江中。之后只消备齐火力，便可即刻开战！”

赵元昭面色凝重：“好。尽快渡江，尽力在逆朝反应过来之前闯过去。”

这些话，便是他对那些武将所言了。

众多武将皆应声：“是，殿下！”

王谦微微点头。

在那些准备反击的时日里，战船的筹备也是重中之重。

不论是木料、铁甲、武器材料，皆是从海外所发现的小岛上而来，因此，准备起来才能悄无声息，不被当时的反军以及朝廷之人发觉。

于反击前，诸多战船已然准备妥当，即便入江后遇见敌军战船，这一场水战也必然能取得大胜——所有战事中，他对于这水战，应是信心最足的了。

赵元昭又看向其中一名武将："海将军，你可有把握？"

那名武将立时起身："殿下放心，臣已演练多次，虽在江上，亦有自信。"

赵元昭道："很好，若遇水战，一切便仰仗海将军了。"

武将——海将军自是再度应道："是！殿下！"

而后赵元昭又对其他将领说道："在船上时，诸位也请尽力。"

其余武将乃是陆战的将军，对于水战自不及海将军，但南华府毕竟人少，短短时间里，能寻出来的有水战本事的将领着实稀少，因此其余武将主练陆战，如今即将水战，也只能到船上尽力适应，争取多出几个能行水战之人。

众多武将听了赵元昭的吩咐，也知己方情形，同样十分慎重："殿下放心，我等亦尽力而为，必不让殿下失望！"

赵元昭激励了众人，才一挥手，让他们自行备战去。

与此同时他也不曾松懈，将早已做好的沙盘摆出，又与海将军一同演练起来。

文臣——幕僚们纷纷退去。

王谦与倪苍离开营帐。

"此番出行，你我与殿下上同一艘船。"

"嗯。"

"若是遇上两难之事……阿苍，先救殿下。"

"……"

"阿苍？"

"……嗯。"

战船已至，赵氏一方驶船入江，众多兵士陆续登船。

主船上，赵元昭领一众幕僚、武将，立于甲板。

这主船乃是一艘楼船，设有数层，其上多竖旌旗大帆，两边更有炮台战阁、投石器具等物，船体四面，覆有铁甲撞角，铁甲表面更有铁刺森森。

远远看去，这楼船犹若一尊巨大堡垒，瞧着森然可怖，好似怪兽！

此船乃是众多船工精心研制而成，上方多有改造，与寻常楼船大有不同。不仅其坚固无比，更是火力强大，且行驶起来虽比中、小船慢些，但在楼船之中，却属颇快的了。

入江之后，这艘楼船被诸多船只包围，拱卫前行。

周遭船只里，有大有中有小。

若是大船，则必然有众多火炮，各类武器；若是中船，同样如此，只是火炮少些；若是小船，则上方火铳十数支不等，另有其他小型战具，极为灵活轻便。

因渡大江，三路兵士来齐，因诸多缘由死伤不多，故而仍能凑齐二十万大军，也恰好都能被船只载上。而这些战船大小总有三百余，其中单是战船就有二百多，还有百余后勤船只，承载粮草等物。

浩浩荡荡入水之后，众多船只一路前行，直朝大江对岸而去。

大江宽阔，如今只看逆朝那边反应如何……

大江对岸，宣永府府城。

“什么？”一名武将拍案而起，“你们说那赵氏竟然下水各类船只数百只，如今正往此间浩荡而来？斥候呢，都是干什么吃的？一群废物，竟到此时方才察觉！”

上报此事的那名武官微微瑟缩，旋即说道：“将军不必多虑，赵氏战船下水，我大庆的战船也调遣而来，如今同样下水了。”

武将冷哼：“那我大庆的战船，如今有了几艘？”

此言一出，满座哑然。

第五十三回

火光冲天

如今大庆的战船，还当真不多。

非是其他，而是前朝大赵统治江山久矣，加之闭关锁国，根本不重视水战，因此，用于水战的战船便更少了。

就有一人嗫嚅道："大约……也能凑出二三百……与赵氏那边，实力应是相仿……"

那武将不气反笑，怒道："凑到二三百？如今整个大庆能拿出来的船，怕是也就只有这数目罢！这二三百里面，战船能有几成？遇上赵氏的船，可能对付？"

然而大江上浩浩荡荡，一览无余，赵氏与大庆两方若是出船，那必然是要正面相对，拼的便是船只的数目与威能。

赵氏那边随意一数就有数百船之多，可大庆这边，那真正称得上是战船的，不过仅仅近百而已。哪怕是将那民船改造投入水里，也只是比寻常民船好些，归根结底也只能说是后勤船了。

而且不止如此。

大庆的战船多十分老旧，新船一艘也无，而前朝大赵贪污成风，每一年拨来水师造船养船的银两，又能有几分落到实处？

后来西北军起义，朝廷无用之极，根本不必思索水战之事，在大庆成立之后，众人自然就将水战忽略了，自更不会去制造什么战船。

新的没有，只能用旧的抵数了。

因此，如今用的那些旧战船，上面连火炮也不曾配齐全，且现下想要来配，却为时已晚。

武将的怒火灼烧，让在场之人噤若寒蝉。

"怎么，都说不出话了么？"他厉声说道，"如今我等若是无法将赵氏阻击于江上，如何向今上交代？如何向朝廷交代！"

众人心中一跳，依旧不言。

无他，只因这位武将再如何愤怒，想要在这样短的时间里造船也是不成。

"看本将作甚？不会想法子么？"他高声说道，"旁的且不提，火铳！火炮！投石机！弩箭！但凡是在战船上能用的战备，尽数装上！能装多少装多少，不惜其他，多遣兵士，去大江上拦截赵氏的战船！都给我去——违逆者，杀无赦！动摇军心者！杀无赦！"

在这位武将怒声之中，众人急急忙忙前去准备。

然而他们都知晓，在这场水战上，大庆胜出的可能极小，而且若是当真想胜，不知要用多少人命去填。他们这些人，怕是多半要丢命了。

新朝准备不足，连累他们，让他们如何能没有怨言……

三百多艘船只极快地在大江里航行。

王谦与倪苍并肩而立，都站在相距赵元昭不远之处。

赵元昭的身边有数名武将，白义英因管后勤，却并不与他们在一处。

同样的，这艘楼船乃是被群船拱卫，最是安全不过，因此但凡是不适应水战之人，都在这一艘船上，更为安全。

赵元昭拿起一只“千里眼”，正往远方看去。

前面江浪滚滚，或如山岳，或似云海，气势磅礴。浪潮涌动时，一片白茫茫，哪怕是在这青天白日里，似乎也瞧不太清前方的景致一样。

赵元昭道：“赤马舟可派出去了？”

一名武将便迅速应道：“殿下放心，斥候早放出去了，潜在江浪下，必然不会轻易被察觉。此舟经由改造，比之寻常骏马更快，不多时便可回来了。”

赵元昭微微点头：“如此甚好。”稍顿一顿，他又道，“若是遇上险难，便叫他们速速回来，以自身安危为要。”

听得此言，武将露出一个感激的神情：“多谢殿下。”

然而他心中却是越发坚定，要为这一位殿下效死。

王谦也看着远方。

他并无“千里眼”，因此所见之处都是江水大雾，只觉得四处都是迷蒙。

倪苍见他担忧，低声说道：“百丈之内，并无船只。”

王谦一愣：“阿苍可瞧得这样远？”

倪苍略点头：“小时练过，也服了药。”

王谦也点头，并未追问——他想着，这恐怕是阿苍师门之秘，还是不要多问为好。但他偶尔也会想一想，那青山门是个什么门派，能教出阿苍这样的绝顶高手来？他从前只是跟府内教习师傅学过些拳脚功夫，实则学与不学也没甚差别，但后来跟随平王殿下，见识却多了不少，尤其是那些死卫，都有一身好功夫，却都远远不及阿苍……

倪苍不知王谦思索这许多，他见王谦神情恢复如常，也就放下心来，只仍旧十分小心地护着王谦的安危而已。

因着赤马舟前行探路去了，在赵元昭的命令下，众多船只放缓了前行，不再如同先前那般极快地渡江。

大约过了些时候，一些小船在江浪中若隐若现地归来，自船舱的一侧攀着铁索，飞快地爬了上来。他们一身湿漉漉，迅速来寻赵元昭通报消息。

赵元昭看向身着藤甲的几人，说道："前方怎样，速速道来。"

那几名船兵马上回禀："禀殿下，逆朝的战船也已下水，我等不敢靠太近，粗略一数，对方船只也有近三百之多，不过船只较为老旧，想来不及我等新船。"

听他们这样一说，武将们倒是放心了许多。

但是赵元昭面上的神情，却是接连数变。

就有一名幕僚不由担忧："殿下，可是有什么不妥？"

几名船兵也都有些紧张——难不成他们有所遗漏不成？

赵元昭闭了闭眼，微微摇头："并非是他们有过，而是……"他话音一顿，续道，"再探，此番配上些火力，务必打探出对方的火力大致如何。"

这原本便是斥候分内之事，几名船兵听得，道一声"得令"，就快步离开。

此番他们要去查探之事多了些，船只若是太少，行事就不方便了。

一边，王谦却是在思索先前赵元昭的异样。

他回想赵元昭话中每一个字眼，倏然间，他有些明白——"船只老旧"。

逆朝建朝大庆不过数月时间，而西北军攻入皇城以前一路行军打仗，根本做不了造船这等大事。自然，如今大庆下水的所谓船只，必然是来自于大赵。

而大赵的船……老旧。

赵元昭身为前朝平王，曾还为大赵太子，对朝政多有了解，而尽管大赵水战极少，但朝廷每一年也必然会拨出一定银钱去往水师，管理船只之事。如今大庆的船只老旧，便是说从前拨下的银钱多被贪污了，而正是因着那贪污，反而让如今的大庆所用船只多半无用……以赵元昭的身份，如今怕正是五味杂陈，也难以说出口的。

王谦心里微叹。

大赵确是先因种种缘故大厦将倾，才有后来西北军的势如破竹。不过如今平王殿下与先帝不同，又经历这一场改朝换代的大事，若真能拨乱反正，当为一代明主。

而如今这位大庆的君主……

先前王谦还曾为战与不战，百姓何辜等事心中郁结，可如今所见越多，渐渐也越发明白，至少如今的大庆君主，比之平王殿下远远不如，而且或是因着一路百战百胜而来，这位君主心性似是有些刚愎自用，且失了谨慎与仁爱之心。

如此，反而让王谦心意更坚定了些。

战罢！

如今这天下，若想要真正使百姓得以安居乐业，明主唯赵元昭一人而已。

又过得一些时候，斥候归来，将所打探到的地方火力等事也都一一报来。

大庆那边行事太过仓促，不仅战船远不及赵氏一方多，便是那战船上的火力，也远远不如。斥候大略查探之后，便知那边的准备着实粗糙，赵氏一方只要小心些，就必然能够战而胜之。

赵元昭等人听完，都是松了口气。

然而在瞧见武将们的神色里带着轻蔑之后，赵元昭却是立时说道："诸位，江上到底也有其他未知凶险，即便对方不足为惧，也不可掉以轻心。"

听赵元昭此言，众多武将急忙神色一正。

——的确，不论对手瞧着如何弱小，但战场上轻敌乃是大忌，如今一切尚未尘埃落定，他们切不可太过浮躁了。

心正之后，接下来就陆续又有一些船只开始装入火药，准备起来。

大江上一览无余，待众多船只行得更远时，自然看见了前方那隐藏在江雾中，影影绰绰的许多船只——正是如今逆朝大庆的船只。

此时，海将军道："殿下，属下调遣了。"

赵元昭道："将军放手施为，本王不会多言。"

海将军立时精神振奋："领命！"

接下来，这位海将军就发号施令："铁甲船，摆阵，冲撞！"

说完这一句后，刹那间，从众多的船只里，就很快出现了十艘船体巨大的庞然巨物，它们迅速地出现在最前面，如同一道城墙，缓慢地向前方行进。

海将军又道："炮船随行，用火炮射沉它们！"

紧接着，又是十艘巨大炮船出航，紧紧跟随在那铁甲船的后方。

二十艘大船不断向前方推进，待离前方众多船只较近时，炮船上陡然出现许多个炮口，众多兵士在内中填充弹药，爆发般地将无数炮火对准了对面的大船！

"轰轰轰轰轰——"

火光冲天！

第五十四回

人间地狱

水战与陆战不同，那偌大的声势弄出来，不仅让对方的船只受到了巨大的创伤，还让江面也掀起了巨大的波浪。

王谦立在船上，见到这般景象身形一晃，不自觉便抓住了倪苍的小臂。

倪苍握了握他的手：“无事，莫怕。”

王谦一怔，微微摇头：“并非是怕。”

——的确非是惧怕，而是震撼。

陆战夺城时虽也气势惊人，但如今他是亲眼见到数道炮火打在了同一艘大船上，只在顷刻间，那艘船上便多出了许多破口，旋即船体不断下沉，连同船上至少上千兵士，尽数落在了江中。

然而这还未完。

最前方的铁甲船两侧，陡然打开了几个舱门，从那舱门里，飞快地划出了一些小船，前似有龙头，船身之上，冒出几名兵士，手持火枪，对准那些凫水在江面上的大庆兵士，一枪一个，迅速将他们的脑袋打爆。

不多时，江面上已然染出了一层血色，更有无数身着大庆兵服之人，在江浪之间翻滚，挣扎无果后又很快地沉了下去。

如此惨状，只是在双方一个碰撞间达成。

王谦屏住呼吸。

这景象，似人间地狱一样。

前方的大战还在继续。

更多战船被一一派遣出来，纷纷对着大庆的船只轰炸。

大庆那边的战船也着实无用，只要与赵氏一方的战船碰上，便是不堪一击。先前被炮火击沉的一艘战船并非是对方大意，而是对方无法抵挡如此密集的炮火，且船身果然太过老旧，仓促之下根本无法做出有效的反击。

三艘、五艘、十艘……

不足半个时辰，大庆那边就足有二十多艘战船都被打沉，浮在附近江面上的大庆兵士也越发多了，然而他们除非不冒头，一旦冒头，就会立即被火枪打破脑袋，继而沉入海底。

除此以外，大庆那方大多兵士竟并不会水，一旦落入江里，也只有不足一半之人能在水面扑腾凫水，还有许多都是挣扎一阵，就会迅速被大浪淹没。

只这样短暂的时间里，大庆一方居然已被杀了上万人，那些被打破的战船亦是往下沉没，不多时，就在江面上消失不见。

王谦皱起眉，心中一阵惋惜。

大庆一方所出的兵士亦是大赵子民，哪怕大半都是曾经参与反叛的西北军，可这般死在炮火与江水之内，最终有损的，还是本国的国力。

如今只希望大庆一方眼见水战不敌，便带着众多船只认败退兵罢，即便之后还会有诸多战事，也总比在这江面上被迅速打破船只，继而无声沉入江底强。

大庆战船上。

统管战事的刘将军站在船头，双手扶着船舷，看着不远处那一颗颗炮弹打在前方战船的船身上，而那些战船也迅速地沉没，满脸都是怒火。

“赵氏那边是怎么回事，他们的战船如何能如此强悍？”他猛拍船舷，朝那炮火连天之处猛然一指，“那南华府不过是个贫瘠之地，他们哪里来的铁矿银钱，哪里来的火药，能做出这样多强大的战船来？！为何无人知道？你们这群废物！”

刘将军的愤怒，让立在他身后的诸多副将、武官都打了个寒战。

随即他们也是苦笑，南华府太过偏僻，当初打天下时便少有人关注，后来进入皇城后，也无人将那处瞧在眼里。如今看来，那赵元昭不知隐藏着做了多少事，当真是心思深沉得很。

然而，此时知道了也是无用，他们如今哪里还有一丝胜机？

刘将军也知自己如今不过是发泄罢了，或许，更多则是恐慌。

对于水战，他们大庆并无真正了解之人，而真正有所了解者，怕是早在前朝便不会入朝为官了。他被推举而来，只是因着他恰好识得水性，又是渔家子出身，但只是在水上打鱼，与真正的水战将军却是天差地别的。

刘将军眯起眼，正在想要如何设置战术，才能咬下那赵氏船队的一块肉来。可正在他想时，却未察觉将他护在后面的几艘船突然被数道火炮轰击，赫然下沉！下一刻，又一颗火炮袭来，打在了他所在战船的前方！

巨大的水浪涌起。

船身一阵摇晃，后续更多炮火也急速打来，不少都是落在了前方的江水里，却也有一颗陡然打在了刘将军脚下的这艘船船身上，一瞬让他立足不稳，猛然撞在了船舷上。

旋即，方才的那些想法，也都被撞散了。

刘将军高声叫道："后退！后退！撤军！"

他所在战船已然是最为强大的几艘之一，如今却也承受不得几炮，还有什么可打！

刹那间，在刘将军的指令之下，众多的船只纷纷后退，直往大江边上而去。

大庆一方，当真是不堪一击。

赵元昭等人早早准备了各类大小战船、运输船、后勤船，还在诸多船只上安放了大量火炮、火器、武器等物，然而真正对大庆一方时，对方居然是一触即溃，甚至还未如何深入作战，对方便已迅速逃离，而哪怕只是先前那几番"触碰"，对方已然在江上死了数万兵士——如此损耗，可当真不小了。

王谦眼见那许多战船迅速退去，不由松了口气。

虽说他如今对他们这一方的战船很有信心，可敌人迅速溃败，总比死死纠缠得好。更何况，如今他们只是对着对方的船只开炮，一人未损，而对方若是拼死反抗，结局便截然不同了。

另一头，赵元昭眼见这一幕，则是舒心。

一旁就有武将笑道："真是没想到，大庆竟如此不济！"

另一名武将说："他们的战船哪里能跟咱们的相比？"

还有武将道："只是可惜了，好不容易造出来的船，竟几乎无用武之地……"

前头几句还好，后面那武将说的话，却惹得几个幕僚不高兴了。

有幕僚道："如今并无战损，岂不是好？怎能说无用武之地？"

还有幕僚则说："早早造出来，待来日殿下入主皇城，这些战船便是江上雄师，日后便是遇上海战，也能有赫赫功劳！"

又有幕僚言："造船之事，宜早不宜迟……"

先前那武将被训了一鼻子灰，急忙讨饶："算老子说错话了！你们几个拽文的莫叨叨，你们都说得对还不成么？"

听他这般说，刹那间，文人武将便都大声笑了起来。

王谦也面露笑意。

这一次的大胜极好，真是一件大喜事。

大胜之后，赵元昭自是下令诸多战船乘胜追击，前方众多船只不断逃离，而赵元昭的船队航行更快，紧紧地将他们追赶过去，甚至到了最后，那些船只不得不分散逃命！

如此再三后，大庆一方的船只被轰碎了大半，剩下来的那些好不容易才将为首的刘将军带着逃走，其余战船上的武将，却是死了不少。

最后，赵氏一方的战船顺利地抵达了大江对面，停靠在江岸边。

接下来，诸多船只上，二十万兵士陆续走下，在岸边形成了浩浩荡荡的大军，威武雄壮，气势不凡。

岸边的百姓唯恐这些兵士上岸后，会对他们做出什么举动来——毕竟便是当初的西北军，号称并不会动用百姓之物，因着有时打仗消耗甚巨，也免不了要打扰一二。只是那时西北军名声甚好，百姓大多也情愿给出一些，且除此以外，并不见西北军有其他劣习，与当时的大赵朝廷军相较，便更强许多而已。

然而让这些百姓诧异的是，上岸的赵氏大军竟对周遭的诸多村庄毫不在意，莫说是去村子里了，便是找村中百姓购粮之举也无。他们只在原地驻扎，休整一夜之后，自次日起又大军开拔，直接朝着最近的那一座城池而去。

当真是，秋毫无犯。

岸边的白姓们放了心，而后就听说，这次的大军首领乃是前朝的太子赵元昭——不错，于百姓而言，并非人人消息灵通，许多人对于一朝太子多有知道，后来太子被贬平王之事，却并未人人关注了。后来反军过来，许多也是随波逐流，相较起来，倒是那祸国殃民的妖妃，让人知道的更多些，也更憎恨些。

因此，百姓们在知道大军来处后，反而都宽心了些。

如今改朝换代还不足一载，他们大多都还记得，当初的太子是极为仁德的储君，只是不受昏庸帝王的宠爱，时常见罪……他们当年也大多知道，若是太子继位，必不会出现乱军四起的迹象，眼下既然是太子的大军，比从前的西北军更好，也是理所当然……

对于众多百姓的反应，赵元昭等人自也看出来了。

王谦面带笑意。

殿下不愧是殿下，在百姓之中，也算是深入人心了……

赵元昭则是深深回头看了那些百姓一眼。

他深知，百姓所求极为简单，他如今所做不过是应当之事，在他们看来，却已然是他仁德的表现……他要尽快，让天下真正太平。

第五十五回

攻城在即

赵元昭顺利横渡大江之事，又传入了朝廷上下耳中。

朝堂上，刘将军大败而回，惹得大庆君王李反天大怒，在上朝时狠狠地发了一通脾气，并将刘将军一撸到底，将其贬为庶人——甚至若非这刘将军是打从一开始便跟随他西北军北上的功臣，便不会只有这点处罚了。

刘将军叩首在地，被官兵押了下去。

但他的心底却有一股恨意……他并非是水上将领，此番也只是因着恰好被分派了这桩事而已，他之败也非他之过，而是战船之过，不论是哪个武将被派遣过去，都只会败北！偏如今将所有罪责都推脱到他的身上，还将他所有的官职撸去，当真是欺人太甚！

刘将军深呼吸，还是忍了这一口气。

若只是装装样子也还罢了，总要给臣民一个交代，他刘二也非是不讲义气之辈，可他跟随今上多年，十分了解今上的性情，这架势，分明当真是认为他罪不可赦，更莫说日后还重新重用他了！可恨！

刘将军暂且压下仇恨的心思，以免被人察觉。

他自己却想着，这个李反天，想来是与其他朝代的皇帝一样，已然忌讳他们这些有大功劳的武将了，如今怕是借题发挥，要夺去他们的兵权！

想定之后，刘将军已然暗下决心，回头定要与其他兄弟联络一番，让他们也知道，如今的今上可不是当初的李反天李大哥了，而是一个刻薄寡恩的君王！他分明是要对不起兄弟们的！

再说李反天。

在朝堂上发了一股子火，将刘将军的官职罢免了，心里舒坦不少。

虽说他如今并未如同刘将军所想那般，是起了心的要将一同打天下的武将都给撸了，但却未必无有这想法，而此时刘将军大败，他心里在愤怒之余，也还是松了一口气的——这刘将军，恰好便是功劳最大的几人之一，当初派他去率兵行这必败的水战，也未尝无这原因。

慢慢地，一边走，李反天的怒意反而一边下降了些。

他走到了乐成殿，再次受到了自己爱妃的抚慰。

“爱妃，你觉着朕这般安排，是否做错了？”

“陛下英明神武，怎会有错？臣妾不知什么将军大臣的，也不知他们有多少功劳，臣妾只知这天下都是陛下的，陛下想要如何便能如何，若是有人不肯听从陛下，就是忤逆，是反叛！”

“哈哈哈！朕那些兄弟，还是很有功劳的……”

“陛下此言差矣。天下共主原本便是天定，依臣妾看，不论陛下带着什么人来打天下，这天下都是陛下的，那些……只是沾了陛下的光彩，不然当初那许多瞧不上前朝昏庸的，怎么就只有陛下一人，能得到天下呢？他们的功劳，是陛下给的，陛下若是想收回来……哼！看谁敢说陛下的不是？”

“爱妃真是所言有理啊，所言有理！不过，这话日后可莫要在外面说起……”

“陛下可真是，臣妾这些掏心窝子的话，也只会与陛下说而已……”

水战大败后，赵氏大军继续推进。

如今赵氏已然打到了北面，若是再任由他们一路推进，不能顺利将他们阻拦，那么李反天的皇位也坐不稳了。

李反天好不容易尝到了做皇帝的滋味，哪里肯就这般被人给赶下来？先前还可说是相距太远鞭长莫及，但如今离得近了，调兵遣将更加容易，大庆的朝廷自该是有本事的。

一番振奋士气后，李反天询问何人愿往，并许下重赏异姓王之位。

如今这些武将大多官居一品，只有极少数被封为国公，若是能再进一步成为异姓王，自然是欢喜无限，纷纷请命。

李反天便从中挑得几名西北军中极出色的将领，叫他们率领大军前去阻击赵氏大军！

……对于先前那些失利，李反天并未如何放在心上。

毕竟当初派遣的将领并非是最为出众之人，且的确路途遥远，粮草难以跟上，且长途跋涉难免疲累，即便是败了，也总有几分道理。可如今却是不同，他坚信有那些悍将出手，必然可以让赵氏大败，而后再夺取先前那些失去的城池，也只是小菜一碟而已。

正是有如此信心，李反天先前怒归怒，终究并非是暴怒。

此时，他点了将领，只居高临下地说道：“朕在这金銮殿上，候诸位凯旋！”

众多将领也都应道："我等全力以赴，必定凯旋！"

"杀！"

"杀！"

"杀——"

城池之下，无数箭矢自城楼上迸发而出，如同狂风骤雨般不断地冲向了城门前的赵氏大军。

每一支箭矢都极为锐利，能射出极远，哪怕原本赵氏大军相距城楼有一段距离，可这些箭矢却依旧可以毫不费力地击中。

但赵氏大军也并非是白白站在那处任凭攻击。

在他们的前方，有无数手举巨盾的兵士身着藤甲，形成一道密不透风的藤墙，把后方的兵士尽数护住。每逢那城口上的弓箭手们在轮换箭矢时，藤墙就会迅速地向前移动，与此同时，后方的兵士也是如此。

同一时刻，藤墙慢慢放下，后面便出现数十投石机，有膀大腰圆的兵士迅速将抬起大石放置其上，之后随着将领一声令下，这些巨石就飞快地砸上了城墙！

轰隆隆的声音不绝于耳，众多的兵士费尽力气，都在不断拼杀，更有以撞车承载巨大原木冲撞城门的，震得那一座城门摇晃不停。

又有很多兵士拿着云梯而来，他们两人一组，一人在上方举着盾牌攀爬，一人在下方托举，飞快地往城楼上去，动作极为灵活。

赵氏一方的兵士多如蚊蚁，而且似乎每次城中的大庆将领用出一种手段防御，赵氏一方便立即有应对手段，非常从容……

不多时，赵氏一方已然是占尽了上风。

城楼上，守城将领面带怒色："这便是你们说的让赵氏有来无回？本将看，是我们要有死没活了！真是可恨，快想办法！"

副将、军师等人也都带着焦急，但是他们再如何焦急也是无法，先前商量的战术于对手而言根本没用，更好的法子，又哪里是如今突然便能想出来的？

就在几人一筹莫展时，来自大庆兵士的几声惨嚎响起：

“城门破了！”

“快堵住，城门被打破了——”

“快！快堵住！”

只可惜，再如何惊呼也是迟了。

就在那接连不断地撞击中，偌大的城门被轰然撞开，城墙处也掉下不少碎石，使得整个城楼都变得摇摇欲坠起来。

而更多的赵氏兵士也顺利地爬到了城楼上，他们手中都带着小弩弓，刚爬上去就是一通乱射，将前来阻碍之人全都杀光。旋即稍微缓口气，就将背后的大刀拔出，开始对着敌军劈砍起来。

守城的兵士虽然也算积极，可在赵氏一方的攻势下，却显得有些气弱，以至于一个照面被杀死了许多，士气为之一泄，马上再想提起精神对战时，就被那些锋锐的大刀给砍了个血肉横流！

无数的赵氏兵士涌入了城门，为首的将军手中大刀挥舞，意气轩昂。

城楼上的将军等武官急忙下城，要与赵氏大军拼命……

王谦被倪苍护着留在最后之处，被众多死卫、亲卫保护的赵元昭身旁。很多文人幕僚也是如此，倒是武将们，除却少数要在赵元昭身边守护以外，其他的全都嗷嗷大叫，去用血火淬炼自身了。

看着眼前血流成河的场景，王谦心里有些不忍，但却并未再如先前那般闭眼不看了——左右杀人的虽是赵氏，他却也是赵氏幕僚，这些血债被赵氏的兵士们承了，他自己也定然是与他们背负相同的孽债的。

但，只要能尽快拨乱反正……

王谦的神情有些坚毅，长发飘飞。

倪苍说道：“不必忧心，城破之后，很快便可胜之了。”

王谦微微点头：“我知，但愿一切顺利。”

这一座城果然并不难攻，尽管守城的也有数万兵士，然而他们困守在城里，补给有限，且城墙城门皆不结实……故而在赵氏大军的冲击下，没两日便溃不成军，不得不败逃了。

就连那些守将，待事到临头时也无意与兵士们同生共死，眼见情势不对，他们就迅速组织兵力进行最后反击，自己则极快地要弃城而逃。

但是赵氏一方知晓西北军中的将领多出自草莽，对于新朝也未必忠诚，因此早有准备。

很快，由几名死卫出手，找到那些将领，迅速将其围杀！

而那些守将的头颅则被留下来，用草绳串起，直待到得下一座城池，用以攻城时鼓舞己方士气，也打击对方的士气。

这一座城池，再度攻下！

紧接着，仍旧是收拢城中物资，处理城中事务。

城中百姓对于赵元昭也依旧没什么阻碍，反而都很快恭敬下拜。

哪怕新朝大庆已然建立，然而时间太短，并未在百姓心中存下根基，而大庆建成后，虽不再如从前那般时常有官吏欺侮百姓，但真正让百姓活不下去的苛捐杂税等事务，却还并未得到妥善的解决，于百姓而言，自也察觉不到太多变化。

对于新朝还无足够认同，从前深入人心的大赵前太子却已到来，民心便在倾斜……

第五十六回

众人离心

赵氏一方并未如李反天所想那般，渡江之后会受到阻截，相反，许是因着又经过了许多场战事的缘故，本来还有些生涩的将领们获取了更多自信，且在施展诸多战术时也越发自如，以至于在攻城时仍旧能够势如破竹，百战百胜。

被李反天派出来的那几个常胜将军，其中两人已然遭遇过赵氏攻城。

但是他们没能将赵氏战败驱逐，反而因着几次失误，丧命在赵氏一方的将军手中。

噩耗接连传入大庆朝堂，让李反天的面色一日比一日更加阴沉，待下朝后，他将那些当初随他打天下的文臣武将都召集到御书房里，与他们议事。

李反天狠狠一拍桌子，怒声说道："魏狗儿他们是怎么回事？当初随朕打天下时一个个是逢战必胜，现下遇上赵元昭了，就都变成了窝囊废？还没怎么就先失了五座城，五悍将里死了俩！都这么没用，怎么不都死了算了？枉费朕许下的重赏和爵位！等着罢，之后若是胜了也罢了，若是败了，反贼不杀了他们，朕杀了他们！"

听着李反天这一番话，众臣心里一阵发寒。

若是当初在西北军时，他们跟着的大哥可是豪爽又义气，哪怕是有什么地方做得不对的，也都是满不在意，还更是大力扶持。现下做了皇帝，脾气越来越大不说，还真把他们都当成了狗似的，呼来喝去……刘二说的没错，如今的大哥已不是大哥了，是个皇帝！他对他们也苛刻了很多，一个不顺心，别说是荣华富贵了，还真是要命啊！

想到此处，众臣虽还是羡慕荣华富贵，但是对于这位皇帝，却没有了一开始的忠心敬仰。

本来么，他们都是反军出身，是亲手给一位皇帝黄袍加身的，什么家国天下尽皆没有——便是早先当真是被迫害的那些，如今尝到了权力的滋味，所思所想也再无先前那般单纯。

自然，他们也不会和那些自幼学习礼义廉耻的文臣，又或是传承精忠报国理念之人一般，对李反天忠心耿耿，不惜效死。

而李反天，他毕竟也只是个反军头子，自身魅力是有，然而，却还未真正有那一言可决天下的王霸之气……

不过，众臣子心中这样想，面上却还是一派诚恳。

只是私底下，他们又和刘二见了面，与他一起义愤填膺，好生将李反天痛骂一顿。

刘二愤然道：“如今老子我是不成了，我看你们也待不长久。”他耸起眉毛，阴阳怪气地说道，“那个赵元昭，前朝的那个太子，我看咱们那位皇帝是小看他了，如今魏狗儿他们都战死了，想必废太子要打到帝都来，也不无可能。”

其余众人都是皱眉：“打过来了？那可怎么好！咱们好容易得了这高官厚禄，享荣华富贵，要真被打过来，咱们这……”

刘二撇嘴：“我看就当是做了场大梦，早早把细软给收拾了。”

众人心中不快：“你说什么呢？”

刘二哼道：“你们也不想一想，如今那个皇帝是怎么对待咱们的？就算是赵元昭不打入帝都，待天下太平了，你以为他还会放任咱们这些老人分享他的权力？文臣也还罢了，咱们做武将的，兵权定是都要被夺去，而有威望的，为了削他们的威望，多半要获罪的！”

众人听得觉着刺耳，但是转念间，却都觉得很有道理。

那个李反天，从前不觉得，如今来看，似乎果然是如此……再想一想从前戏文里说的那些斩草除根、卸磨杀驴的话，他们的心里戚戚焉，都对李反天越发怀疑起来。

刘二继续说道：“所以我这也是劝一劝你们，早早准备好后路，不论日后遇上什么事儿，还能带上大量金银财宝回去享福，莫要跟我刘二一样，现在是一身的清风，先前那些好处全都被盘剥干净，日后也不知要怎么养我那些婆娘！”

说完这些后，刘二似乎越发不忿，抬脚就走了。

被他留下来的众人面面相觑，终究还是觉着……刘二所言太有道理，他们怕是也都要早做准备才是啊。

安国公府，书房里。

王冲静静站在书桌前，恭敬听安国公吩咐。

安国公手里翻着兵书，此刻说道：“冲儿，你近来兵法学得如何？武艺练得怎样？”

王冲道：“兵法上有些进益，武艺……教导的师父说，如今也算是弓马娴熟，比之一些成名已久的武将，也不差几分了。”

安国公面带笑容："好，很好。"说话间，他的神情一肃，"既如此，待过些时日，你我便迎难而上，请战前朝废太子。"

王冲一惊："父亲的意思是，你我父子二人在朝堂上请命，代表大庆迎战赵元昭？"

安国公微微点头："不错。"

王冲眉头微皱："父亲，如今新朝刚立，赵元昭气势汹汹，恐怕朝堂并不稳当。如今请战，怕是日后再无周旋余地了。"

安国公笑道："冲儿确是有进益了，此乃老成之言。然而……"他的面色却是慢慢冷了下来，"为父当初头一个响应新朝，可说是与许多前朝的臣子结下冤仇，帝都里，许多被今上杀尽后嗣的世家的姻亲，对为父也有大仇。若是前朝废太子顺利入驻皇城，怕是要起用不少旧臣，而为父纵然不被拿出来杀鸡儆猴，怕是也要获罪，最好的情形，也是终生不被重用……我安国公府好不容易有了中兴的迹象，若就此沉寂下去，日后岂不是人人都可以踩上一脚么？"说到此处，他甚至有些疾言厉色了，"冲儿，莫非你想过那种处处被人嘲讽的日子？想以国公世子的身份，去对那些破落户讨好巴结，求一寸生存之地？"

王冲的面色，也渐渐冷了下来："孩儿明白了。"

安国公欣慰地摸了摸胡须："冲儿你明白便好。"他叹一口气，"为父原以为今上一路杀来，应算是一位雄主，没料想他到底底蕴浅薄，便是登上皇位，也无真龙气象，其好色之处，虽不同于前朝末帝那般奢靡无度，却也……且其实也是刻薄寡恩，那点帝王心术，当谁人不懂么？对待一同打天下的功臣尚且如此，便更不能指望其他了。"

王冲沉吟道："那父亲就不担心，保住大庆后，今上他对我父子忌惮么？"

安国公道："到那时，你我父子献上几位美人，再给后宫得宠的妃子送上好礼，再识相些早早交出兵权，自能避过。"

王冲眉头皱得更紧："交出兵权？这——"

安国公笑道："兵权并非最为要紧之处，最为要紧的，是军心。"

王冲的眉头松开："原来如此。"

安国公微微点头："不过，以如今的战况来看，赵元昭极难对付，若真能出战，你我父子要千万小心……即便那赵元昭如今比从前果断了许多，但他身上也并非没有弱处。"

王冲若有所思："孩儿省得。"

王谦坐在书桌后，正在画一些图纸。

图纸上所绘者乃是一些攻城器具，大体与从前的一般无二，但究其细节却有不同，如此改进之下，于攻城上便更有把握。

这些图纸王谦并非是头一次画，之前弄出的那些也立下一些功劳，让赵氏一方着实减少了许多死伤，也让那些文人武将越发另眼相看。

因此，即便王谦素来平和沉静，除却白义英外也少与他人交际，却也都对他生出敬佩之情，平日里并不来打扰他。

倪苍在旁边给他磨墨。

多年下来，这倪苍从最初那个不通世事的高手，变得什么都会做，什么都能做，心思更是细了许多……尽管每有人问起，倪苍总说自己乃是王谦的护卫，但实际上他与王谦之间的关系，不论如何看来，也都是至交好友。

两人正在静心忙碌，突然间，帐外传来一阵号哭声。

王谦手指一抖，一滴墨便落在了纸上，将一角图纸给染成了墨色。

然而王谦却未在意此事，而是站起身来，往帐外走去。

他对人声素有认识，这号哭声太过悲恸，虽并不算太清晰，却也让他听出来……这声音，是来自于王妃的母亲，傅相老妻岑老夫人的。

岑老夫人哭得这样凄然，莫非是……

想到此处，王谦就有些坐不住了。

事情也的确是如此。

刚走出帐外，王谦就见到隔壁的帐子里，有丫鬟搀着岑老夫人走出来，岑老夫人面上老泪纵横，竟似难以抑制的痛楚。

赵元昭在军帐中未动，应是本在与众多武将商议之后行军作战的计划，但是岑老夫人如此难受，他也派遣了心腹出来，要陪同岑老夫人去为她老人家准备的帐子里休息。

王谦与倪苍走出来后，并未上前安抚，只是叹了一声，朝着另外跟随出来的人打探。

那人也是个文人，与王谦应是同僚，因王谦的种种作为，素来对他尊敬得很，此时听王谦询问，便将自己所知之事，很快与他道来。

第五十七回

晴天霹雳

原来早先大庆的皇帝虽用那傅征威胁了赵元昭，也的确将其投入死牢，但是赵元昭拒绝之后，他一时半刻也不曾做出什么来。

如此众人也都松了口气，尽管知道那约莫只是暂时的，可能让傅征多活一日，自然也还是多活一日的好。

想来，那时的皇帝并不将赵元昭视为威胁，而傅征被牵连之事，也只是随意试一试，能成则成，不能成也罢了。

赵元昭并未因此事而停下攻势，而是用最大努力攻破诸多城池，直往北上，可说是全战全胜。可也正是因他全战全胜了，以至于狠狠地折了大庆皇帝的脸面，让对方因此对赵元昭越发生出怒意，也真正把他看作了敌人。

如此一来，因赵元昭而愤怒不已的大庆皇帝，再没了留下傅征的心思，而在赵元昭攻城胜出后，直接将傅征杀了！

方才，正是傅征的死讯传来。

赵元昭本在议事，得知傅征死讯也是极为愤慨，之后想着傅莺莺身怀有孕，不能叫她太过激动，因此就请了岑老夫人过来。

岑老夫人过来之后，听到这噩耗，是险些晕了过去，更忍不住地恸哭，方才引来了一些注意。

王谦听完，也是心头一震。

傅相他……竟然已被那大庆的皇帝给杀了！

如此一来，那大庆皇帝与平王殿下之间的血仇，是又加深了一重。

但是，王谦并未想到，这血仇，并非只有一桩血仇。

虽说整个军营里之人都有意要隐瞒平王妃，但到底还是被她不小心知道了，而亲生父亲的死，让平王妃原本在孕时敏锐的情绪波动更大，几乎只在几个呼吸的时间里，她便难以平复心绪，以至于她好生将养着的身子也受不得这刺激，腹中绞痛无比，而身下更是一阵淅沥沥……居然，见红了。

几名御医立时赶过来相救。

只是可惜，在给平王妃诊断之后，他们发觉，这胎儿……保不住了。

如此消息，于平王夫妇而言当真是晴天霹雳。

傅莺莺更是在知道之后，再也无法忍耐，晕死了过去。

赵元昭深深懊恼。

他并不曾怪罪傅莺莺，可丧子之痛，却是难以消除……让他后悔不已。

若是早知如此，他定然要更小心些，也将军营里封锁得更严密些的！他如今威望虽说深重，可是，仍旧不能将整支大军彻底掌握在手里。

于是，赵元昭终于下令，在军中大“清洗”了一番。

一些尚且规矩不足的，统统重新操练，而若是将领级别犯事……他们便终身不能再回归赵氏大军之内了。

自此，整个赵氏军队越发能令行禁止，军容也更铁血严肃了些。

然而，赵元昭却发生了一些变化。

而这样的变化，自一开始便跟随在他身边之人，看得尤为清晰。

王谦坐在自己的帐子里，愣愣看着手中这张图纸，不知该不该继续下去。

这一张图纸，是基于他先前所改进的火药而成，一旦制成了，便可以制成极厉害的炸雷，应用于各种情形之下，只要使出，便可以将敌人炸得人仰马翻。

先前改进的火药，大战之前王谦思前想后，还是上交了——毕竟在准备战事时，他已发觉哪怕火药配比不难，可若是真到了战场上不得不为时再交出来，恐怕在面对真正危难时，根本是来不及准备的。故而只有交出，并提早准备一二，方可以因地制宜，在当用时使用。

然而现下，赵元昭已然要用了。

可如今赵氏的大军一路大胜，又哪里是该用的时候？只不过是丧子之痛、威逼之恨，让赵元昭已然下了狠心罢了。

火药这物，于战场上乃是神兵利器，然而与寻常冷兵器又有不同。

如刀枪剑戟之类，伤人时多半是要人性命，少有让人断手断脚仍能活下来者。可若是火药便有不同，一炮打出或是暗雷炸响，但凡是在其所在地域之内的，直面者固然是死，波及者或手足伤残，或失明失聪，比之冷兵器惨烈得多，而战后这些兵士自然不能再待在军伍里，可遣返回去之后，却是身子虚弱，再难以做务农之事，只能拖累家人，或是被人抛弃。

尤其是王谦如今所研究的这一种炸雷，其威力极为强大，若是投掷而出，一丈之内的兵士皆是或死或残，不知要让敌军损失多少人，削弱他们多少战力。到时候，敌军恐怕有许多兵士都无法继续参战，还要拖累大庆。

而依照王谦这些战事以来对大庆的了解，若是兵士当真伤残无法征战，恐怕不必等战事结束，他们就要被放弃了，到那时，这些兵士根本得不到医治，直接死了也一了百了，若不死的，那种苦痛，便要持续他们的后半生了……

照理说，战胜一方不必在乎敌方的受损兵士如何安置，可平王大胜后，要于天下称皇，如此一来，即便是敌方的兵士，也是他之子民，岂能弃之不顾呢？

王谦早先不愿将这火药改进之法交出，正是因这个缘故。

如今分明还未到必要时，平王却已想要用出来了，这、这实在非他所愿，亦不该是一名仁义君主所为！

只是……

王谦毕竟是效忠平王，分明有更好的法子而不拿出，这与他为人秉性不合。

再者，于大义上，平王想要借此尽快结束大战，也不能说是全然有错……王谦生而不为王者，所思所想自知与王者不同，他又岂能只因自身所想，便断定平王的不是？

左思右想之下，王谦踌躇不能决，竟有些心力交瘁起来。

想着想着，王谦不由揉了揉额角。

倪苍伸手将桌上的图纸拿走，反过来盖住。

王谦怔了怔：“阿苍？”

倪苍道：“你既不想，便不必做了。”

王谦皱眉：“可此乃我之本分……”

倪苍摇头：“我不知你本分为何，只知此物既然是你所想，你愿意拿出便拿出，若是觉得不妥，也不必过多思虑。”他见王谦还要说话，续道，“我只知天下事无有尽善尽美者，且天下之人多不胜数，你一介书生，可忧国忧民，却不必将所有担负于肩上。”

王谦苦笑：“我若是不知，自然是罢了，可……”

他心中还有一种想法，难以对他人言说。

正如倪苍所言，天下之人多不胜数，可偏偏只有他一人在梦中经历种种，还多出那许多不属于他的记忆影像，而得了这影像之后，便是天下大乱……这叫他不得不思忖，或者是上天怜悯百姓，想要早早结束这乱世，故而让他得了这些东西，是为叫他能择出明主，为天下百姓张目。

他若只是寻常人，自只是尽力而为即可，然而他非是如此，又哪里能不多思呢？此事乃是他极隐秘之事，他暗藏于心中，连对生死至交倪苍也不敢说，他并非不信倪苍，而是唯恐因此得罪上天，反而给倪苍惹祸上身……可也正是不敢说，他现下被倪苍劝说，心下感念之余，也不知该如何解释了。

倪苍对王谦也很是了解，见他这副神情，也皱了皱眉。

当下里，他也不多言，便伸手将王谦拉了起来。

王谦失声："阿苍？"

倪苍将他拉起，旋即便去了榻边，把他放下："睡。"

王谦默然。

倪苍又道："你若不睡，我便知会白兄。"

王谦一时间哭笑不得，然而他心里却明白倪苍的好意，知他素来行事直白……而后，他长叹一声，眼皮也渐渐沉重起来。

睡便睡罢，至于那图纸之事，待到明日再想……不迟……

然而待次日后，王谦每逢坐在桌边为那图纸之事愁眉不展时，就被倪苍敦促休息，或是干脆弄了吃食过来监督他吃完，叫他无法在此事上挂心。渐渐地，王谦也只好依从倪苍之言了。不知不觉间，直至赵氏一方再度与大庆交战，王谦也未将这新的图纸弄出来，更莫说用那新火药研制炸雷之事了。

大庆一方，几名悍将五去其二，其余三人也受朝廷申斥，对于接下来的战事也更加谨慎起来。

正值赵氏大军要攻打阳玖城，此城城外有护城河，除此以外还有极高的城墙，城墙前方的吊桥虽是横于河面之上，直通对岸，但是桥面狭窄，且被布满了铁钉，且在吊桥的另一头边上，有极大的石斧悬挂在两边，其中一端与城楼相连，而城楼里有手持大斧的兵士。

只要城中将领一声令下，那兵士用大斧斩断绳索，那么石斧便会落下来，直接将吊桥的绳索也斩断，之后吊桥便会掉落下去，若是此时有赵氏的兵士恰好走在吊桥上，那么必然会落在水里，而因着满桥都有铁钉，更是行走艰难……

如此防御，比之先前那些城池来，不知要强上多少倍。

第五十八回

对垒城前

赵氏大军来到此处后，自然也发现了此事。

那偌大的护城河，陡峭的吊桥，以及蜿蜒而高大的城墙，组合在一起时，就好似一头巨兽，张开大口择人而噬。

威压深重，让人惊悸。

王谦被倪苍护着立在大军中央，看赵元昭面沉如水，心里一个“咯噔”。

若是先前他尚且还有几分劝告赵元昭的可能，如今眼见对方防守严密，怕是赵元昭便更想使用那新火药了罢！

深深叹一口气后，王谦并未多言。

如今暂且尚未使用那新火药，他还不必过早地忧心……一切，且看之后罢。

在看到护城河时，赵元昭一抬手：“先扎营！”

他举动间，竟又多出了几分果决。

王谦见到如今的赵元昭，不知怎的有些心悸，可更多文人武将见他如此，却反而对他更加敬仰尊崇，觉得他越发有王者之气了。

很快，大军退后扎营，护城河内的城池里，那些一脸警惕的将领们却是微微松了口气，但也并未全然放松。

有一人说道：“那赵元昭好生谨慎。”

其余人也是应声：“的确如此。先前有探子打听到，因着傅征被今上下令杀了后，赵元昭大帐里似乎是出了些事，着实让赵元昭生出了极大的怒火……只是不知究竟何事而已。没想到，他竟不曾被那怒火影响，倒是让我等刮目相看了。”

还有人一声冷哼：“从前有人说此人不过是沽名钓誉之辈，性情软弱，优柔寡断，如今看来，似乎传言不尽不实？”

与他搭话之人好似同他有些过节，也哼了一声：“纵然行事果断了些，也是禀性难移……”

众人争执了几句后，便纷纷研究起战术来。

无论嘴上说什么，但他们终究还是没有一人敢再对赵元昭有一丝小瞧的。

再说赵氏大军退后十里扎营后，很快便生火做饭，好生准备起来。

因着先前平王发怒之事，让军营上下的气氛都变得极为严肃，无一人敢生出异样心思。

赵元昭也并未闲着。

因见到了那护城河包围城池、防守严密的景象，他自然是立时在沙盘上与众将继续推演起来。

前头也有斥候率先来查探过，但却因这周遭并无多少遮掩之地，以至于只能远远而看，无法就近观望，且又因如今已然是渡过大江的北方，赵氏大军之内少有北方之人，便更不了解北方的许多特性，故而如今亲眼见过了，便还需在沙盘上调整一番，才能决定如何出兵，如何与大庆一方对战。

一连两日，赵元昭与众将、幕僚们日夜推演，多次在沙盘上演练，想了无数种对方可能的作战手段，也绞尽脑汁，想出了许多解决之法。

直至终于有了更多把握，赵元昭才深吸一口气，说道："准备作战罢！"

与此同时，本身并不熟悉兵士、只在少数时候会与他们一同商议战事的王谦，在这一刻又稍微放下了心。

——无他，只因既然赵元昭还在想着如何减少折损，可见心性并未有太大偏移，至少并无急功近利之意，如此便好了。

次日，赵元昭将战书投了过去。

大庆一方固守城池，并无主动出战之心，但赵氏一方不动，他们私下里也进行过许多次的战术商议，未有半点怠慢。

眼下得了战书，大庆一方的将领们舒了口气，高高悬起的心反而放了下来。

——也好，是骡子是马，如今且牵出来遛遛就是。

于是，两方大军的气氛顿时更加肃穆，大庆一方先打起战鼓，宣告了这一场守城之战的开始！

赵氏大军不遑多让，也响起了战鼓，所有人都精神振奋，誓要将这防御严密的城池攻破！

大军的步伐极快地逼近，最前方的那一列，每人手里都举着个古怪的盾牌，非常巨大，但是表面上居然仿佛织就了很多粗糙的纹理，好似是什么物事编织而成。

在这样的盾牌保护下，赵氏大军很快地推进，不多时便来到了护城河的前方，正看着前方的吊桥，都是虎视眈眈。

城楼上。

有大庆的将领用力挥手："射！"

其他人纷纷大叫："射！射！"

每发出一声"射"字，城楼上就有上千弓箭手齐齐发射，顿时射出了铺天盖地的箭雨，直冲护城河对面。

这些长箭射得颇远，哪怕是隔着护城河，也能射到对岸去伤敌，然而这些箭矢射到赵氏大军的阵营后，尽管还有许多余力，却是纷纷被巨大的盾牌挡住，箭头无论如何也射不进去，只互相一阵碰撞后，就齐齐地跌落在地，半点也没损伤到赵氏一方的防御。

那大庆将领眉头紧锁："这就是先前有人提过的，赵氏一方的防御巨盾？斥候何在，可曾打听出是何物所制么？"

就有一名副将禀报道："经由查探，大致查出此物乃是由一种野藤编织，其质地极为坚韧，编织成盾牌后，每逢利箭射去，箭头便会堵在那藤条之间。"

大庆将领不悦道："既然查出来了，为何我军并未配备此物？若是什么稀罕物事也还罢了，这野藤漫山遍野皆是，莫非还做不出么？"

副将一脸苦笑："自是试过了，但我等所做出的藤盾根本不能防御，一触即溃，想必他们还用了什么其他的隐秘手段，正是我军一时半刻找不出来的……"

大庆将领怒火上升，但是他也知道这并非副将之过。如他们这等行军之人，自然是要把关乎战局的隐秘之物好生保管起来，绝不会让外人窥探出其中的奥秘，这藤盾如此厉害，探子无法打听出来，也是理所当然。

副将见自己的上官并未斥责，心下微松。

但他们如今也还是一筹莫展，不知要如何解决此物。

一时间，大庆的武将们便想不出法子来，只好让那些弓箭手暂时莫要再射箭了——即便是射箭，最终也伤不得赵氏大军，何苦来哉！

而另一头，那些手持巨盾来到护城河边的兵士们静默地蹲住不动了，在他们身后，其他兵士迅速将落在地面的箭矢拾起，补充到自己的辎重之中。随后赵元昭等将领见城楼上那些弓箭手已然停下了射箭，便再发一道指令。

下一刻，那些巨大的盾牌组成的藤墙上迅速裂开了缝隙，而在那些缝隙里则探出了一些箭头——原来有无数弓箭手来到这缝隙后方，纷纷拉弓，从这些缝隙中将利箭射出，直冲城楼！

也是铺天盖地的箭雨！

在这些箭雨中，那些城楼上的兵士已是来不及躲避，就有好些都被这箭雨射中，纷纷跌落到城墙之下了。

少顷，城墙下面的尸体便堆积如山。

巨大的损失让大庆将领心疼如滴血，好在护城河的存在到底将赵氏一方阻拦在了河对岸，待城楼上的兵士们也纷纷将巨大盾牌取出挡在面前时，赵氏那边的箭矢仍旧密集，但是对于大庆一方的损伤也小了很多。

于是赵元昭一抬手，吩咐众弓箭手不再射箭。

然后其他将领走出来，依照先前的商议，下达命令："冲！"

紧接着，无数兵士都朝着那吊桥冲击过去！

大庆将领见状，却是一喜。

如此安排吊桥防御，乃是他们精心商议出来的战术之一，他们是逼得赵氏一方不得不从吊桥经过，只能跟他们拼一拼谁更快，却无法放弃。

——无他，只因护城河里的水极深，若是让兵士们跳河游过，那不识水性的兵士只有死路一条，如若不然，就只能用人命来填，用尸体搭成人桥过河！

无论是哪一种法子，都要让赵氏这边有极大的损失，这护城河可不算狭窄，倘若真要用人命来填，那损失的兵士，绝不在一个小数目！

而且那样一来，赵氏一方的士气也会大损，即使闯过来了，看到那高大的城墙，他们的士气还会再跌……如此兵心遂乱，赵氏哪里还有胜出的机会！

再看赵氏的大军，待来到了吊桥边后，就有数人迅速推出了一台好像战车般的物事，将它飞快地朝着吊桥面上推去！

在此物的推进下，那些遍布吊桥上、尖端朝上的铁钉，就纷纷地朝着两边散开，把完好的桥面暴露出来。

铁钉一物，原本并不十分牢固，若是平日里只有数人过桥，只要慢慢清理了，自然算不上什么大事。可若是无数兵士要来过桥，人人推挤之下，哪里还能顾得上清理铁钉？

其防御之用方能显现出来。但现下又是不同，有兵士将身形隐藏于大车之下，把车子推过去时，也顺带清理了铁钉，那铁钉的防御自也是变成了一招废棋了。

见赵氏大军想到这样一个法子，大庆将领有些不快，但他也并无太多愤怒，只因铁钉一物原就算不上什么极出色的计谋，被人破解了也不在话下。

可他们真正要做的，可不是只放铁钉而已。

大庆将领迅速挥手。

于是弓箭手再出，迅速地将箭矢对准了桥上的兵士。

在狭窄的吊桥上，这些兵士的巨盾根本拿不出来，而小的盾牌防御之力又很有限，他们倒要瞧一瞧，这赵氏大军……还能如何做？

第五十九回

王冲请战

赵氏一方，一名武将冷笑道："盾兵，上前！弓箭手，放！"

刹那间，自大军的后方又涌出无数兵士，他们手持巨盾立在那护城河前，而巨盾形成的墙面之间同样也有缝隙，弓箭手也自这些缝隙里射出箭矢来。

这些箭矢直扑城墙上，原来大庆一方自以为赵氏大军要抓紧时间闯过吊桥，却没料到赵氏的将领居然十分冷静，以弓箭手对弓箭手，让城楼上的大庆弓箭手手忙脚乱防卫自身，也没什么机会来攻击闯桥的赵氏兵士们了。

可是，大庆的将领也并非全没想过这可能。

眼见用弓箭杀伤赵氏大军的机会已然没了，他就眼睁睁看着那些兵士走过大半吊桥，在相距河岸不远时，吩咐兵士砍断那牵扯巨斧的绳索！

下一瞬，那巨斧猛然落下，直接斩断了吊桥一侧的绳索！

吊桥的一端，飞快地向下跌落着。

只眨眼工夫，那些原本就快要成功过河的赵氏兵士们，齐刷刷地落入了护城河中！

大庆的将领，神情不由一喜。

原以为这些兵士很快就会沉下河底被淹死，然而事情却并非如此发展。

一名副将赫然惊道："将军，快看！"

另一名副将也同样出声："他们、他们居然浮上来了！"

大庆将领低头一看，诧异地发觉那些兵士入水之后，居然都不曾沉底，哪怕有些显然不识水性的也是如此，他们手脚一阵乱扑腾，居然就直往河岸处扑腾过来了。

更令人惊异的是，赵氏那边余下的兵士们快步地跑到了护城河边，他们如同下饺子一样，疯狂地跳下河去！

居然……也全部浮在河面上？

而先前掉下河的兵士们，已然极快地爬上了河岸，他们迅速地甩了下身子，就直接朝着城墙冲了过去！很多绳子被取出来，高高地抛起！

绳子的一端有钩子，抛绳之人都是身形庞大且识水性的壮汉，他们早在下水时，就已然将绳子缠在了腰间，一个连着一个飞快渡河。

此刻一头的绳钩迅速钩在了城楼的缝隙里，旋即就有许多兵士在不断地向上攀爬。

城楼上的大庆兵士极快地冲到前方，举起巨石朝着绳索上的赵氏兵士砸去。

赵氏兵士从胸口掏出一块不大的盾牌，飞快地挡住自己的头，将那些砸落的巨石拼命挡住，将它们拨到一边。

河对岸，更多的赵氏兵士趟河而过，留在岸上的弓箭手还在不断地干扰城楼上的大庆兵士，很多举起巨石往下砸的大庆兵士都被箭矢射中跌落城墙，而因着众多的干扰，城楼上的弓箭手仍是束手束脚，对于赵氏弓箭手的袭击更无办法。

不过在爬绳梯攻上城楼的途中，也有很多赵氏的兵士死亡了。

这便是无法避免的人命比拼……

河对岸，赵元昭等人还在众多兵士的保护中，观看着此时的战局。

王谦看着死的人越来越多，被染成血色的护城河，眼里闪过一丝不忍，一丝动摇。

倪苍一手抓住他的小臂，警惕地留意着周围。

赵元昭一声令下："云梯渡河！撞车渡河！"

下一刻，就有数座底下有轮的奇异战车被推了出来，因为木制，很快就被送下了护城河，慢慢地朝着对面游过去。

然而如此着实太慢……

赵元昭又问："壕桥可备好了？"

一旁有名幕僚急忙回答："已是马上到了！"

赵元昭面色终是露出一丝喜色："速速推出来，架在河上！"

接下来，自然有人迅速前去传令。

很快大军分开一条路，在那路上就有巨大的壕桥被推过来，极快地架在护城河上。

壕桥十分宽大，上面可以容纳诸多兵士同行。

在这壕桥架好之后，更多的赵氏兵士都齐齐手持盾牌，从壕桥上冲过护城河。

护城河虽宽阔，但赵氏有二十万大军，自然不可能凭借跳河尽数闯过，因此那些冲过吊桥的也好，跳河的也罢，皆是掩人耳目，真正是为将壕桥运来，杀大庆一个措手不及！

果然，大庆毫无防备，便见赵氏一方将众多攻城器具全数带到了护城河对岸，那云梯极快地搭起，先前那些绳索上的兵士迅速滑下，让出了位子，转而自云梯蜂拥而上，那撞车则在众多兵士的推动下，直接朝着城门冲撞过去！

"轰！"

“轰！轰！”

城门被撞得摇摇晃晃，那城楼上的大庆兵将们，面上也都露出了惊恐的神色。

守城的将领厉声说道：“杀！给我浇火油，倒开水！杀了他们！”

这样的反应不可谓不快，然而云梯已然带来，在那火油、开水倾倒时，已然有数千赵氏兵士都登上了城楼，用短刀、匕首飞快地杀死了很多大庆兵士。

鲜血和尸体遍地都是，大庆兵士自然也有反击，然而他们的反击在拥堵到城墙上的赵氏兵士冲击下，还是很快被冲垮了……

城门也被撞开。

在城池里，大庆的大军在将领的指挥下，干脆地出门迎战。

赵氏的兵士毫不惧怕，也凶悍地攻击过去！

护城河后方。

王谦心下微松。

看来，是他杞人忧天了，如今胜券在握，新火药果然是不必用的。

平王殿下他，到底还是心存仁善……

接下来的战事并未出现什么意外。

如今这座城池虽是尽力做了许多防御，可到底还是敌不过赵氏大军的士气如虹、准备周全，最终城门被彻底击破，所有的赵氏兵士尽数闯入城中，与城中大庆的兵士拼死交战……

大庆的将领极力指挥，然而终究止不住士气的溃散。

他恨恨地说道：“这赵元昭怕是在前朝便存了反心，否则区区数月间，哪里能准备得如此周全！如今，害得老子要没命了！”

跟随在他左右的副将们也都是面带怒色与惊悸：

“那赵元昭也不是什么好东西！”

“是想得渔翁之利么？！好一个仁德的前太子，将天下人都骗了！”

“真是可恨啊！”

然而，再如何愤恨也是无用，城破之后，再无法力挽狂澜。

终究……只能认命了。

自此，赵氏大军又一次大胜。

又是持续推进，接连数战，逢战必胜。

大庆的五悍将，已是不存一人。

而朝廷中的武将们，对待攻打上来的赵氏大军的态度自一开始的跃跃欲试到后来的惧怕推诿，再无人主动请战……

正是：人心惶惶，难以安然。

李反天退朝后，回到了后宫，满脸都是掩不住的怒色，而在他的内心深处，也终于有了一丝慌张，感觉到了如今的情势对他十分不利。

早先以为赵氏不过是小患，如今看来却是心腹大患，对方是有备而来，他建立的这一大庆朝，似乎已然真正有了倾覆的危机。

李反天一路闯来，算是个霸主，但是经过了多日里的纸醉金迷和温香软玉，雄心壮志早已不及从前。若是从前，他怕是要赶紧召集武将来商议战术，而如今却是直入后宫，去乐成殿寻他的心肝儿爱妃，去听这朵解语花的软语安慰。

乐成殿前，鹭妃斜倚在门口，见到李反天后，就迎了上来。

鹭妃媚眼如丝，直扑到李反天的怀里："陛下……"

李反天见爱妃一如既往，心里熨帖，用力在她脸上亲了口，搂着她就进入殿内，直接滚到床上去了。而在爱妃美好的肉体里，他忘却了一切烦恼，更不再记得那虎视眈眈，已然威逼而来的赵元昭了……

次日。

李反天在朝堂上大发雷霆，将刚送来的那封战报猛然摔到地上，一脸狰狞："一个个都哑巴了不成？！那赵元昭已做到这地步，竟无一人可以遏制他？朕花这么多俸禄养你们有什么用？莫非养的都是一群废物？"

正此时，有一名沉稳的中年人走出一步，行礼说道："陛下，臣父子请战。"

在他身后，紧跟着走出一名年轻人，他也是一名武将，一副意气高昂的模样。

李反天的神色好了些许，他看向这人：“安国公？安国公世子？”

安国公恭声道：“陛下乃是真龙天子，那赵元昭逆陛下之意，便是逆了天意，我父子二人虽不才，却也愿意为陛下效命，去将那厮的人头取来，贺陛下万寿！”

李反天想了想，才想起“万寿”便是说他的生辰，心里舒坦了不少：“还是安国公知道朕意……”但他的声音又带了些威严，“不过，安国公你可有把握？”

安国公道：“微臣不才，在兵事上也有些见解，愿为陛下效死。”

王冲也跟着附和：“小臣愿与父一起上阵，为陛下效死！”

两人如此慷慨激昂地表白忠心，让近来一直气不顺的李反天舒坦很多，他先是沉着脸，而后陡然露出一个笑容，一拍龙椅，大声说道：“好！朕便给你父子二人一个机会，由你们领兵二十万，带足粮草，配齐军备，去将赵元昭的人头给朕带来！若你父子风光大胜，朕不仅下旨封你安国公为异姓王，还会赐予安国公世子实权爵位，让你们安国公府得到无上的荣耀！”

安国公的脸上露出一丝笑容，深深行礼：“多谢陛下！微臣与犬子定不让陛下失望！”

王冲也是深深行礼。

他心中对这李反天不以为然，但是对于他脱口而出的赏赐，却很想要。

等着罢，这个泥腿子。

等他积累足够……

第六十回

变相隔离

营帐里，王谦正在几案上书写什么，突然间，帐篷皮被人掀开，有人急匆匆地走了进来。

王谦抬眼一看，不由一愣。

来人正是多日来一直统管忙碌粮草辎重等事的白义英，算来与他也有些时间没见面了……

他便起身相迎："白兄，你这么来了？"

白义英对他露出一丝笑："今日我本是来与殿下报账，不料却听到一个消息。殿下让我叫你过去，也看看那消息。"

如此之事常有，王谦倒也不曾露出什么讶色，便动身了。

倪苍跟在他的身后，寸步不离。

两人很快来到了隔壁的大帐，就见到赵元昭坐在上方，手里正拿着一卷纸。

王谦与白义英行礼过后。

赵元昭将那卷纸递给王谦："子逊，你瞧瞧这个。"

王谦就将那卷纸接过来，展开一看……

这看，王谦的面色顿时微变，旋即，手指也禁不住微微一颤。

白义英见状，禁不住也朝赵元昭作势询问。

赵元昭指了指那纸，示意他也能同看。

白义英就凑近，看见了那卷纸上所述之事。

看完之后，他也吃了一惊。

原来，这消息上所言，乃是大庆接下来派出的武将，居然是安国公父子！

便也是说，接下来赵氏的对手正是这对父子，而这对父子……却是王谦的亲生父亲与同父异母的弟弟。

王谦的真正身份，赵元昭与几个心腹都是知道的——毕竟当初要收下王谦，自然要查清他到底是什么来历。

若说当初安国公府第一个投诚逆朝之事还情有可原，是因着逆朝君王李反天太过暴虐，杀得帝都血流成河，逼不得已出头，那么现下消息上却说得明白，是这对父子主动请缨出战……

诚然赵元昭等人并不会将王谦与那对父子混为一谈，也不会因此迁怒王谦，可是在王谦心里却是五味杂陈，难以冷静下来。

王谦默然朝赵元昭行礼，并不起身。

赵元昭叹道：“这一次……子逊，我等商议战术时，你便避一避罢。”

王谦再行一礼：“是，殿下。”

行礼之后，王谦便离开了这大帐，面上虽已恢复如常，但手指却是不自觉地捏紧了。

倪苍走在他身旁，稍做犹豫后，还是不曾做什么动作。

待两人回到了帐篷里，倪苍将他的手拿起来，稍稍用力，替他将手指松开。

此刻，王谦的手掌已然有些血痕。

倪苍皱眉：“子逊，你莫要多思了。”

王谦苦笑。

他从未想过，有一日要在战场上与从前的父亲和弟弟兵戎相见……尽管他们之间的情分早在多年前就已然断了，尽管在梦中他曾遇上那些磨难，可毕竟也曾经是亲人，他只是不想重蹈覆辙，却并非对他们有什么非得要复仇的恨意。

倪苍给王谦端来一碗热汤：“喝了睡一觉。”

王谦喝一口，只觉得一股热流涌起，比起先前来要舒适了许多，心里也渐渐熨帖起来。

倪苍又取来一件衣衫，为他披上。

两人静默了片刻，只听得细微的啜饮之声。

不多时，有人掀起帐篷皮走进来，正是白义英。

白义英见王谦面上还有些忧思之色，便走到近前，说道：“子逊兄，你莫要伤怀，殿下此言只是为避嫌，非是其他缘故。”

王谦一怔，旋即反应过来。

他想明白，这白兄是在劝慰他，担忧他是以为平王殿下因此不信他，才会伤怀。然而虽不知平王殿下是否当真有这想法，他却并非因这缘故险些失态……与其说是忧平王殿下的心思，不如说是前事与如今冲撞，让他有些郁结罢了。

但这话却不能这般说。

王谦吁口气后，朝白义英笑了笑："白兄放心，我自不会误会殿下，只是……"

白义英也明白他之为难，再劝几句后，便不复多言，告辞离去了。

等白义英离开后，王谦才往后靠了靠，阖上眼，心里一叹。

他还当真不曾想到平王殿下让他避险是有怀疑，但既然白义英这般说了，想必，未必平王殿下内心深处并无丝毫这等想法。

若是从前的平王殿下，是不会如此的。

可如今的平王殿下，他却不知了。

他不知是盼着平王殿下仍旧与从前那般光风霁月，还是盼着殿下他能有帝王心术，再不会如以往那般，轻易地相信什么人。

倪苍知晓他的顾虑，劝慰道："多想无益，身子要紧。"

王谦微微一顿，思忖了一会之后，终微不可闻地叹了口气，不再多想。

先前那些心思，也在这寂静的夜色里，缓缓地消退……

自得知接下来是由安国公父子领兵之后，他们的消息便陆陆续续传来。

王谦虽避讳了出谋划策之事，也并不与人商议战术，但是一些相关的消息，他却能知道，而他也明显察觉，在他的帐篷周围，似乎有一些生面孔时隐时现。

自然，若仅仅只是王谦自己，难以察觉此事，可有倪苍这高手在，对于这些变动便很快察觉，并迅速告知王谦。

王谦心里一咯噔，旋即就想到，这些人多半是有"看着"他的用处。

倪苍之存在众人皆知，他的身手之高明，平王与其心腹也知。

如今这些人被派过来，他们自然也知晓，这必然是瞒不过倪苍的，因此，这应当也并非是监视之意，而是提点。

王谦想明白后，长长吁了口气。

时人行事，以忠为根本，即便他与家族并未决裂，若是面对效忠的君主与叛国的家人之间的抉择，他也定然是会选择君主的。

然而，既然有这身份，被提点也是理所当然……好在，并非猜忌，而是做得明显，可见实则自己所效忠之人也非是真的对他有所怀疑。

如此也好。

反而为他减轻了许多心中负担。

倪苍却是问道："子逊，你可还要待在此处？"

王谦一怔。

倪苍看向王谦："你在此处待得不快，我可带你离去。"

王谦又愣了愣，良久，终于莞尔。

他心中的愁绪越发淡了，摇了摇头："若真要离去时，阿苍，我再请你带我走。"

倪苍见他神色坚决，终是点头："我听你的。"

大庆那边，安国公调遣兵将时出了些岔子。

因着多次与赵氏一方作战落败，原本征得的大军数十万，死伤无数不说，活下来的许多都成了逃兵，也不敢再回归军营了，以防被人抓住杀鸡儆猴，就此处死。

也是因着这个缘故，在安国公出征时，能凑齐的兵士，已然只十万有余，缺口近乎十万。

不过对于安国公而言，却并不十分担忧。

虽说大军人数不足，可他找李反天讨了个圣旨，就往四处征兵去了。

譬如原本的皇城卫，譬如帝都其他将领手下残余的兵士，譬如……在圣旨与赵氏的威胁之下，安国公征兵居然颇为容易，没几日，已然重新凑齐了人马。

还有粮草辎重等物，安国公也没管什么脸面，只去找户部要钱要粮，若是不肯给，那就再去求见陛下，定要将一切都备齐不可。

李反天见安国公如此筹谋，便是要什么给什么，只一点——此战许胜不许败，若是败了，先前给他的这些便利，就要成他的催命符了。

安国公也是要最后拼上一场，自然满口答应。

他也想得通透，若是此战一败，大赵复辟，他这几乎是叛国之人再无前途可言，如今背水一战，只许胜，不许败。

胜了就是大庆的最大功臣，日后哪怕被李反天猜忌，也能有足够的根基，掌握莫大的权势。

安国公当年也的确是在战场上拼杀过的，迅速准备妥当后，他便带着王冲，率领二十万大军，直往相距赵氏大军最近的那一道防线而去。

他要尽快做好所有守备之事，选好最佳战场，将那赵氏大军阻击在外！

而这一次，他必然不会沦落到和先前那些泥腿子一般的下场，他们安国公府，绝非那等草根无能之辈可比！

帐篷里。

王谦手持一卷书，却是半日也不曾翻过一页。

倪苍自帐外走进来，对他说道："安国公父子已在罗阳城布下了防御，将那座城池守得水泄不通，罗阳城前也有护城河，据闻也在那处弄出了不少手段。"

王谦自倪苍走进来时，神思便已都落在他的身上了，此刻闻言，不由问道："阿苍，你可听见是什么防御？弄了什么手段？"说到此处，他又喃喃自语，"安国公善用兵，心计也多，行事不择手段，若是他来布置，我赵氏大军定要万分小心才是……"

倪苍说道："此事你不必记挂，平王派了许多探子出去，该打探之事，自都会打探明白。"

王谦一愣，旋即唇边露出一丝苦笑："也是，已不必我来记挂了。"

倪苍也愣了愣，他张了张口："我并非……"

王谦知倪苍素来直率，便微微地笑："阿苍心意我明白，放心，我会尽力安下心神的。"

倪苍见王谦懂自己之意，点点头："我去给你端一碗汤。"

王谦一顿，旋即无奈。

这几日，单单是喝汤，就已然让他喝得时常忘却那些纷乱的杂绪了……

第六十一回 食人之怪

安国公布防之后，便对赵氏一方下了战书约战。

赵元昭等自不会怯弱，在对方约战之后，不仅接连派遣斥候前去查探，更是在沙盘上推演多次，每每将那安国公新近做出的防御尽数展现在沙盘上，想尽办法。

不几日，两军便要交战。

赵氏大军浩浩荡荡，簇拥着赵元昭等人一路来到了罗阳城外。

罗阳城相距帝都已然不远了，但后方还有十数座城池，如今的大庆虽也连续败北，却并不像当初的大赵一般一触即溃，他们的抵挡也是逐渐变得越发强力的。

在罗阳城前方，那条护城河更加宽阔，而吊桥之上虽空空荡荡，但是在另一头却立着许多身穿重甲手持大刀的大庆兵士，他们头上也戴着头盔，眼耳口鼻尽皆被笼罩在里面，只留下两只处的窟窿，显得格外可怕。

可想而知，若是赵氏一方的兵士要冲过这吊桥，那么对面那些重甲兵士便会迅速手持砍刀过来，形成一种好似大刀交错的廊道，让但凡是意欲从这里经过的兵士，都要付出高昂的代价，甚至就此将小命留下。

赵氏一方众多武将见状，便都皱起了眉头。

只这些重甲兵士，就能看出如今这一个对手是想法很周全的，并且也不惧死伤……莫看这些兵士身着重甲，但是若真正在吊桥上厮杀起来，也都只是弃子而已。

若只是如此，倒也不必太在意，可更骇人的是，那护城河内！

原本有两名斥候趁夜前去查探，他们仗着有藤甲在身，便借着黑夜，干脆由其中一人入河一探，想要查清若是渡河须得多少时间等等……但是另一名斥候却发觉，他的同僚在入水之后，竟然立时没了声息，而河面之上，却传来了阵阵的血腥气。

这斥候被吓了一跳，凑近去看。

此刻正好有惨白的月光洒下，刹那间，斥候看见河水中一片波光粼粼，而那泛白的波光里，是鳞片辗转、利齿森森反映而出的光亮。

斥候登时大惊，转头便迅速地跑了回去。

王谦听到倪苍传来的消息，吃了一惊："那护城河里有食人之鱼？"

倪苍微微点头："斥候传来的消息，两名斥候前去查探，其中一人下水后，便被食人鱼吞吃了，听闻白日里又有人再探，见到河面飘起一副骨架，上有诸多齿痕，正是先前那名斥候被吞吃殆尽所留。”

王谦倒吸一口凉气。

食人之鱼……如此之物，前所未闻！

若是这护城河里早年便有此物，他从前也不会不曾听说过这消息，但早先不曾听说，如今却忽然有了此物，想必是新投进去的。

——王谦自然不知，当年安国公于边疆征战，曾在一处密林里遇上这等奇异之物，便想法子弄到许多豢养起来，年月久了，自然生出一大群来。他本是想用作防备，而今却成了奇兵，投放于护城河里，岂不正是恰恰克制了藤甲么？

如今赵氏的众多兵士，怕是也不敢跳入河中潜行了。

再说赵元昭得知此事后，眉头紧皱。

斥候再探后，也言护城河里的食人之鱼虽有不少，却不至于密集到能阻拦大军，若是众多兵士不惧被啃噬之苦，纷纷下水，自然能吸引那些食人之鱼，给后面的兵士用血肉堆出一条渡河之路来。

然而，身体发肤，受之父母。

在征战时为尽忠而被杀死，与将自身投入食人鱼的口中却是不同。

赵元昭身为未来君主，必不能做出如此之事。

否则，恐怕军心反而要乱了！

一时间，众多幕僚也都有些烦恼——他们之本职便是为主公谋划，然而如今主公遇上麻烦，他们却想不出个周全的法子来，自是惭愧之极。

良久，赵元昭叹一口气：“诸位，若是有什么法子，哪怕是难以达成的猜测，也可说出。”

诸幕僚听闻，都思索起来。

过得片刻，有人说道：“属下倒是有个法子，只是不太妥当。”

赵元昭问：“哦？什么法子？”

那幕僚道：“在护城河中下毒，能杀死那食人之鱼。”

但还未等赵元昭说什么，另一名幕僚已然断然阻止：“不可！护城河中水百姓时常取用，又与地下水源相通，若是下毒了，整个城里的水井都要变作毒水，倘若百姓不慎取用，岂非是要造成绝大的危害？殿下日后要入主皇城，若做出这等事来，恐对名声不利！”

先头提议的幕僚也是无奈。

若非如此，他也不会先说不妥了。

其余人继续蹙眉思索。

有人提议：“先将那食人鱼引出来，而后用火器杀之！”

另有幕僚道：“火器杀鱼倒是可行，但要如何将那食人鱼引出？”

还有幕僚却是不赞同：“听闻那鱼的鳞片极厚，若是寻常火器，恐怕要数发火药方有效用，如此一来，岂不是消耗太大了些？”

众人纷纷争论：

“那食人鱼拦路，便是消耗些火药，总也要先将它们除去再说罢！”

“若是要引出那食人鱼，怕是要鲜活的血肉方可。”

“不可！我赵氏的大好男儿，怎可用来饲鱼！”

“可倘若不用，如何破除大庆这诡计？”

一时之间，竟仍是争不出个结果来。

赵元昭一挥手，让众人先下去想一想。

为那护城河之事，赵氏大军还未真正开始攻打便先停下，这还是头一次。

赵氏这边很是为难，甚至有些焦头烂额，对于大庆一方却是难得的“小胜”，让原本被连番战败弄得士气不高的大庆兵士之间士气大振，对安国公这名将领也更有信心起来。

安国公则是仍旧沉稳，他抚须笑了笑，继续思索之后的战术。

如今，还不过只是刚刚开始而已。

赵元昭等人都走了以后，将白义英叫过来。

白义英知晓赵元昭的心思，低声说道：“殿下，属下以为，此事可去问一问子逊兄……”

赵元昭眼中闪过一丝复杂之意。

王谦，王子逊。

此人助他良多，对于他的心性他也很是信任，但他毕竟不再是从前的赵元昭，有些事，他心中知道不当如何，实则却只能如何……

白义英见赵元昭神色，略犹豫，还是说道：“殿下，战术详情不可告知，但若只是问一问他是否有法子，能不能改进一番那火器，却无碍大局。”

赵元昭长叹一声：“义英，你去寻他罢，本王便不去了。”

白义英心领神会，明白赵元昭的心意，便点头道：“殿下放心，属下这就去了。”

赵元昭点一点头，一挥手，示意“去吧”。

很快，白义英就来到了王谦的帐篷里。

王谦正在看书，见人来了，起身相迎。

倪苍正端一碗汤过来，看到了白义英后，便给了他一碗茶。

白义英讶然笑笑，接过茶喝一口，与王谦入了座。

王谦问：“白兄此来是为？”

白义英道：“是奉殿下之命而来。”

王谦一愣，旋即正色：“殿下有何吩咐，但请白兄说来。”

白义英一叹：“还是因那护城河里，有食人之鱼那事。”

护城河里食人之鱼，此事在军营里早已传开，白义英倒也不担心王谦没听过，不过此刻他还是跟他自前头开始说了一遍，又把众多幕僚的争议也说了一回。

王谦听完，稍一想，便道：“引鱼倒好说，我赵氏有这许多的兵士，去山里猎些野物来，投入护城河内，应是可行。”

白义英一拊掌：“正是！那食人之鱼虽是食人，但想必并非仅仅以人血肉之躯为食，否则那安国公如何能将这些食人鱼养至如今？我等当真是太迂了，竟不曾想到。”

王谦道：“白兄只是当局者迷，因先前那鱼吃了人，便只往这处想去了。不过用野物引鱼也只是我些许猜测而已，未必当真能成。”

白义英点头：“成与不成，试过便知，总比径直让麾下兵士去喂鱼妥当。”说到此处，他略为迟疑，还是问道，“——那火器？”

王谦皱起眉。

白义英见他这神情，不由心里一紧：“可是没法子？”

王谦看白义英这般担忧，心里暗叹，旋即低声说道：“倒不是没法子，只是……”

白义英急忙问：“只是什么？若是有什么所需，殿下定会为子逊兄你取来。”

王谦沉吟半晌，到底还是摇了摇头：“也罢，没什么。”他慢慢说道，“将火器稍微改一改，当能增强几分威力。”

他先前沉吟，是想起了自己研究的那炸雷。

此雷之特殊不仅在于其威能巨大，也在于哪怕是入水以后，也足以支撑数个呼吸时间，不至于与寻常炸雷一般，只要沾水便已无用。

用在人身上，王谦觉着残忍了些，可若是用在食人鱼上，却是无妨……只是一旦拿出，便未必只会用在食人鱼上，故而犹豫。

想了又想，王谦还是决意先改进火器，若是改进后的火器仍旧奈何不得那食人鱼，那么恐怕炸雷出世便是天意，他自当遵循天意。

如此优柔寡断，王谦自己也时常自惭，但终究他还是不再纠结，只愿问心无愧。

第六十二回

河鱼凶猛

白义英得了王谦的话，便回去对赵元昭通报了。

赵元昭听白义英说完，微微点头：“既如此，便挑些身手好的兵士于入夜后去后方山林里猎野物，尽力多猎些大家伙，也尽力生擒，实在不成再杀。”

白义英自是应了。

赵元昭又顿了顿：“至于那火器……近日里你多去几次催一催，子逊要什么便给什么，得了东西就送到工部去。”

白义英再应。

赵元昭走过去，轻拍了拍他的肩：“这些时日辛苦你了，于本王而言，真正可信重之人，也唯有几人而已。”

白义英眼里闪过一丝凝重，也有一丝感动：“必为殿下效死。”

赵元昭又拍了拍他的肩，不再多言。

之后自是忙碌起来。

王谦对于那火器早有设想，又有赵元昭大力支持，自是很快改进了一支，交给白义英。

白义英拿了东西去让工部检验，发觉的确威力不俗，就让他们将原有的火器都改一改。好在改进非是重制，且改进之处也不算如何复杂，故而很快就弄出来不少。

赵元昭特意排出个火器队，每人手持新改进的火器，专为后续杀鱼之用，与此同时，那些野物也抓到了不少，都被堵了嘴圈起来……

王谦做完自己所能做的，仍旧深居简出。

他只待在帐篷里，静静等倪苍或是白义英给他带消息过来。

如今他只但愿，赵氏大军能一帆风顺，成功渡河。

寻到了法子，赵元昭便无意拖延。

待凑够了数十头野物后，他便率领大军，再次攻打罗阳城。

到了护城河前，大庆一方仍旧是严阵以待。

如今正是白日，朝着护城河一看，便可以见到其中有无数银鳞闪闪，日光落下时映在上面，显得光芒越发灼得耀眼。

但赵氏一方无一人觉得美丽，只因此景美则美矣，却是取死之美，使人望而生畏。

安国公立在高高的城楼上，用千里眼远远看清了那些拖着数十头野物的赵氏大军，面上闪过一丝凝重。

王冲站在他的身旁，皱眉说道："那些野物……父亲，那赵氏莫非是想用它们来吸引食人之鱼的注意，而后强行渡河么？"

安国公颔首："他们恐怕的确是打着这主意。"

王冲嗤之以鼻："仅用那些野物又能吸引得几时？他们怕是想不到，这些食人之鱼能于几个呼吸间便啃噬数人，区区几十头野物罢了，怕是还不待大军过来多少，已然就要被吃尽了。"

安国公也是这般想，口中却道："话虽如此，但也不可掉以轻心。"

王冲道："这是自然。为以防万一，城楼上弓箭手已准备妥当，若是他们敢借机渡河，定要将他们都射下河去！"他语气里带着傲然，"莫看上次他们在那些泥腿子手里也用箭干扰了弓箭手，如今这护城河更为宽阔，他们用的那些箭矢，根本无法自河对岸射中我城楼上之人！"

安国公欣慰道："准备妥当便好。"

王冲道："此次定要让那赵元昭有来无回！"

这边安国公父子对赵氏的应对很是不屑，那头赵氏却是迅速排出战阵，就有一列举着巨盾的强壮兵士快步上前，于大军前方组成一道藤墙，严密防护。

一边防护，兵士们一边如往常般迅速前行，只是到了那护城河前时，赵氏的兵士们便立即发出巨大的呼和声："喝！哈！"

随着众多兵士一齐用力，巨大的猎物自藤墙之后被抛了出来，直接落在了护城河里。

下一刻，护城河中银鳞涌动，无数利齿森森的食人之鱼跃起，凶狠地扑到了那些野物上。霎时血腥气四溢，细微的咀嚼声如同虫豸翕动，十分瘆人。

城楼上，王冲淡淡说道："果然吃不了几时。"

然而紧接着，他的面色一僵。

原来那藤墙仍旧矗立着，却是突然猛地一矮，旋即就有数百个手持火器的兵士快速冲到前方，对着那护城河里翻滚的银鳞一阵射击！

安国公道："这些食人之鱼可并非寻常火器可伤……"

话还未说完，忽地戛然而止。

王冲也终于露出了一丝意外："父亲，那并非是寻常的火器，竟能伤到食人之鱼！"

安国公手指扶在城墙上，脸上露出怒意："这火器是怎么来的？为何先前的战报上从未提过？不对，如今的火器，应并无这般威能才是。"

王冲深吸一口气："怕是赵氏里有能人，研制出这等火器来。父亲，食人之鱼怕是不中用了，之后就是一场硬仗要打！"

安国公眉头紧锁："可惜没达成为父的目的。"

王冲很快打起精神："战场之事，瞬息万变，父亲，孩儿绝不认输。"

安国公对王冲的反应很是满意："这食人之鱼只是为父一种手段罢了，且看之后鹿死谁手！"

赵氏大军在火器队出手后，也颇为紧张，都紧盯着那护城河，唯恐这火器的威力也不能伤及那食人之鱼。

幸而待火器队纷纷对准那些银鳞闪动处射出火药之后，炽热的火焰便打在了那些食人鱼身上，刹那间，鱼身上迸溅出点点血花，不多时，河面上就浮起了不少鱼尸。

赵氏一方顿时大喜：

"能杀死！"

"那食人之鱼果然也非是刀枪不入！"

"这火器，威力不俗！"

赵元昭也松了口气。

总算是谋划有用，不至于当真被这一群鱼给堵在对岸了。

不过，尽管火器队杀了那些食人鱼一个措手不及，但是食人鱼也被那些炸响声惊动，吓得不再啃噬那些野物，而是迅速沉入到河底去。

如此一来，却还留了不少食人鱼活着，只在河底虎视眈眈罢了。

见此情景，赵氏一方难免有些后悔。

这野物少了些，火器也少了些，否则一轮下来将食人鱼杀光，他们大军便可以与从前那般渡河攻城了。

好在杀死了大半食人之鱼，也让赵氏士气大增。

有武将意欲架起壕桥冲锋，却被其他人阻止。

一名幕僚说道："不可！大庆的箭矢极劲，待大军上了壕桥，他们必然强射，到时难免被射入河中，仍是要被食人鱼所害！"

其余武将听得，深觉有理。

因此没奈何，众人只好再收兵，去再捉野物了。

待赵氏大军退去后，大庆一方虽也知道食人之鱼损失惨重，却仍算得上是小挫对方，倒也不至于士气下降，只是难免有些武官忧心于防御之事，可自打安国公带兵以来，再不如最初那般被赵氏一触即溃，这已然让大庆一方足以安慰了。

回去后，安国公召集众将再议战术。

食人之鱼对赵氏而言是震慑，大庆一方用如此奇物布防，也未尝不带有一丝惧意，只是强忍住罢了。如今食人之鱼用处已然不大，便要想其他的战术方可，然而高高在上的武将们且不说，那些兵士们的内心深处，也是微微松一口气的。

食人之鱼啊……

却如何能确保其只食敌人？若是他们这些出战的兵士一个不慎也掉落下去，那下场……怕也是被撕咬分身之苦。

安国公却不知兵士们还有此等想法，正与众将商议道："赵元昭心怀仁念，此心可利用。"

众将都是一惊："国公的意思是？"

安国公微微一笑，却并未说明，只道一句："暂且还不是时候。之后若是那赵氏再来，我等只管先与其明刀明枪战上一场。"

众将不解其意，可如今对安国公也信了几分，自都应他之命。

战报传来时，王谦正不紧不慢地翻书，但他的视线却时不时轻轻移动，直到见到那帐篷皮并未掀开，也无人走进来时，才收回视线。

倪苍见状，说道："我去门口帮你等。"

王谦立时回过神，连忙说道："不必了，阿苍你同我坐一坐便是。"

倪苍定定看他。

王谦无奈："当真不用。"

倪苍这才走过去，坐下。

王谦心里微顿，翻涌的情绪渐渐稳当下来。

就在此时，帐篷皮却真正被掀起。

一个人影匆匆走进来，看着王谦就露出个笑容："子逊兄，这一次可是多亏你了！"

王谦心里一动："可是那火器有用处？"

来人正是白义英，他笑着说道："正是。食人之鱼果真非是寻常火器所能杀死，但用了你弄出的那火器，虽也并非一击就能杀死，但多打两下，就能破开鱼鳞，杀死食人之鱼！"他说话颇快，接连不停，"还有那野物也确是有用，打来扔进河里，食人之鱼便纷纷被引出来了！"

王谦听白义英如此说，心里也欢喜。

然而白义英说到此处，却又叹了口气。

王谦心里一紧："白兄，怎么了？"

白义英似乎有些后悔："可惜时间仓促，火器还是少了些，以至于这回没能将所有食人之鱼杀死，还得再去猎些野物。"

王谦也叹道："确是时间短了些，也是怪我，早先并未想起火器之事来。"

白义英安慰他道："我等皆知你长于工农之事，性情也温和，对于火器这等凶狠利器常有回避，一时想不到也是寻常。何况你又改进了那新火药，已算是相助许多了。"他低声说道，"殿下也不会因此事责怪于你。"

王谦面露一丝感激。

白义英又道："只是，如今却还有一事要你相助。"

王谦问道："何事？白兄但说无妨。"

白义英见他似有紧张之意，便展颜一笑："请将倪兄相借一用。"

王谦一愣。

白义英续道："先前食人之鱼被引诱过一次，若是仍用之前那些野物，恐怕难以引诱，因此，我等便商议，想要弄些更凶的来。倪兄武艺高强，他来相助必定手到擒来，反之，怕是也要有不少死伤才能如愿了。"

王谦听得，就看向倪苍："阿苍，你可愿意出手？"

要捉那等更凶的野物，想是说的恶熊、猛虎一类，不论是何人去猎杀，总归是有极大的危险。尽管初时倪苍是他随从、护卫，然而他从不曾将他视为从属，而是当他做自己的挚友、亲人，又如何能不顾他的安危，强行要他去猎？

自然，便是询问倪苍自己是否愿意了。

倪苍点头道："我去。"

他素来了解王谦，知他如今恐怕是既担忧他的安危，又怕若是那些兵士去猎大的野物受伤。然而他却能确信自己定不会因此有何损伤，自是可去一趟，也让此事两全其美。

王谦张了张口，还未说什么。

白义英却已是大喜，对倪苍说道："如此，便多谢倪兄了。"

倪苍点点头："待会就去，你让人来护着子逊。"

白义英自是满口答应："放心。"

如此就说定了。

过不得多时，有死卫过来守着王谦，倪苍就与白义英等人带着些兵士去了野外密林里。

倪苍的武艺的确极为高明，有他出手，只过不得两三时辰，就猎来老虎公母一对，恶熊一头，野狼四五只……如此一来，凶狠的野物就够了。

白义英等人，自也十分满意。

而后他们便将这些野物带回营里，想着之后要如何行事，才能尽快解决那食人鱼之事……

第六十三回

僵局之困

之后赵氏大军与大庆一方再接触了几次，每次赵氏大军都会带上几头凶狠的野物过去，引诱那食人之鱼，而食人之鱼似也灵慧，初时引诱得多，渐渐越来越少，但因着野物一次比一次更凶狠，对其引诱之力也越是强大，足足几次之后，赵氏一方终是将所有食人之鱼杀光。

但是在这几次的接触里，大庆一方也不是平白看着赵氏诱杀食人之鱼，每每用箭矢攻击，更是架上了小型的弩车、投石车，对着那守卫的巨盾一阵猛攻……纵然那些巨盾防御力极强，但在这等狂风骤雨般的攻击下，仍旧有不少都破损了，自然也有赵氏的不少兵士都受到损伤。

等食人之鱼都死光之后，接下来的战事就与寻常的攻城战没什么不同。

安国公不愧是大赵时作战经历丰富的将领，与大庆建成后派出的将领截然不同——大赵末年时，因君王昏庸，有识之士死的死散的散，已然难以寻到人才，且在当时的西北军不断进攻时，有些本事的将领也都因着后勤无力而逐渐损失，以至于大庆的武将们，皆是西北军中人。他们攻城时并未遭到太多有力的抵挡，而今守城便也有不足，遇上了赵氏大军后，才会因着种种缘故，也显得不那般厉害了。

可如今的安国公，一有足够经验，二对军伍极为熟悉，三在后勤上也有足够力量。

自然，他的守城与先前大庆将领的守城截然不同。

若说先前大庆守城时变化不多，时常难以反应，那么安国公的守城便是变化多端，不论赵氏一方如何施展，他都能有所应对。

因此，战局便胶着起来。

双方有胜有败，彼此的兵士皆有死伤，并无一方占据绝对的上风。

城中。

安国公与众将把近来的战事尽皆都说过一回，把其中并未想到的细处都拿出来好生反省，以便于下一次对战时，再不出这岔子。

众将因着近来见识到了安国公的手段，对他越发是心悦诚服，若说安国公从前出什么命令，众将不过是服从军令而已，那么现下再听他的指令，便都是极为用心，无半点不甘了。

这一次也是如此。

安国公面上带着一丝微妙的笑，轻声将接下来要做之事，很快地说了出来。

众将的面色数变，但终究，不曾提出异议来。

因与大庆一方成拉锯战，彼此互有胜负，赵氏一方在城外十里处扎营，再不同先前那般战上数日便可以拔营而走。

也是这个缘故，让这些自南华府出战后就战无不胜的兵士们也都有些焦躁起来。

若是再这般下去，怕是军心浮动，对接下来的战事不利。

赵元昭立时召集文官幕僚到他的大帐里，开口道："诸位，如今我等恐怕要在此处战上数月，所谓此消彼长，若是我方士气下落，之后怕是大庆便要气势大涨，到那时，再想扳回一城便不容易了。"

许是上次王谦所给的东西建立了大功劳，后来倪苍也几次助力之故，对于与安国公对战之事尽管王谦仍要避嫌，是不得参加战术商议的，但若是遇上了什么关乎大局却不惧些许透露的难事，王谦却是可以旁听，也能帮着想想法子。

此次也是一般，王谦坐在一边，听出了此次之事的难处。

先前赵氏之所以能势如破竹，与最初一次次战事大胜有极大的关系，也让那些不曾上过战场的兵丁得以磨砺，最终成为百战之师，士气也一次比一次更高昂。

但如此能让他们尽快适应战场，却也有个坏处，便是一旦不能如先前般一鼓作气，就容易让士气动摇，让军心生变。

说来大庆一方刚出兵时之所以连战连败，未尝不是因着当年的西北军也是如此，都是养出了百胜之心，容不得动荡。

如今赵氏与那时的西北军何其相似，当真仿佛轮回一般。

然而，这士气培养不易，跌落却容易。

现下除非赵氏能再来一场大胜，否则如何让众多兵士士气重新回升？

王谦皱眉思索。

一时间，他也想不出什么好法子来。

那边的文臣武将们七嘴八舌：

“每逢大战前，擂起战鼓激发士气如何？”

“让他们每晚互相摔跤，摔上几次后，自然不会多思，只要不多思，自能往战场上发力！”

“叫人给他们讲讲史上的事例，叫他们急迫起来！”

赵元昭一边听着，一边往王谦处看了一眼，却见王谦沉思不语，知道他也是没能想出法子，眉眼间便难免带上一丝失望。

不过此处众下属皆在，他也不能将心思都寄托在王谦身上，就说道：“既如此，那便都一一试过。若是有用，日后便都用！”

众人自是齐声应和：“是！殿下！”

接下来，他们便分作几拨人，各自去尝试不提。

王谦则是在倪苍的护持下，回到了帐篷里。

他自己想了数次，只觉着也想不出什么极好的法子来，就又去记忆的影像里寻了。

寻来寻去，似乎有诸多画面轮转，让他从中隐约捕捉到一些什么。

是要激发士气……先前那几个法子恐怕用处不大……

通常说来……

或是做出神迹，或者是……同仇敌忾……

赵氏的兵士们是忠诚敬仰平王才跟随他一同攻打大庆，但实则大庆的劣迹不多，至少与百姓并无多少干系，故而仇恨也是不深，如此一来，自然也难以有多少共鸣，只能全凭本心与意志……有所动摇，也属寻常……

然不出王谦预料，先前那些文臣武将提出的法子的确用处不大，在接下来的战事上，前头擂鼓，回去摔跤、说古论今，统统都难以让兵士们共鸣，以至于眼见前方城池迟迟攻占不下，士气到底还是在一点点跌落了。

反之，大庆一方从前败得多了，眼下却在安国公统帅下成功将城池守住，士气也肉眼可见地一点点增长。若非是赵氏的武将几次指挥得当，恐怕便是僵持的局面也不会再保持下去了。

眼见局势渐渐不利，赵元昭招众多文臣武将来议事的次数越来越多，只可惜，每一次商议都并无多少结果。

王谦听得明白，看得也明白。

并非是幕僚们不中用，提不出可行之法，而是因着种种缘故，有时便是有灵光一闪，却也因难以达成而在腹中绕过几圈，不肯贸然说出。更有虽有些想法，却觉着太过荒诞，且无法确信可用之故，几番思量也未开口……

数次过后，赵元昭的面色越发深沉，一双原本温厚的眸子，渐渐犹若风雨欲来，沉入了一丝深邃的意韵，叫人越发看不透了。

他周身的威压越发沉郁，使人难以开口言语。

如此平王，威压日益深重。

也越发……深不可测。

慢慢地，众人都闭了口，不再言语。

几乎是，噤若寒蝉。

王谦心下暗叹。

如今这时候，纵然是再不可思议的想法也该说一说，哪里就能因着担忧惹恼平王殿下便不开口呢？尽管有当局者迷一说，可古往今来，但凡有人起事，总脱不了“神迹”二字，君王更为天子，莫非他们便真想不到？他自己先前没想到，是因他毕竟不长于战事，也非是真正在战事上出谋划策的幕僚，而这些人又怎么相同？另有同仇敌忾一说，也是古来常有……

赵元昭曾是皇子之尊，倒是不会将心思放在此事上，否则，要幕僚做甚！

此刻王谦的神色，就被赵元昭瞧见。

赵元昭心里微动，到底还是对这个帮他甚多且亦师亦友之人多有信重，便冷着脸拂手叫众多文臣武将出去，自己则将王谦和倪苍给留了下来。

王谦略一怔，便知道是自己的神色暴露出来，当即也是心里微动。

这位平王殿下……越来越观察入微了……

待其余人用种种复杂目光扫过王谦便离开后，王谦带着倪苍起身给赵元昭行礼。

赵元昭直言道："子逊，你可是有了什么法子？"

王谦心知这平王殿下而今耐心不如从前，且此事确是要尽快解决才好，故而就同他说道："不瞒殿下，属下以为，此番可用'神迹'动人心。"

赵元昭登时反应过来："神迹？"他经由提醒后，心里就陡然转过无数个念头，然而却还是沉吟道，"若是神迹……要如何施展？如今时间有限，怕是难以做到毫无破绽。"

王谦既有主意，自是细处也想得明白，便走近几步，压低声音，慢慢地说了出来。

随着王谦的言语，赵元昭的神情数变，终是说道："你可有把握？"

王谦道："先做出请殿下试过。"

赵元昭见他如此把握，更信几分："若真能如此，定有大用，到那时，本王再记你一功！"

王谦只恭谨开口："多谢殿下。"

离开帐篷之后，王谦就带着倪苍去找了白义英，不知寻他要了些什么，又做了些什么。

过一日，王谦再去求见平王。

待其离开后，平王的心情似乎好了许多。

再一日，平王下令。

祭天。

第六十四回

平王祭天

“祭天？”

“殿下要祭天？”

不仅是一些文臣武官诧异，下头那些兵士们也很惊异。

怎么突然便要祭天了？

一时间，种种情绪在兵营里蔓延。

后来，平王召集众下属议事，待那事之后，便有消息传出了。

原来，是因着这一次攻城久攻不下，兵士们心下焦躁之余，这位平王殿下便有自省，不知是否是上天启示，觉着如今大庆乃是占了正统，也认了如今的君王是一位明主，能为天下担当。然而平王殿下打探过京中消息，仍觉这位大庆的君王太过暴戾，非明主之相，于是就有意祭天，问苍天是否仍要继续攻打罗阳城。若是苍天认了这君王，就请三炷青烟直上青天；而若是苍天不认这君王，断定他是伪龙篡夺皇位，就让烟气倒流……到那时，赵氏大军当奉天承命，不破皇城誓不回！

因着这消息，众多兵士也都心中发紧，但毋庸置疑，他们也对此次祭天格外期盼起来。

倘若、倘若青烟直上，他们便不必在此处多耽搁，回去南华府与家人团聚，岂不是好？可若是青烟倒流，他们代天出征，也是莫大的荣耀！

显然，这祭天的消息让诸多兵士都定下心来。

而王谦则是在平王的大力支持下，很快将一应祭天之物都准备妥当。

次日，天还未明时，所有兵士都被叫起，齐齐聚在附近山脉中最高的那座山峰下。

无数的人头攒动，汇聚成河流一般，汹涌翻腾。

但那山峰下方，则有许多兵士护着一道身着明黄衣袍的青年缓缓登山。

待那青年快到山顶时，天边红日慢慢升起，与此同时青年也逐步登顶，就好似与明日同出一般，显出了莫大的光辉，让他犹若明日化身一样。

在青年身后还浩浩荡荡跟着许多人，他们神情肃穆，却好似影子一样，在青年与明日的笼罩下，再没了分毫的光彩。

那山峰虽不算太高，但以兵士们的目力，能看到的也只是很小的人影，并不十分真切。但因祭天乃是大事，故而每千人中便发下一支千里眼，让众多兵士也能知道那山峰上所发生之事。

没多久，持千里眼之人便见到，在山峰上有一尊极大的香炉，形貌古拙，让人一见就油然生出肃穆之感。

香炉前，有人给平王递了三支极粗壮的香，被他紧紧握住。

平王亲自将香点燃，朝着上天行礼祭拜，很是庄严。

待祭拜之后，他就将这三支香插入香炉之内，旋即再行大礼。

所有人都紧张地看向那香上蹿起的青烟。

青烟原本在山风之下，是有些散乱的，然而在散乱了少许时间后，突然间，那本欲直上的青烟骤然朝下方流淌而去！

浓厚的烟雾如同云霞，将香炉包裹住，还不知怎地逸出一些，逐渐将那祭天的青年也缠绕起来，更将青年烘托得好似神仙中人！

刹那间，众多兵士都露出了崇敬的神情，他们情不自禁地顶礼膜拜，高呼道：

“平王殿下！平王殿下！平王殿下！”

“奉天承命！奉天承命！”

“殿下万岁！殿下万岁！”

在这些高呼声中，兵士们的士气如虹，再也不同于先前那般萎靡了。

他们如今断定，平王殿下方才是真正的天子，被安国公所阻之事，不过只是殿下登基前的一些磨难，他们当相助殿下，打破这桎梏，一路杀入皇城！

安国公用兵再如何强大，也绝敌不过他们万众一心，敌不过上天的旨意！

护城河对岸，城里。

赵氏可派斥候，大庆自然也能如此。

故而赵氏祭天之事大庆亦是知晓，甚至祭天的结果也很快传了回来，入得安国公父子与众多大庆将领的耳中。

当下里，就有将领面上露出一丝惊容：“青烟倒流？莫非，那赵元昭复辟之事，还当真是上天的旨意不成？莫非大赵的气数当真还未尽？”

但是他这话刚一说完，安国公便猛然拍桌：“一派胡言！”

安国公世子王冲也是冷声说道：“不过是障眼法，是那赵元昭不知用了什么手段而已，什么上天的旨意，全是胡说八道！”

但是青烟倒流啊，这若不是上天的旨意，何人能够做到？

一时间，众多将领之心便有些动摇起来。

安国公父子眼见这一幕，都不由得皱起眉头。

此事，不妙了。

他们素来知晓，所谓神迹不过是用以愚民之物，但倘若是那看不出痕迹的神迹，就不只是愚民了，也很容易让军中的将领相信。而若是连将领都信了，那对于士气而言，必然是一个极大的打击！如今若是想要安抚大庆一方，且再将赵氏士气打压下去，便须得将这一次的所谓神迹假象揭露出来，否则，对于大庆而言便太危险了！

父子俩对视一眼，都觉得棘手。

寻常的神迹他们都知晓，一些较为特殊的也能多有听闻，可这倒流香却是闻所未闻，他们自然知道这必然是假的，但偏生赵氏却弄得犹如真的一般……倘若他们当真找不出破绽，那之后要如何是好？

总不能，当真让赵氏就此得意起来吧？

自与赵氏对峙以来，安国公头一次心情凝重。

为免那些将领在此处进一步动摇军心，他让他们都各自回到自己的帐篷里去，而倒流香之事更是要万般克制，绝不能传到兵士们的耳中！便是已然知道的那些人，凭他们知道的多少，或者关押，或者杀了，一了百了！

另一头。

平王赵元昭硬是将祭天一事弄得如同神祇降临一般，鼓舞了全军士气，他自己回到营中后，头一件事就是将王谦、众多幕僚武将都召集过来。

众人齐聚一堂，都忍不住哈哈大笑，看向王谦的目光也越发敬佩了——若非他们早知道此事是假，怕是看到那如同神迹一般的景象时，也是当真会相信的！而他们也霎时发觉，王谦这脑子里，奇怪的本事着实不少，叫人难忘也庆幸。难忘的自然是那种种的好处，而庆幸的却是这王子逊到底是投奔了平王殿下，否则，殿下必然无法这样快就有足够的积累起兵！

——这王子逊功劳极大，功劳极大啊！

赵元昭心中舒畅，自是好生将王谦夸赞了一番。

王谦也是连连谦逊。

不过之后再商议计策时，王谦便与倪苍一起退到角落里，并不参与。

有幕僚提起，祭天之事既已成功，就该趁热打铁。

“祭天成功，对于我赵氏而言乃是一件好事，士气大涨乃是必然。反之，若是大庆一方知道，则必定会士气大降。”

“但安国公非是那等粗心之辈，我等祭天声势浩大，想必他也知道了，而他自然也会想到这祭天成功对于大庆的坏处，定会封锁消息，不让大庆的兵士知晓。”

“他要封锁消息，莫非我等便当真让他封锁不成？”

“不错！我赵氏的探子，也该动起来了！”

安国公父子原本下令封锁消息，甚至除却将领以外，狠心将所有知晓此事的探子或是其他兵士尽数杀了，以免走漏风声。

然而就在此事第二日，两父子却仍是发觉，赵氏祭天成功，赵元昭恍若仙人之事，在整个兵营里都传了个遍，上上下下诸多兵士，士气已然很是低落，如今气氛也变得格外低迷起来。

安国公立时吩咐下去，派诸多将领去军中训话、鼓励，又让文臣前去说服、劝慰，意图将这低迷之气扳回来，只可惜，收获甚微。

王冲怒道：“这定是赵氏派了探子过来，潜入营中所为！”他在周遭旋走，连声道，“这守城之人未免太过无用，竟是连有生人潜入都不知晓？这般利索的贼人，怕不是将我等大庆的将领杀了，都懵然无知罢！”

安国公也很是愤怒。

只是他不知晓，如今这赵氏派来的探子并非是那等闲训练出来的，而是守在赵元昭身边极厉害的死卫，原本功夫就很高明，且诸多杂艺精通。他自河中潜入，不动声色，在兵营里随便打晕个人，做个易容，再散布起消息来，就十分容易了。

愤怒之下，安国公让人将昨夜守城之人、巡逻的兵士尽数押来，以军法处置，可已散布的消息再无法挽回，低迷的士气经由种种手段，依旧不能重新振作。

这时候，这对父子再不敢轻易让大军出战，只是越发督促军中上下，让他们尽快想出个法子来，也让他们在守城之事，绷紧了尽力。

幸而这几日许是赵氏那边在等这消息在大庆军中发酵，并不曾出动邀战，而大庆这边士气确是一日日更低迷，渐渐再如何督促，守城、备战、操练时，也都不及从前那般用心有力了……

安国公父子看在眼里，急在心里。

当夜，王冲一身黑衣，冲出了兵营。

因白日里殚精竭虑，且还在不断思量战术，安国公年岁不轻，很是疲惫，正陷入沉睡，也不曾发觉王冲的举动。

而这王冲，就顺利离开了大庆兵营，渡河去了对岸。

王冲暗中思忖，既然赵氏可派人过来，他自也可潜入对面。

这一次过去，他虽不至于不自量力去行刺平王，却要打探一番，究竟是何人弄出祭天那事，要探明真相，将此事拆穿！

第六十五回

夜闯军营

王谦坐在榻上，看了看窗外的月色，喝了一口热汤。

祭天成功，大庆与赵氏之间士气已然有极大不同，若是无甚意外，大庆败北只是迟早之事了。只是……此事之后，不知安国公父子会如何？

梦境中的惨烈仍历历在目，可王谦这些年在外，心绪渐平。

虽说，他仍旧不能对那一对父子毫无芥蒂，也依旧为自己的生母不平，可……那狠心的安国公也还罢了，对于毕竟自幼一同长大的弟弟王冲，却难免有所惦念。

王谦知道，他若仍浑浑噩噩，那梦多半便是日后的遭遇，然而有了那梦提醒，他不曾遭遇那事，对于王冲便是有些心寒，却无法将从前的情谊尽数勾销。

只是，两人如今各为其主，注定为敌。

待大赵重立，安国公父子前后做出不少事来，定然要获罪，他又该如何？

思索着将来之事，王谦一时间有些怔怔地。

正此时，倪苍突然从一旁摘了块巨盾来，挡在王谦面前，又很快拿了把匕首，交给王谦。

王谦一愣："阿苍，这是怎么了？"

倪苍道："有人潜入兵营。"

王谦瞳孔骤缩。

倪苍安抚他："莫怕，只一人罢了，有点武艺，却不难应付。"又叮嘱道，"你在此处小心，我定不让他闯进来。"

语毕，倪苍迅速将帐篷掀开一角，晃身便闪了出去。

王谦紧紧捏着匕首，盯着帐篷口处，很是警惕。

此次闯进营中之人，多半便是大庆一方的，只不知……会是何人？

尽管王谦很仔细地听，亦不曾听到外面有什么动静，然而就在他心里也有些慌乱，在想着是否要去平王大帐里寻人求救时，便感觉帐篷外陡然刮起一阵风，旋即帐篷皮再被掀开，就有一人手里拎着一人，飞快而入。

王谦一见是倪苍抓了人进来，抓住匕首的手指也松了松。

他心下微松："阿苍，辛苦了。"

倪苍走进来，将那黑衣人扔到一旁，极快找出一捆绳子，将其绑住，口里则道："我点住他的穴，但想来很快便可自解，因此还是绑上更保险些。"

王谦点点头："如此甚好。如今先问一问，若是没什么危险，再把他送到殿下帐子里去。"

倪苍自无异议。

然而，他和王谦此刻看向那黑衣人时，才发觉，黑衣人的眼里都是震惊之色。

王谦一怔。

震惊？

他再细看，却觉着这双眼有些眼熟，而其眼神……似乎……

此刻，倪苍走过去，将那黑衣人的面巾取了下来。

那黑衣人可以开口说话，竟是满脸的惊疑不定，看着王谦唤了一声："……大哥？"

王谦的面色陡然一变。

夜探赵氏军营的，居然是他多年不见的亲弟弟……王冲！

这一刻，王谦顿在当场，不知该如何言语。

而王冲则已开口了，他眼里闪过怒气："大哥，家里一直以为你已然去世了，可你既然还活着，为何不回家？"

王谦垂眼，并未回答，只唤了一声："二弟。"

王冲咄咄逼人，还待再问。

倪苍却已开口："他为何不回去，你们不知晓么？"

当年王谦要走，只问倪苍是否同去，却不曾说过具体缘由。然而这些年下来，倪苍却也大约猜到了一些，虽仍不十分详细，可此时用来堵王冲的嘴，却已够了。

王冲神情一顿，将后面的话咽了下去，看向王谦的脸。

他发觉王谦的眼神有些复杂，似乎带着一丝恨意，又似乎带着几分惆怅，让他的心里猛然一惊，竟不知该如何再说。

但很快，王冲转而看向倪苍，眼里都是愤怒："原来是你，我却没想到你竟然有这本事，能将我大哥带走，让他抛弃家人！"

倪苍眉头皱了下，不去和他争辩。

王谦听他这话，张了张口想要解释，却又觉得似乎以他们的立场，如今并不该解释。

王冲见两人都不说话，当真以为当初是倪苍将王谦带走，不禁眼圈发热……若是当年王谦不曾离开，他们必然对立，可如今这样的对立自己却是阶下之囚……则让他心里涌起一阵酸涩之感。

王冲闭了闭眼，冷静了许多。

见到原以为早已死去的兄长，让他先前仿佛回到了少时般冲动，可他毕竟并非少时，却不会沉溺在那情绪之中太久。

王冲深吸一口气，说道："我此番既然被擒，想必也无法走脱了，大哥，我只想知道，那祭天的把戏，究竟是何人的计策？"

王谦嘴唇微动，没说话。

王冲既已冷静，便不再被情感左右，在发问之后，已仔细观察王谦神情。

这一刻，他心里陡然一紧，不知怎的脱口而出："莫非那人就是大哥？"

王谦仍未说话。

王冲心里大惊。

他也算了解这位兄长，他并不长于说谎，那么……竟然当真是他？！

分别多年，这兄长何时有了如此本事？当初在国公府时，为何丝毫不显？莫非，在当初他便防着他们，因此藏拙不成？可回想那时候，看起来却是不像……

若是最初，王谦必然不会对王冲有任何怀疑，但经由那一场梦境，他对王冲仍有惦念，约莫也知道王冲对自己也非丝毫无情，可在家族利益、自身利益面前，恐怕自己始终都只是排在最末而已。

故而，在先前王冲冷静时，王谦心绪虽繁杂，也是冷静的。

也是这缘故，他发觉了王冲的试探。

王谦深深地看了眼王冲，又看了看倪苍。

倪苍将王冲的哑穴点住——这哑穴也持续不了多久，可至少在一炷香内，王冲却是无法说话了的。

如今，王冲也不必再多言，多言也不过是徒增怅惘而已。

王谦叹口气："把人送去殿下那里罢。"

倪苍微微点头。

王冲脸色一变，但终究不曾有更多表示了。

王谦有些心神俱疲。

而后，他便看倪苍押住王冲，一同朝着赵元昭的大帐而去。

赵元昭本已入睡，突然间听得有人低声呼唤，便睁开眼来："何事？"

有一道黑影跪在床前，说道："殿下，王子逊求见。"

赵元昭一愣，有些诧异，旋即神色凝重，迅速起身——王子逊并非那等不知事的，若是无大事，必不会深夜前来。

当即他眼一沉，说道："请他进来。"

死卫自是急忙出去了，赵元昭也打理妥当。

之后，王谦就与倪苍一同走了进来。

而倪苍手里还押着一人，那人一身黑衣，显然并非是兵营内之人——甚至可能是刺客的。

赵元昭开口："子逊，你来此是？"

王谦顿了顿。

倪苍难得主动开口："王冲夜探，我将他擒住，交给殿下。"

赵元昭一惊。

王冲？那岂不就是安国公世子？

他陡然想起王谦从前的身份，再看他如今的神色，心里微动，大约知道自己这位下属如今心绪复杂，也不勉强他与王冲相对，便轻叹一声："原来如此，子逊，你便与倪苍先退下罢。此事，当记……倪苍一功。"

王谦闻言，行礼道："多谢殿下。"

倪苍也道："多谢殿下。"

两人旋即离开大帐，就此将安国公世子交给了平王。

王冲原本始终垂头不语，但等王谦离开时，他却是回过头，深深地看了他一眼。

次日，王冲夜袭赵氏兵营被擒之事，便传遍了军中上下，而赵氏一方更是就此事在护城河前喊话，打击大庆的士气。

大庆的士气，果然是越发颓败下来。

安国公大怒，在屋中来回踱步。

然后，他赫然出口："竖子无用，竟做出这等事来，让老夫何其为难！"

自前妻之子死后，安国公便只余下王冲这一个儿子，且自当初他便更致力于培养这幼子，好不容易让他做了世子，又文武双全，如今不知怎的这孩子竟冲动起来，敢独自一人闯到敌营去？当真是胆大包天，真以为赵氏无能人么！

但安国公愤怒之后，也有些诧异。

他对爱子的培养自己知晓，其身手极为高明，且身经百战，若不图其他，只是趁夜去敌营一探，应不至于被轻易擒住。

但而今……莫非，赵氏那边有更厉害的高手？

然而，安国公心里虽这般想，却不能不管王冲，便道："去问一问，赵氏要如何才肯放回少帅，若是太过分，便来回老夫！"

送来这消息的将领闻言，自是立时去了，然而待他回来时，所告知的赵氏所求，让安国公越发愤怒，却不肯答允。

那赵氏，竟想要让大庆退兵！

这若是安国公答允了，如何向军中上下交代？

之后几日，两军僵持。

安国公不肯答应，赵氏则不肯放人，那王冲被几度推出帐外……虽不能说受到了什么折辱，但夜探被擒之事，原就是一种耻辱，他这般被当作威胁之物，更是让王冲心里恼怒，然而他经此一役，却是逐渐沉下心来，只等着能离开的一日。

王冲到底是安国公独子，安国公对大庆也未见得多么忠心，如何能为了大庆而让爱子去死？最终他应了赵氏之意，用如今所占这一城，交换爱子王冲。

后来，安国公撤军，后退百里。

在后撤之后，王冲也被放回。

而赵氏军中，则有人提出异议："大庆一方士气已颓，我等为何不干脆与其大战，将其击败，却要放回他们的少帅？”

赵元昭高坐在上，并不言语。

却有一名幕僚替他说道：“安国公世子乃是安国公独子，我等留他性命威胁安国公，安国公固然会投鼠忌器，但大庆那边的兵士恐怕会因少帅被辱反而以仇恨之心凝聚士气，更难对付。我等好不容易将其士气削下，万不可让其反而回升了。而若是我等直接将安国公世子杀死，那更是捅了马蜂窝，那边安国公怕是要疯了！到那时，安国公不计代价与我赵氏死拼，且大庆士气也会因仇恨回升，到那时再想获胜，便要难上数倍不止。”

另一名幕僚则是笑道：“而如今我等以大庆撤兵让出一城为代价，不仅不费一兵一卒拿下这一座城，且还能因此叫对方士气再受打击……我等再向前推进百里，余下的城池更少，且再无护城河，应对起来自是更为容易。”

众人这时纷纷恍然。

确是如此。

而王谦坐在帐子一角，微微皱眉。

话虽如此，但……他心中却总有不祥之兆。

第六十六回

狗急跳墙

前行百里，又见一城。

那城城墙极高，城楼上有无数兵士持弓站立，虽不能说是士气如虹，但显然也生出几分背水一战的气势来。

这般的气势，让赵氏一方有些诧异。

照理说，少帅被擒，主帅以撤兵后退交换，是该要让兵士们士气跌落的，如今这瞧着士气反而回升了……与先前所料不同，却是因什么缘故？

——他们却不知晓，那王冲回去后，竟是将自己弄得遍体鳞伤，而后叫人透出消息，言及他被赵氏擒住时受尽折辱，抨击赵元昭沽名钓誉云云。在安国公有意推动之下，诸多兵士尽数信了，便将对赵氏一方的愤怒，转化为了战意。

不过，王冲这般做法，实为欺骗部下，非是寻常将领能为，但如今既然已到了生死关头，他拉下脸面做出如此事来，在人意料之外，却着实极有用处。

再说赵氏一方，虽不知对方士气上升是什么缘故，可生死交战，也无暇再派探子，故而双方迅速对阵于城下，交战起来。

因无护城河拦路，就有大庆一方的将领策马而出，与赵氏挑衅。

赵氏也派将领，与其交战。

到如今，每一次城池攻守都极为重要，两边的将领都是竭尽全力，要将对方斩落在马下！

这一回，那大庆一方的将领不知怎的武艺提高许多，终是拼着重伤，将赵氏一方的将领斩杀！这一举，让赵氏这边大为震惊，悲恸之余，同仇敌忾，士气高昂！

紧接着，惨胜的大庆将领被人带回，大庆再出一人，赵氏也再出一人。

双方交战仍旧激烈，此番却是赵氏一方胜出，杀敌于马上。

而后是第三次、第四次……

多次交锋后，双方互有胜负，居然是又平分秋色了起来。

在将领之间交战后，真正攻城也在开始。

云梯、撞车、投石车……无数攻城器械推出，直欲将城墙撞碎、城门撞毁！

无数的弩箭也如同狂风暴雨般汹涌而出，只眨眼间就投射下来。但赵氏兵士们身披藤甲，这些箭雨竟是奈何不得，然而下一刻，城墙上再度射出的长箭便有不同，前方竟是带着点点火光，弄出了流星火雨一般的景象！

藤甲不惧水，却怕火。

但火油贵重，寻常时辎重有限，谁家大军会将那火油浸透弩箭、弄出火箭来？而这一次安国公却不再有所顾忌，放出阵阵火雨，登时就叫赵氏一方藤甲被破了！

不过，左右此处也无护城河，藤甲不可用，便用棉甲等物。

棉甲轻便，亦有防备之用，且比之藤甲来却并不那般惧怕火箭，能支撑更久……

双方鏖战，血腥气四处弥漫，到处堆积尸体！

因着大庆一方防守严密，用出无数手段，这城终究还是没能打破。

到夜色降临，赵氏一方只得先行将大军后撤，休整一番，再图之后。

大庆守城暂且成功，但死去的大庆兵士，却也是多不胜数……这一场战事，谈不上是大庆还是赵氏占了便宜。

赵元昭回到大帐之后，满面的沉郁，招来众多幕僚商议。

然而到了如今这关头，战术大多用了，难有奇兵之效，而火器、兵刃、盔甲等物，一时间也难以做到最好。

群策群力也无用处，众幕僚也只得暂且散去，竭力思考。

王谦自打将王冲擒拿交给赵元昭后，似是忌讳少了些，但终究还是要避嫌，素来不多言。如今听得众幕僚无法，再想起自己早已想到，始终不敢拿出的那法子，心里蓦然长叹。

待回去帐篷后，白义英寻了过来："子逊兄，你似乎有法子，却又有什么忌讳么？"

王谦见他瞧出来，微微苦笑，慢慢就将那炸雷之事以及心中担忧道来，而后说道："白兄，我心中也着实为难啊。"

白义英知晓王谦性情，自然也理解他的为难，而且如今的平王殿下与当初的赵元昭确有差别……但他还是说道："但子逊兄你当明了，若是战局胶着，死伤反而更大。且现下我赵氏与大庆已算是最后一战，即便是用上此物，也不至于有子逊兄你当初那等忧虑。"

王谦无奈，终究是点了点头："……白兄所言有理。"

之后，王谦将炸雷之事与白义英商议过，白义英叫人做出来，却是稍稍为他隐瞒，并未提出乃是他早有想法，而说是如今才堪堪想到，试出可用，颂扬此事乃是因着平王殿下确为天命之子，才会每逢遭遇难处，便可遇难成祥……再将此事在军中宣扬，军中上下自然是士气一通暴涨，也越发信了当初的祭天神迹了。

赵元昭心中自也欢喜。

而后他便将这炸雷祭出，没过多少时日后，大庆一方已因此物连番败阵，就连那原本牢不可破的城墙城门，也逐渐有了被动摇之势。

终于一日，城门被打破了！

赵氏大军正要冲入其中，然而突然间，那城门之内便赫然涌出了数百百姓，各个手无寸铁，组成一道人墙，挡在了洞开的城门前！

霎时间，本应冲入城中的赵氏大军，却只能无可奈何地停下了。

——兵士之战在战场，但不可将屠刀指向百姓！

帐中，赵元昭猛然一拍桌案，怒不可遏："卑鄙！无耻！"

众多文人武将也都是义愤填膺。

用百姓的血肉之躯来做人墙，自然是让他们赵氏大军投鼠忌器——百姓何辜？若是他们就此冲杀过去，那名声也不必要了！

那安国公怕是狗急跳墙了，居然会想出这样的法子来！

但是，这一招还当真是将赵氏一方给难住了。

接下来……要如何是好？

与此同时，大庆那边却传来了消息，要求赵氏退兵。

若是赵氏不肯退兵，则就要让这些百姓不吃不喝继续阻拦，到后来熬干了性命，这罪孽大庆固然是占了一半，可另一半……赵氏又怎能全然逃脱责任呢？

大庆一方，是宁可伤人一千，自损八百了。

赵氏的将领们还有不解，这些百姓缘何那般听从，甘愿在城外不吃不喝做那人墙？

很快就有幕僚压抑住怒气，仔细观察，不多时便发觉，这些百姓多是妇人、老人，不见幼童与壮汉。世人怜贫惜弱，这些百姓，既是贫，也是弱。

王谦看着那些老弱之人，心里一寒。

不见青壮，想是青壮已被充作兵丁，不见幼童，恐怕幼童为根苗，且年幼无知，易生变数，不好操控。但是这些老弱之人虽意念也很薄弱，可若是被人所蛊惑，反而容易操控。

只稍微一想，其余之人自也都能想到。

安国公这一手，不可谓不毒辣了。

赵氏兵营里，一片死寂。

赵元昭和众多文人武将日夜商议，也想不出什么很好的法子来，其间自然是派遣了些嘴皮子利索的幕僚试探接近，然而那组成人墙的老弱之人眼里一片死灰，竟是比之寻常人坚定得多，已然是对大庆深信不疑，对赵氏的试探，不肯有半点松口……

如此情景，叫王谦想起一种人来。

邪教。

那类人皆是心中被安了信念，坚定不移，不可动摇。想要凭口舌将人说服，哪里容易？他便想到，这数百人想必也非是一日准备出来，说不得是大庆一方早有打算……

几日后。

赵氏一方文臣武将满面憔悴，然而眼里却也有一丝坚决之意。

王谦见状，心里一凛。

他们这是——

果然，白义英来与王谦说道：“殿下有命，这些百姓已称不上是百姓，而是邪教中人，其心意已非单纯子民……组成人墙，实为威胁，赵氏奉天承命……不可受此威胁。”

王谦瞳孔剧烈收缩。

白义英叹道：“这一回，殿下下定决心，要就此……”

杀过去。

王谦听懂了白义英的言下之意，心中大震，急忙说道：“不可！那些老弱虽被邪念所控，但来日里终将是殿下的子民，未必不能弃暗投明，如今只为战事获胜就将其杀死，这、这与殿下的名声无益，也不在情理之中啊！”

白义英知道王谦心善，对此事自然无法接受，而且就算是他白义英，在得知平王殿下等人做出如此决定时，也是说服自己多次，才勉强认可。

如今王谦这等反应，确在他意料之中。

白义英也只得说道："情势所逼，若是殿下并不这般施为，你可还有其他法子强行攻城？"

王谦一滞。

的确是……他也想不出法子来。

白义英轻叹："若是久久拖延下去，始终没有结果，于粮草辎重上皆是极大的消耗，而且那大庆一方在城中也绝不会就此罢手，恐怕时日越久，他们反而会弄出越长的'人墙'来，到最后还是不得不动手……到那时，因此而消逝的百姓，便会更多了。"

王谦一句话梗在心中——若是从前的平王殿下，怕是宁可就此退兵，也不会伤害百姓。

可他也知道，这些百姓乃是极顽固的百姓，与邪教之人无异，且如今的平王早已不同从前，甚至即使平王想要退兵，军中上下眼看着就要成功复辟，也绝不会答应……

想得明白是想得明白，王谦却还是……

他闭了闭眼："我去求殿下。"

白义英一顿。

王谦在倪苍的护持下，来到了大帐，走进其中。

他并未多言，只是朝着赵元昭深深一礼，然后跪下。

赵元昭深深看了一眼王谦，面沉如水，并无言语。

第六十七回

生死之战

这一跪就是一个日夜。

从最初赵元昭静静处理事务，到后来沉默，他始终不曾与王谦有言语。

次日，王谦终于经受不住，脑中一麻，晕了过去。

在倒下去的刹那，他察觉有有人在身边扶了一把，旋即便什么也不知道了。

那一刻，他心底深处，生出一道无声的叹息……

倪苍坐在床边，拧了热帕子给王谦擦汗。

王谦的面色发白，两颊上却是泛着红，正是在发高热。

这几日，倪苍一直守在床边照顾王谦，喂食洗浴样样精心。

白义英因负责后勤之事，每日也会来瞧一瞧，此刻正掀起帐篷皮，走进来问道："子逊兄今日如何了？"

倪苍道："尚不曾醒来，高热稍退了些。"

白义英一叹，有些感慨。

他想着，这子逊兄想必还是心结罢……平王殿下做出那决定来，而用百姓为人墙者又是他的父亲，自是让他无法面对。如今晕过去也好，待他醒来，想必事情又有变化了。

王谦虽仍在昏睡之中，但他眉头微锁，似乎在梦中仍在担忧一般……

白义英见状，也不多言，转身就要离去。

然而他刚出去不久，便又回转，语气急切："倪兄，安国公世子叫阵，要你出去与其交战！"

倪苍初闻尚未反应过来，待想明后道："王冲？"

白义英苦笑："正是他。我等皆知倪兄你并非是军中将领，但对方身份特殊，叫阵于你，你若不去，却是对士气不利。"

倪苍看着王谦，并不想去。

白义英知道倪苍心忧王谦，且王谦到底是因此事而晕迷高热，更不愿出手。但如今的情形，却是非要倪苍出手一次不可。

想了想后，他便说道："我去禀报殿下，请两名死卫来守着子逊兄，我亦在此处作陪，还请倪兄出手一次，毕竟那挑衅之人，乃是……”他诚恳说道，“若是子逊兄醒着，想来也是会十分为难。”

以倪苍对王谦的了解，倒是知道如若他醒着，的确十分为难。

倪苍说道：“死卫来了我便去。”

白义英面色一喜，旋即瞬时离去。

不多时，两名死卫过来，且正是倪苍曾见过的，他点点头，对白义英说道：“我不杀王冲。”

王冲乃是王谦的同父弟弟，不论彼此之间有何龃龉，他都要有所收敛。

白义英也很了解，便道：“自然。”他稍顿了顿，抬起眼看向倪苍，“之后一战，只消将安国公世子击败，让他无力回击即可。”

倪苍干脆应下：“此事不难。”

白义英略一踌躇，续道：“只是……不知倪兄你骑术如何？”

倪苍道：“劳烦备下一匹骏马即可，除此无碍。”

白义英见状，自是带他立时去准备不提。

战场上，王冲策马在城门前缓缓行走，口中说道：“当日擒我之人，如今可敢与我正面一战？”其身形英武，比之先前来，更多出几分悍然之气。

在王冲身后，众多兵士手持弓箭，为他保驾护航。

赵氏一方的兵士们并不知晓当初是何人擒住王冲，但一些文人武将们倒是知道，如今面面相觑——那擒住王冲的倪苍与他们不同，他非平王麾下，而是一名幕僚的侍从，只听那幕僚一人吩咐。如今那幕僚重病在身，他们虽已让白义英去寻，却不知倪苍肯不肯出手了。

倘若倪苍不肯出手，对于赵氏一方的士气，必然是有所打击的。

好在白义英并不曾让他们失望。

没多久，众多兵士之中分开一条路来，就有一名身形高大的青年面沉如水，手里拎着一杆长枪，骑着一匹骏马走出来。

这架势很是凌厉，好似周身的气息也与众不同。

王冲见到此人，神色一凝：“你总算是出来了！当初我探营败给你，但若是在战场上，行马战，我可未必会输给你！”

说话间，他一拍马后，就已连人带马，疾奔而来！

倪苍见王冲身姿凛冽，面上似有怒意，却是与他所想不同——他如今所想，不过是快些将这王冲击退，好回去继续陪伴子逊。

自然，他也一拍马，迅速与人对上！

只听得一声铿锵，两人身形交错，他们手里都是持枪，长枪相对间，碰撞出剧烈声响。

王冲在冲过之后，已觉手掌一阵发麻，似乎连枪杆都有些不能持住，顿时眸色一深——他知晓此人武艺高强，如今见他策马杀来也觉处处破绽，然而他此刻却更明白，那倪苍纵然马术再寻常，但单凭武艺，就已是足够厉害的对手了。

当即王冲再不敢怠慢，身形微俯，几乎是与马背并齐。

倪苍双腿夹紧马背，他确实不擅长御马，也不知如何用身形随马起伏，但如今马在他腿下，便按他平日一般，踏马出战。

长枪起时如蛟龙，只一闪就刺到了王冲的面前，王冲立时闪身，整个人自马上一个大旋转，任那长枪自自己胸前转过，但枪风所带来的强压还是叫他胸口一闷，几乎吐出血来。

王冲的脸色一寒，心里也是一寒。

看来，是他小看了倪苍。

然而王冲并不肯服输，他以为逝去多年的兄长竟待他那般无情，却与此人相处融洽，此人区区一名侍从，但武艺却那般高明，能将他生擒……相较起来，他除却身份之外，竟好似处处不及此人，让他如何能够甘心！

若是不能在战场上找回脸面，他日后要如何面对自己？故而宁可死，他也绝不愿再输给此人！

因这缘故，王冲试图凭借马术战胜倪苍，只是如今看来，却是危险。

心中这般思忖，王冲发狠再将长枪一抖，双腿猛夹马背，猛然甩枪！那大力，发出刺耳破空之音，极为凌厉。

但倪苍同样甩出长枪，便用枪杆将王冲之枪缠住，叫他无可奈何。

旋即，又是几次碰撞……

再度交错数次，倪苍心急回去，眼见已然交手几次，出手更不留情。

待王冲再接倪苍招数时，就见倪苍一枪横来，他竟是驱马躲避不及，被狠狠打中了胸口，就此倒飞出去！

倪苍似乎知晓这一招力量几何，在打出之后便转身而回，再不曾看王冲一眼。

王冲狠狠盯着倪苍的背影，手指蜷缩，似乎想要将长枪自他后方掷去，可惜倪苍所料半点不差，他手指能动，却再没力气提起枪来……刹那间，强烈的愤怒直冲而起，王冲两眼发红，终究是一口血喷出，晕了过去。

果然是……身受重伤。

一群武将涌上来，将王冲迅速带走。

接下来，便是两军激烈对战。

也是，生死之战。

再一日过去。

帐篷外鼓声喧天，王谦的眼皮微颤，终究是睁开眼来。

第一眼，就看见了倪苍。

王谦嘴唇微动，嗓音有些嘶哑："阿苍，我昏迷多久了？"

倪苍耳聪目明，听见动静，快步走近："近五日了。"

王谦呼吸一滞："……这样久了么。"

倪苍去一旁给他端了一杯温水，扶他喝下："是。"

王谦不曾多问，但他心里已很是明白，想必……有些事已做完了。

倪苍知道王谦心中想法，也没提那事，只道："城门已破，如今两军正在交战，大庆一方大有颓势，再过不了两日，赵氏应可大胜。"

王谦垂目，心里有些烦乱。

倪苍拍了拍他的手臂，安慰道："子逊，如今战事已成定局，你莫要多思了，且先安心养病，待病愈时，一切也该尘埃落定了。”

王谦终究还是点了点头，闭上了眼睛。

倪苍所言果然不错，就在一日之后，安国公父子无法抵挡赵氏大军攻势，在重兵攻杀之下，正式败北。

其统帅安国公被生擒，少帅王冲因重伤不曾出战，也一并成为俘虏了。

王谦沉默半日，只一声长叹。

但内心深处，也算是如释重负了。

没了安国公父子的阻碍，之后赵氏征战势如破竹，一路直冲皇城，几乎不曾遇见什么抵挡——这并不奇怪，若要通报消息，必得有人，而如今安国公被擒，也不曾派人通报消息。

于是，在安国公大败之事传到皇城时，赵氏大军也层层突进，抵达了皇城。

接下来，皇城被破，赵元昭率领大军，凶猛地冲了进去。

一切……都好似当年西北军闯入皇城的轮回一样。

只不同在于，当年西北军一路屠杀进去，所过之处，尸骨成山，而这一次赵氏攻入皇城，却是并未大开杀戒，但凡宫人、内侍，尽皆被抓住关押，然而只要不激烈抵挡，皆无丧命之忧。

眼见如此，众多宫人内侍自也都偃旗息鼓，老老实实地被押了下去。

如他们这般之人，只要保住性命，便会安分做事了……

赵元昭面色沉重，极快地在宫中穿梭。

这宫廷原本是他再熟悉不过的所在，如今他阔别多年，再走在其中，心绪与从前格外不同。

而他此刻所去的，乃是乐成殿。

赵氏一行自宫人口中得知，那逆朝的君主李反天，正在乐成殿。

最终回

尘埃落定

赵元昭治军甚严，在前往乐成殿的路上，除却众多兵士的沉重步伐声之外，再无其他声响。

到了乐成殿前，那殿门大开，其宫人立在宫殿的两旁，皆是瑟瑟发抖。

见到赵元昭等人后，那些宫人内侍都低下头，抖得更厉害了。

赵元昭面色凝重。

那李反天夺得天下后，一应所为虽是暴戾，但先前倒也称得上是一位雄主，然而如今已是最后关头，他为何会在后宫之中？

赵元昭深吸一口气，率领诸位心腹往前走去。

王谦面色复杂地看着赵元昭的背影，却是轻轻拉了拉倪苍，朝他张了张口，无声说道：谨防有诈，保护殿下。

倪苍微不可察地同他点了点头。

旋即，众人才在赵元昭的带领下，全数走入了乐成殿里。

在那殿中，就有一名魁梧大汉手里揽着一名长发膀垂、几乎挡住面容的娇柔美人，正双目炯炯地看着他们。

李反天先前猝不及防得知安国公大败，而后还未及反应，方知赵元昭打入了皇城。当时他自然是暴怒地做出种种泄恨之举，但终究还是冷静下来，明白大势已去。

他到底也算是个枭雄，待冷静之后，头一件事，便是想起了这些时日来一直陪伴安抚他的解语花，他自知自己是脱不得身了，就想要趁这最后机会向那据闻很是仁义的赵元昭说上几句。

见到赵元昭后，李反天倒也没有惧意。

他做了这些时日的君王，也养出一些贵气，便同赵元昭说道：“此番朕自知到了末路，也不愿求你这前朝的太子饶朕性命，却有一件小事相求。若是你肯答应，朕甘愿束手就擒。”

赵元昭见李反天这般，反倒是对他有些赞赏。

顿了顿后，他说道：“你且说说看。”

李反天沉声道：“朕夺你大赵江山，杀你大赵臣民，一应皆是朕之所为，但朕所纳后宫妃子无辜，尤以鹭妃最是心善仁和，还望你饶她们性命，莫要……”

话说到此处，他的心口倏地一痛，竟然喘不上气来。下意识的，他察觉到什么，低头一看，便发觉那素来轻抚他胸口、为他安抚怒意的纤纤素手，此刻居然捏着一把匕首，而那匕首的锋刃处，正深深地刺进了自己的心脏。

李反天哑然、不解、不甘。

“为……”什么……

话还未说完，他的双目圆睁，就已然没了呼吸。

再说赵氏一方。

在听到李反天的恳请后，赵元昭便已决意答应了，毕竟他也无意为难后宫嫔妃，只想着要用个什么妥善的法子，放她们出宫去便了。

然而还未等赵元昭开口，事态就发生如此变化，叫所有赵氏之人皆目瞪口呆。

王谦也是震惊。

这看来被李反天极为宠爱、临死还极惦念的妃子，为何——

下一刻，那鹭妃抬起头来，露出了她的面容。

那是一张……清丽而不失妩媚的脸。

极美，同时，也让赵元昭极为熟悉。

赵元昭惊讶之下，脱口而出：“……张贵妃？”

众人一听，都是哗然。

张贵妃？

被称作张贵妃且能被赵元昭一眼认出来的，只有大赵的那位妖妃！

但，那妖妃应是早早被杀死才对，又为何会成为鹭美人？

一时之间，众人都难以置信。

王谦转念之间，忽然像是想到了什么，不禁越发惊异于这张贵妃……她，她当真是好心机，好手段啊！

而众人看到张贵妃的面容时，才发觉她的气质与先前他们所觉截然不同。

张贵妃只勾唇一笑，就好似妖冶，又自有一段清贵，她身段妖娆，然而端正了神色后，又好似端庄起来，别有风情。

这样一个女子，难怪能引得前后两朝君王拜于裙下。

此刻，张贵妃却是看向了赵元昭，柔声说道："太子，原来你还记得我。"

这话中带着些缱绻之意，众多赵氏之人听得，竟不知怎的都在心底生出了一丝奇异之感。

赵元昭皱眉："张贵妃，原来你还隐在大庆后宫之内，你先前作乱大赵，如今对李反天下手，莫非是……"

他话还未说完，却先被张贵妃打断："莫要提那没用的老色鬼，还有那粗鲁不堪的匹夫。"她倏然对赵元昭露出一抹明媚的笑容，"太子，臣妾只想问你一句，你如今可曾，后悔当初不肯娶臣妾为妃？"

此言一出，众人越发震惊，几乎是在心里掀起了惊涛骇浪。

这、这是何意？

便是赵元昭，也不曾想到张贵妃会对他说出如此话语来。

王谦更是一怔。

这话中包含之意，也太过于震撼了。

赵元昭的神情数变，他再开口时，言语便有些艰难："你——这是何意？"

张贵妃柔媚一笑："当初太子是那般尊贵俊美之人，天下女子无不倾慕，臣妾豆蔻年华，曾听人提及太子诸多仁德之事，也是将太子放在心上……那时臣妾得知太子要娶妃，且臣妾也有资格，欢喜无尽……"说到此处，她神色幽幽，"只可惜，伺候臣妾的宫人却是粗手粗脚，臣妾好不容易精心做出打扮，她却没能给臣妾梳好发髻……臣妾心中不悦，便赏了她几根庭杖，孰料偏生被太子瞧见，即便臣妾后来脱颖而出，却是选了另一个贱人，而不肯迎娶臣妾！"

听到此处时，赵元昭也想起来，当初张贵妃确是他的太子妃人选之一，但他不喜张贵妃待宫人那般严苛，便选了他人。

然后，张贵妃就被他的君父看中……

其余人大多是来自南华府，倒是不曾知道有这些事，但也有少数人隐隐约约想起什么，譬如赵元昭——他虽不知宫中秘事，倒也想起来，当年的张贵妃的确曾是太子妃人选，后来不知怎的，反而被前朝末帝收入后宫之内，之后，便成了赫赫有名的妖妃。

没料到，那张贵妃原本……竟然是倾慕平王殿下的么？可她之后种种所为，难不成是因爱成恨？

张贵妃果然笑道："当时臣妾心中愤恨，孰料却在出去散心时，被那老色鬼看中。臣妾做不了太子的妃子，难免不甘，便想着，总要让太子殿下记得臣妾才好……那老色鬼最爱美色，臣妾调理起来也容易，后来臣妾有了些倚仗，就将那个贱人暗中杀了……可惜总有那么多贱人觊觎太子，离得近时臣妾尚能杀，离得远了，臣妾却是没能杀得……"

她慢慢说了许多。

让太子被废被贬，是因着她要使更多手段了。后来种种引诱昏君作乱天下之事，都是她秉承爱恨而为，她要毁去那大赵的江山，让赵元昭一想起她，就永远不能忘怀！

至于后来，她得知赵元昭在那偏僻的南华府反而有所积累，待大庆建朝后，她便替代了宫中一个与自己有些许相似的后妃，再引诱李反天，如法炮制。

到如今，她终于能与赵元昭相对而立，倾吐心声。

听到此处，众人一片死寂。

谁都不会想到，两朝江山颠覆，其中竟都有这女子的手笔，她的心思何其深沉，性情又何其恶毒！哪怕她口口声声吐露对赵元昭的爱恨之意，却依旧让人生不出一丝同情来。

只觉得浑身鸡皮，觉得她可怕又让人恐惧！

张贵妃说到最后，轻轻地咬唇，沁出了鲜红的血来。

随后，她那殷红的指甲在咬破的地方轻轻一抹，那鲜红的血便陡然变成了青黑色，而她姣好的面容上，也笼罩上一层黑气。

这张贵妃，竟然是服了毒，见血封喉之毒！

最后，她翩然倒下，面上带着妖艳的笑容，轻声说道："这下子，太子殿下，你可永远也忘不了我啦！"

随即，气绝而亡。

王谦的喉头微动。

在他的心里，不知是厌恶还是震动，只觉得这张贵妃，真是让人不可思议。

若天底下爱一人皆是如此，那所谓爱意，该何其可怖？

赵元昭的面色，更是难看到了极致。

然而，一如张贵妃之言，他果然是忘不了她了。

与此同时，那翻涌的心绪，就更是难以平静……

良久，赵元昭道：“将她拖出去。”他顿了顿，沉声开口，“她既然是李反天最终惦念的妃子，便和李反天葬在一起！”

众人这才反应过来，纷纷应道：“是！”

妖妃已死，连带大庆的君王李反天也被她杀死，大庆彻底灭亡。

原平王殿下赵元昭率领赵氏大军将当年西北军中之人尽数捉拿，投入大牢，等候处置。傅莺莺胎位已稳，在其母相助下，处理大庆后宫之事。

赵元昭论功行赏，将跟随他一路行来的众多文臣武将分封六部，偌大的朝廷重又运转起来。

大赵复辟。

赵元昭为新朝新帝，斋戒三日后，便当登基。

此时，赵元昭坐在御书房里，在他的手中，正有一封信。

白义英立在他的身前，束手静立，眼里有感慨。

这封信正是来自于王谦王子逊，其中所言两事：其一，请平王殿下看在之前的情分上，能对安国公父子稍稍从轻发落；其二，他能做的尽皆做了，不欲入朝，与挚友行迹四海。

赵元昭眼神微微沉重：“义英，你觉着，朕是否该去将子逊寻回？”

白义英深深一礼：“一切谨遵殿下之意。”

然而最终，赵元昭只吩咐麾下死卫留意王谦二人踪迹，到底是，不曾勉强……

偌大而平静的河面上，一叶扁舟极快地滑行。

青衣的书生坐在船头，看着撑竿的高大男子，面上的轻愁慢慢散去：“阿苍，我们去何处？”

那高大男子——倪苍沉稳地回答：“去青山罢。”

“阿苍曾经的师门所在？”

“是。”

“阿苍想起青山在何处了？”

“……是。”

数年后，新赵朝小太子被送到青山，受一名儒雅男子教导。

一年后，小太子回朝。

多年过去，小太子登基，数次相请。

三十年后。

年过花甲的清隽老者同另一名矍铄老者于帝都郊外山间建立学院，广收天下学子，教导杂学。待学子出师后，纷纷入朝，广布天下。

最终，新赵朝中兴，天下繁荣。

（全文完）